Michael Allegretto

Der Fluch der guten Tat

Scherz
Bern – München – Wien

Einzig berechtigte Übertragung aus dem Amerikanischen
von Hardo Wichmann
Titel des Originals: »The Watchmen«
Schutzumschlag von Heinz Looser
Foto: Thomas Cugini

1. Auflage 1993, ISBN 3-502-51408-9
Copyright © 1991 by Michael Allegretto
Gesamtdeutsche Rechte beim Scherz Verlag Bern und München
Gesamtherstellung: Ebner Ulm

1

Lauren Caylor fühlte sich von dem Mann nicht bedroht, aber er machte sie neugierig.
Sie war aus der klimatisierten, künstlich beleuchteten Stadtverwaltung von San Miguel hinaus in die heiße kalifornische Sonne getreten und freute sich, weil der Arbeitstag zu Ende war. Lang und langweilig war er gewesen, und die meiste Zeit hatte sie über ihr Reißbrett gebeugt verbracht. Auf den Parkplatz war sie zusammen mit Kolleginnen und Kollegen gegangen – Planern, Architekten, Zeichnern und Sekretärinnen. Man hatte gewunken und sich dann zu den Autos begeben.
Auf dem Weg über den heißen Asphalt wurde Lauren auf einen Wagen aufmerksam. Ihr fiel weniger das Fahrzeug auf als der gigantische Vogeldreck auf der dunklen Motorhaube. Bombenangriff der Monstermöwe, dachte sie und lächelte.
Und dann hatte sie den Mann entdeckt.
Er saß am Steuer und verbarg sein Gesicht hinter einem Taschenbuch.
Lauren vermutete, daß er eine Angestellte der Stadtverwaltung abholen wollte, vielleicht seine Frau. Doch die Leute gingen an ihm vorbei, und überall auf dem Parkplatz wurden Motoren angelassen, was den Mann aber überhaupt nicht zu kümmern schien. Er saß einfach da, ließ sich von der Mitte Mai schon heißen Nachmittagssonne braten, hatte den Motor abgestellt, die Fenster geschlossen und las in einem Buch.
Lauren ging zu ihrem Wagen und drehte sich noch einmal nach dem Mann um. Sein Gesicht blieb hinter dem Buch.
Sie stieg in ihren vier Jahre alten Honda Civic und kurbelte rasch die Scheibe herunter, um die von der Sonne aufgeheizte Luft entweichen zu lassen. Dann fuhr sie langsam vom Parkplatz und ordnete sich in die Schlange der Fahrzeuge ein, die in den von majestätischen Palmen gesäumten Parkway einbiegen wollten.
An der Kreuzung mit der Santa Rosa Avenue wandte sich

Lauren nach links in Richtung Pazifik. Der etwa eine Meile entfernte Ozean war kaum auszumachen und zeigte sich als dunstiger blauer Streifen zwischen Baumwipfeln und weißen Stuckfassaden. Die im spanischen Stil gehaltenen Villen entlang der Avenue waren weit von der Straße zurückgebaut und mit niedrigen Natursteinmauern umfriedet, an denen üppige Kletterpflanzen und wilde Rosen wuchsen. Lauren wollte an ihnen vorbei und blieb im Verkehrsstrom, bis sie den Ocean Boulevard erreichte.
Dort bog sie links ab und warf einen Blick in den Außenspiegel.
Der dunkelblaue Wagen mit dem Vogeldreck auf der Haube blieb hinter ihr.
Lauren fand es überraschend, daß er so schnell aufgeholt hatte, denn als sie vom Parkplatz gefahren war, hatte der Fahrer noch in sein Buch vertieft dagesessen.
Sie folgte weiter dem Ocean Boulevard, der rechts vom Meer und links von Restaurants und Apartmenthäusern gesäumt war.
Lauren fragte sich, ob sie die Person, die der Mann wohl gerade abgeholt hatte, kannte. Sie schaute in den Spiegel, aber der Wagen war nun ganz im Verkehrsgewühl verschwunden. Lauren zuckte die Achseln und ließ ihren Blick wie üblich auf diesem Straßenabschnitt über das Meer und den Sandstrand schweifen.
Eine Meile weiter setzte das Auto hinter ihr zum Linksabbiegen an. Die Bewegung im Spiegel fiel ihr ins Auge. Und nun sah sie, daß der blaue Wagen direkt hinter ihr lag.
Der Fahrer war allein.
Lauren zog die Stirn kraus und war nun ein wenig ungehalten. Vergiß es, sagte sie sich, das hat nichts zu bedeuten. Sie konzentrierte sich ganz auf den Verkehr, der von Block zu Block dichter zu werden schien. Nach einigen Meilen erreichte sie ihre Kreuzung, ordnete sich in die linke Spur ein, wartete auf eine Lücke im Gegenverkehr und bog dann ab.
Ein Blick in den Rückspiegel – der dunkelblaue Wagen bog ebenfalls hinter ihr ab.

Lauren bekam eine kleine Gänsehaut. *Verfolgt* mich der Kerl etwa?
Ach was, Unsinn.
Sie fuhr ein paar Blocks weiter und bog dann zu Emilys Schule rechts ab. Der dunkelblaue Wagen fuhr geradeaus weiter und kam außer Sicht.
Lauren verzog das Gesicht, fühlte sich erleichtert – und kam sich auch ein bißchen dumm vor. Sie schaute in den Rückspiegel und strich sich eine hellbraune Strähne aus der Stirn. »Hast zu viele Krimis gelesen«, sagte sie laut.
Lauren bremste ab und suchte zwischen den Personenwagen und Kombis am Straßenrand einen Parkplatz. Eine Lücke fand sie erst am Ende des Blocks, wo Kinder gerade die gelben Schulbusse bestiegen. Ihre Tochter war natürlich nicht dabei. Emily gehörte mit ihren fünfeinhalb Jahren nach Laurens Ansicht noch nicht in den Bus.
Sie stieg aus und ging auf die Schule zu, ein niedriges Backsteingebäude, dessen sterile Linien Efeu und Eukalyptusbäume kaschierten. Drinnen aber ging es alles andere als steril zu. Die Tagesschule Oceanside war für ihre gründlichen und zugleich progressiven Unterrichtsmethoden bekannt.
Lauren hatte sich ausgiebig über die Schule in San Miguel informiert, ehe sie Emily anmeldete. Die Staatsschulen waren zwar in Ordnung, besonders, was die Mittel- und Oberstufe betraf, aber was die unteren Klassen anging, war Lauren vom Lehrpersonal der Oceanside-Schule sehr beeindruckt gewesen. Diese Menschen waren ihr lebhaft, offen und sehr kompetent vorgekommen. Besser noch, sie schienen ein echtes Interesse an Kindern zu haben.
Oceanside stand allen Kindern offen, deren Eltern sich das Schulgeld leisten konnten. Da Laurens Einkommen aber nur bescheiden war, war sie gezwungen gewesen, das Thema mit Paul Webb, ihrem geschiedenen Mann, zu besprechen, der sich bereit erklärte, seine Unterhaltszahlung zu erhöhen.
Lauren machte sich nicht erst die Mühe, beim Betreten des Gebäudes in dem entgegenkommenden Strom von Kindern

nach ihrer Tochter zu suchen, denn sie wußte, daß Emily drinnen wartete. In der Schule galt die Vorschrift, daß Kinder das Gebäude nur in Begleitung von einem Elternteil oder Erziehungsberechtigten verlassen durften; Ausnahmen gab es nur nach schriftlicher Abstimmung. Diese Regel war im vergangenen Jahr von Eltern und Lehrern mit überwältigender Mehrheit angenommen worden.
Lauren betrat das große Spielzimmer des Kindergartens.
Tische, Stühle und Kissen waren in Gruppen arrangiert, und in Wandregalen stapelten sich Spielsachen und Bücher. An freien Wandflächen befanden sich Tafeln und Korkbretter, an die mit Buntstiften und Fingerfarben gemalte Kinderzeichnungen gepinnt waren. Zwei kleine Mädchen und ein Junge saßen an einem niedrigen runden Tisch. Eine junge blonde Frau half den Kindern, ein aus übergroßen Teilen bestehendes Puzzle zusammenzusetzen.
Lauren blieb einen Augenblick lang in der Tür stehen, um ihre Tochter zu beobachten.
Emily trug rote Turnschuhe, blaue Hosen und ein gelbes Garfield-Hemd. Sie kniete auf ihrem Stuhl und beugte sich über den Tisch. In einer Hand hatte sie ein Teil des Puzzles, und aus ihrem Mundwinkel lugte die Zungenspitze hervor. Auf einmal hellte sich die Miene auf. Auch Lauren lächelte.
»Da gehört's hin!« rief Emily, streckte die Hand aus und legte das Teil an seinen Platz. Dann schaute sie auf und sah Lauren. »Mama! Schau mal, was wir da machen.«
»Hallo, Emily. Guten Tag, Miss Wilson.«
»Guten Tag, Mrs. Caylor.«
Lauren ging an den Tisch, auf dem das Bild eines bunten Heißluftballons Form anzunehmen begann.
»Wie schön«, meinte Lauren.
»Haben Sie nicht mitgeholfen?« fragte sie die Kindergärtnerin.
»Offenbar nicht«, sagte sie und lächelte.
Nachdem sich Emily von Miss Wilson und ihren Freunden verabschiedet hatte, führte Lauren Emily hinaus, schloß die Wagentür auf und half ihr beim Anschnallen. Während der

zwanzigminütigen Fahrt unterhielt sie sich mit Emily über den Tag im Kindergarten und erfuhr, das denkwürdigste Ereignis sei ein Welpe gewesen.

»Eine Lehrerin hat den kleinen Hund in unser Zimmer gebracht«, berichtete Emily. »Wir durften ihn streicheln. Er war weiß mit schwarzen Punkten und ganz weich. Und dann hat er Johnny Baskins auf die Schuhe gemacht.«

Lauren verkniff sich ein Lächeln. »Der Arme!«

Auf die nächste Frage war Lauren schon gefaßt.

»Mama?«

»Ja, mein Herz?«

»Ich will auch so einen kleinen Hund.«

»Aber wir haben doch schon Amos.«

»Der ist so groß. Warum darf ich keinen kleinen Hund haben?«

»Ach, ich weiß nicht so recht.« Lauren gingen verschmutzte Teppiche und angeknabberte Polstermöbel durch den Kopf. »Vorerst geht das noch nicht«, meinte sie. »Vielleicht nach dem Umzug.«

»Ziehen wir um?«

»Kann sein. Du weißt ja, daß ich mit Richard darüber gesprochen habe.«

»Bekomme ich dann einen kleinen Hund?«

»Reden wir doch mal mit Richard darüber.«

Lauren bog in den Larkdale Way ein. Links und rechts der leicht gewundenen Straße standen geradegewachsene Palmen, dahinter dehnten sich manikürte, mit Ziersträuchern bewachsene Rasenflächen. In der Mitte des Blocks bog Lauren in ihre Einfahrt ab, drückte auf die Fernbedienung und steuerte ihren Honda langsam in die Doppelgarage, nachdem sich die Tür geöffnet hatte. Anschließend half sie Emily aus dem Wagen und griff nach dem Schalter, der die Tür wieder schloß.

Doch sie zögerte.

Ein dunkelblauer Wagen fuhr langsam am Haus vorbei.

Lauren runzelte die Stirn und trat in die weite Öffnung der Garage. Das Auto folgte einer Kurve und verschwand.

»Mama, was machst du?«
»Nichts, mein Herz.«
Lauren betätigte den Schalter. Die breite Tür senkte sich, das Schloß rastete ein. Nun öffnete Lauren die Seitentür und fand Amos vor, der erwartungsvoll mit dem Schwanz wedelte. Amos war ein gestreifter Windhund, ein großer, alter und gutmütiger Rüde. Richard hatte ihn gerettet, als er eingeschläfert werden sollte – ein Schicksal, das den meisten Windhunden, die fürs Rennen zu alt geworden sind, droht. Das war vor drei Jahren gewesen; damals hatte er Lauren noch nicht gekannt und auch noch nicht in San Miguel gewohnt. Beim ersten Anblick hatte Lauren sich gegen den Hund gesperrt, denn er sah furchterregend aus, wie ein gestreckter Dobermann mit Tigerstreifen. Bald aber erkannte sie, wie unbegründet ihre Angst war, denn Amos war ein sanftes gutmütiges Tier. Und obwohl feststand, daß er keinen Menschen beißen würde, fühlte Lauren sich beschützt, denn allein seine Größe schreckte potentielle Einbrecher oder Räuber ab.
»Tag, Amos.« Emily schlang die Arme um den Hals des Hundes, dessen Schulterhöhe kaum geringer war als ihre.
Lauren ging über die kleine Terrasse und schloß die Hintertür des Hauses auf. Amos wartete nicht erst, bis er hineingelassen wurde, er drängte sich durch seine »Hundetür«, eine rechteckige, mit einer Klappe aus dickem Gummi abgedeckte Öffnung.
Als Lauren die Tür geöffnet hatte, wurde sie von Amos erneut begrüßt, diesmal in der Veranda, wo die Haushaltsgeräte standen. Lauren kraulte ihn hinter den Ohren und ging voran, vorbei an Waschmaschine und Trockner zur Küche, einem luftigen Raum mit Unterschränken aus Eiche und breiten Fenstern zum rückwärtigen Garten hinaus. Von der Decke hingen Kupferkessel und Grünpflanzen in Tontöpfen, die den Raum noch offener wirken ließen. Lauren legte Handtasche und Schlüsselbund auf eine Arbeitsplatte.
»Sollen wir vor dem Abendessen mit Amos Gassi gehen?«
Ehe Emily antworten konnte, begann Amos zu tänzeln wie

ein Jährling; das Wort »Gassi« kannte er. Er drehte sich zu Emily um und leckte Emilys Gesicht.
»Laß das, Amos!«
Lauren grinste. »Kannst schon seine Leine festmachen, ich geh' mich inzwischen umziehen.«
Lauren ging von der Küche durch den Wohnraum und von dort aus ins Elternschlafzimmer. Es war etwas stickig, deshalb schob sie ein Fenster auf. Nachdem sie ihre Schuhe mit den niedrigen Absätzen und den Rock ausgezogen und alles weggeräumt hatte, legte sie Bluse, BH und Strumpfhose ab und warf sie aufs Bett. Kommt in die Wäsche, dachte sie. Nun holte sie ein neues Höschen, blaue Jogginghosen, schmutzigweiße Turnschuhe und ein weißes, mit *LA Dodgers* bedrucktes T-Shirt aus dem Schrank.
Barfüßig ging sie in das angrenzende Badezimmer, wo sie sich das dezente Make-up abwusch, sich mit einem flauschigen Handtuch das Gesicht abtupfte und dann rasch ihr schulterlanges Haar ausbürstete. Als nächstes trat sie mutig und entschlossen auf die Waage.
51 Kilo, las sie ab. Moment, waren das nicht noch vor kurzem 49 Kilo gewesen?
Sie musterte sich flüchtig in dem hohen Spiegel.
Für meine dreißig Jahre sieht alles noch ziemlich fest aus, dachte sie und beschloß, mit Emily einen *langen* Spaziergang zu machen.
Nachdem Lauren sich wieder angezogen hatte, ging sie mit dem Schlüsselbund zur Vordertür, wo Emily und Amos in der Diele warteten. Der große Hund konnte nicht stillhalten.
»Fertig?« fragte Lauren.
»Amos führt sich wieder schrecklich wild auf.«
Lauren lachte. »Er kann es eben nicht erwarten.«
Zur Bestätigung bellte Amos einmal.
Lauren zog die Tür hinter sich zu, versicherte sich, daß sie abgeschlossen war, und folgte dann Emily und Amos über den Gartenweg.
»Wohin, Mama?«

»Geh'n wir nach rechts.«
Emily und Amos schritten auf dem Gehweg parallel zum Larkdale Way munter aus. Lauren zockelte hinter ihnen her.
Dann blieb sie wie angewurzelt stehen und starrte auf die andere Straßenseite.

2

Das Haus gegenüber stand seit acht Monaten leer.
Es gehörte Madge Grey, deren Mann Cecil im letzten Herbst nach langer Krankheit gestorben war. Madge war nach Tucson zu ihrer Schwester gezogen und hatte das Haus zum Verkauf angeboten. Daß es seit Monaten nicht vermietet worden war, lag wohl an dem für den derzeitigen Immobilienmarkt zu hohen Preis.
Und bedauerlicherweise war das Anwesen unter dem nicht zu wachsamen Auge der von Madge Grey beauftragten Immobilienverwaltungsfirma etwas heruntergekommen. Das einstöckige weiße Haus selbst schien noch in gutem Zustand zu sein, aber der Garten sah vernachlässigt aus. Zwar schickte die Firma gelegentlich jemanden vorbei, um den Rasen mähen und sprengen zu lassen, aber das geschah viel zu selten. Und soweit Lauren es beurteilen konnte, waren seit Madges Auszug auch die Büsche und Bäume nicht mehr gestutzt worden.
Überrascht und froh war Lauren, als sie das Fehlen des Schildes »Zu verkaufen« bemerkte. Und auf dem Einstellplatz neben dem Haus parkte ein Auto.
»Na endlich«, sagte sie leise. »Neue Nachbarn, die da drüben Ordnung schaffen.«
Als Lauren sich abwandte, um Emily und Amos zu folgen, nahm sie im Fenster des Hauses gegenüber eine Bewegung wahr. Wucherndes Gebüsch verdeckte es zwar zu einem Teil, aber Lauren konnte dennoch sehen, daß jemand den

Vorhang einen Spalt geöffnet hatte und herausschaute. Sie erblickte den Teil eines Gesichts, konnte aber nicht erkennen, ob es ein Mann oder eine Frau war.
Dann fiel der Vorhang wieder zu, wenngleich nicht ganz: In der Mitte blieb ein kaum zwei Finger breiter schwarzer Spalt offen. Lauren hatte das unangenehme Gefühl, beobachtet zu werden.
Ist ja großartig, dachte sie und holte Emily und Amos ein. Die neuen Nachbarn scheinen ein bißchen seltsam zu sein.
Lauren ging gerne in ihrem Viertel spazieren. Alle Gärten waren gepflegt und mit üppiger Vegetation bewachsen. Und die Nachbarn waren freundlich und immer zu einem Winken und einem Gruß bereit. Lauren kannte viele beim Namen, selbst jene, die mehrere Straßen weiter wohnten – immerhin schlenderte sie schon durch diese Straßen, seit sie aus Los Angeles hierhergezogen war.
Das war nun sechs Jahre her.
Sie und Paul Webb waren damals gerade ein Jahr verheiratet gewesen und arbeiteten in einem großen Architekturbüro, er als Architekt, sie als Gartenbauarchitektin – ähnliche Titel, aber ein himmelweiter Unterschied. Wie Paul zu sagen pflegte: »Als Architekt braucht man ein großes Ego. Man entwirft Gebäude, die für den Rest seines Lebens vor den Augen aller Welt bestehen.« Eine Gartenbauarchitektin mußte natürlich auch kreativ sein, unterlag aber engeren Beschränkungen; meist diktierte das Grundstück selbst, was getan werden konnte und was nicht. Ein anderer Unterschied, den Lauren klarer sah als Paul, war der, daß einem Gartenbauarchitekten der Umweltschutz wichtiger war als der reine Profit einer Baugesellschaft.
Von diesen Differenzen abgesehen waren Lauren und Paul Karrieremenschen und sich einig, daß Kinder noch warten konnten – fünf Jahre vielleicht, vielleicht auch noch länger.
Bei einem Ausflug nach San Francisco jedoch hatten sie übermütig jede Vorsicht außer acht gelassen, und prompt erfuhr sie zwei Monate später, daß sie schwanger war.
Paul hatte das abgetan. »Na und? Da kann man doch etwas

tun. Ich spreche mit einem Arzt. Das ist doch heutzutage eine Kleinigkeit.«
Für Lauren aber war das keine Kleinigkeit.
Sie hatte eigentlich keine moralischen Einwände dagegen. Doch sie spürte den Fötus sofort als lebendes Wesen. Ihr Kind. Und das wollte sie unbedingt haben.
Paul hatte so argumentiert: »Und was wird aus deiner Karriere? Aus unseren Plänen und den Reisen, die wir machen wollten?«
»Reisen können wir nach wie vor, Paul.«
»Doch nicht mit einem Kleinkind. Und Fernreisen fallen flach, wenn nur einer von uns arbeitet.«
Sie stritten sich. Eine Zeitlang fragte sich Lauren, ob Paul vorhatte, sie deshalb zu verlassen. Doch allmählich begann er, ihren Standpunkt einzusehen.
Er hatte darauf bestanden, daß sie aus Los Angeles wegzogen. Lauren war einverstanden; in dieser überfüllten Stadt mit der hohen Luftverschmutzung sollte man kein Kind aufziehen. So hatten sie das Haus in San Miguel erworben, und Paul wurde so zum Pendler.
Nach Emilys Geburt benahm sich Paul wie der stolzeste Mann der Welt und wirkte glücklicher, als sie ihn je erlebt hatte.
Doch der Reiz der neuen Vaterrolle war bald vorbei. Lauren spürte, daß Paul versteckte Aggressionen hegte. Vielleicht, weil sie ihm nicht genug Zuneigung schenkte, sich zu sehr auf Emily konzentrierte, dachte sie anfangs. Schließlich aber erkannte sie, daß für Paul seine Karriere das wichtigste war, dicht gefolgt von seiner Freiheit. Letztere wurde seiner Auffassung nach von Frau und Kind, die zu Hause warten, eingeschränkt. Er gab zwar vor, Emily sehr liebzuhaben, warf Lauren aber immer noch ihre Schwangerschaft vor, die ihre Zukunft für immer verändert hatte, und auf eine Art, die er nie gewollt hatte.
Kurz nach Emilys erstem Geburtstag begann er Lauren zu bedrängen, wieder arbeiten zu gehen, an ihrer Karriere weiterzubauen.

Lauren weigerte sich.
Nicht weil es ihr recht war, daß Paul alle Rechnungen bezahlte – insbesondere, als die nun häufiger kamen und weniger Geld einging. Ihr ging es um Emily. Lauren hielt die beiden ersten Lebensjahre für die wichtigsten in der Entwicklung eines Kindes und wollte während dieses Zeitraums soviel wie möglich mit Emily zusammensein. Natürlich war ihr klar, daß sie irgendwann wieder arbeiten gehen und ihre Tochter Fremden anvertrauen würde – Kindergärtnerinnen, Lehrerinnen. Aber dazu war die Zeit noch nicht reif.
Und das hatte einen weiteren Keil zwischen sie und Paul getrieben.
Als Emily zwei Jahre alt war, begann Lauren, sich nach einer Stellung umzusehen. Paul hätte ihre Wiedereinstellung bei seiner Firma erreichen können, doch die Atmosphäre war schon zu Hause so gespannt, daß beide befürchteten, es könne unerträglich werden, wenn sie vierundzwanzig Stunden am Tag miteinander verbrachten. Lauren sah sich also anderweitig um.
Bald erhielt sie zwei Angebote. Eines kam von einem Architekturbüro vergleichbar dem, in dem sie zuvor gearbeitet hatte – das bedeutete knappe Termine und stetigen Konkurrenzdruck von nach oben strebenden Kollegen.
Paul erwartete natürlich, daß sie diesen Job annahm. Er hätte das jedenfalls an ihrer Stelle getan.
Lauren aber entschied sich für die andere Stelle bei der Stadtverwaltung von San Miguel. Das Gehalt war ähnlich, aber die Stelle kam ihr sicherer vor, und die Arbeitsatmosphäre war viel entspannter. Außerdem waren ihr die Leute sympathisch, die sie bei der Bewerbung kennengelernt hatte. Sie kam in die Planungsabteilung und erhielt verschiedene Aufgaben: Entwürfe für den Chef des Gartenbauamtes, graphische Präsentationen für die Planungsabteilung, und außerdem sollte sie einspringen, wenn Hilfe gebraucht wurde.
Paul sprach sich gegen ihre Entscheidung aus. »Mein Gott, ein Beamtenposten«, meinte er sarkastisch. »Lauren am öffentlichen Trog.«

Ein Jahr später ließen sie und Paul sich scheiden.
Die Regelung war klar und simpel. Lauren behielt Emily und das Haus, Paul zog zurück nach Los Angeles und sollte Emily alle zwei Wochenenden, eine Woche im Sommer und alle zwei Weihnachten zu sich nehmen. Lauren vermutete, daß er seine neugewonnene Freiheit mehr genoß als die Gesellschaft seiner Tochter. Für Emily tat ihr leid, daß er nur einmal im Monat Interesse für sie zeigte, aber ihr selbst war das ganz recht, denn die Kleine half ihr über die von der gescheiterten Ehe ausgelösten Depressionen hinweg.
Hilfreich war auch ihre Arbeit. Außerdem erhielt sie viel moralische Unterstützung – erst von ihrer Mutter, die für ein paar Wochen »nur zu Besuch« kam, und dann von ihrem Freundeskreis. Man versuchte auch, ihr einen Partner zuzuschustern, aber es dauerte doch eine Weile, bis sie mit einigen Kandidaten wenigstens ausging.
Bald darauf lernte sie Richard kennen, und nachdem ihre Beziehung ein Jahr gehalten hatte, heirateten sie.
Das war jetzt sechs Monate her.
Nun war sie mit Kind und Hund eine halbe Meile von ihrem Haus entfernt. Sie wandten sich nach Norden und machten sich auf den Rückweg. Links von ihnen stand die Sonne tief am Himmel, eine dunstige, orangefarbige Scheibe über den roten Ziegeldächern und den Palmen von San Miguel.
Lauren ging hinter Emily und Amos den Gartenweg entlang. Vor der Haustür warf sie einen Blick auf das Haus gegenüber. Dessen Fassade glühte im Schein der untergehenden Sonne rot. Einstellplatz und Einfahrt waren leer. Lauren versuchte, sich an die Marke des Autos zu erinnern, das vorhin dort gestanden hatte. Recht neu war es gewesen. Hatte es zwei Türen gehabt oder vier? Sie konnte sich noch nicht einmal an die Farbe erinnern. Braun?
Sie spähte hinüber zu dem von wucherndem Gebüsch teilweise verdeckten Wohnzimmerfenster. Die Vorhänge waren zugezogen, aber in der Mitte klaffte ein schmaler Spalt. Lauren wußte nicht, ob sie *tatsächlich* beobachtet wurde.
Sie schloß die Haustür auf, und Emily löste Amos' Leine.

Der große Hund stand mit offenem Maul und heraushängender Zunge da und hechelte nach dem langen Spaziergang. Früher hatte er »Express« geheißen und sogar ein paar Rennen gewonnen, diese Zeiten waren jedoch lange vorbei.
Sie kraulte ihm den Kopf. »Komm, Amos, ich geb' dir was zu trinken.«
Nachdem sie seinen fast leeren Napf auf dem Küchenboden aufgefüllt hatte, ging sie ins Schlafzimmer, zog sich aus und nahm eine lange Dusche. Dann schlüpfte sie in Jeans und ein Sweatshirt und ging zurück in die Küche, um das Abendessen zuzubereiten.
Lauren richtete Truthahnscheiben mit Sauce und machte einen Salat. Dann setzte sie sich mit Emily an den Tisch, ohne auf Richard zu warten. Heute war Donnerstag, da blieb die Eisenwarenhandlung bis neun Uhr geöffnet.
Emily stellte ihr Milchglas auf den Tisch. »Mama, ziehen wir wirklich um?«
Lauren nahm eine Serviette und wischte ihr den Mund ab. »Genau weiß ich das noch nicht, aber wenn es soweit kommt, suchen wir uns etwas in der Nähe, vielleicht sogar in diesem Viertel.«
»Warum?«
»Weil es uns hier gefällt.«
»Warum müssen wir dann umziehen?«
Gute Frage, dachte Lauren, aber der Grund ist nicht so einfach zu erklären.
»Weil wir in einem besseren Haus wohnen wollen.«
»Unser Haus gefällt mir aber.«
»Ich weiß. Vielleicht finden wir etwas *Besseres*.«
»Mit Schwimmbad?«
»Möglich.«
»Toll!« rief Emily.
In Wirklichkeit gefiel auch Lauren dieses Haus, sehr gut sogar. Schließlich wohnte sie seit sechs Jahren hier und hatte sich gut eingewöhnt.
Bei Richard sah das anders aus.
Lauren konnte ihn verstehen. Das Haus hatte ursprünglich

ihr und Paul Webb gehört. Sie hatte es zwar auf ihren und Richards Namen übertragen lassen, aber es würde weiterhin an Paul erinnern – wenn auch nur vage, was Lauren anging. Andererseits: Wenn Richard sich in »Pauls ehemaligen Haus« nicht wohl fühlte und umziehen wollte, würde sie keine Einwände erheben.
Nachdem sie den Tisch abgeräumt und das Geschirr gespült hatte, spielte sie im Wohnzimmer mit Emily Karten – und verlor am Ende.
»Du hast den Schwarzen Peter!« rief Emily.
Lauren zog eine Grimasse, und Emily kicherte.
»Der Schwarze Peter wird böse, wenn kleine Mädchen ihn auslachen«, sagte Lauren drohend, krümmte die Finger zu Klauen und tat, als wollte sie Emily packen. Die Kleine kreischte entzückt und sprang auf. Lauren scheuchte sie um das Sofa und den Couchtisch herum und in den Korridor, fing sie aber mit Bedacht erst an Emilys Bett ein, auf das sie sich lachend und außer Atem warfen.
»Bist doch kein Schwarzer Peter, Mama.«
»Wie nett von dir.«
»Ist auch gut so. Du hast mir beinahe Angst gemacht.«
»Echt?« Lauren kitzelte sie.
Später, nachdem sie Emily eine Geschichte vorgelesen hatte, deckte sie sie zu und gab ihr einen Gutenachtkuß. Amos rollte sich an seinem Stammplatz am Fußende von Emilys Bett zusammen. Lauren machte das Licht aus, ließ die Tür aber einen Spalt offen, damit das Zimmer nicht ganz dunkel war – und für den Fall, daß Amos rausmußte.
In der Küche holte sie eine Vierliterflasche aus dem Kühlschrank und goß sich ein Glas Weißwein ein. Dann setzte sie sich auf die Couch, schlug ein Nachrichtenmagazin auf und wartete auf Richard.
Nur einmal zog sie die Vorhänge beiseite in der Hoffnung, die neuen Nachbarn zu sehen zu bekommen. Aber drüben rührte sich nichts.

3

Lauren hörte Richards Auto in die Einfahrt kommen. Sie legte das Nachrichtenmagazin beiseite und trug ihr leeres Weinglas in die Küche. In diesem Augenblick kam er durch die Hintertür herein.
Bei seinem Anblick wurde Lauren immer noch ein bißchen schwach, denn sie fand ihn sehr attraktiv. Er war ein paar Jahre älter und einen halben Kopf größer als sie, athletisch gebaut und hatte welliges schwarzes Haar. Am aufregendsten aber fand sie seine fast schwarzen Augen.
Er kam lächelnd auf sie zu. »Hallo, Schatz.«
Sie umarmten und küßten sich. »Ich hab' dich vermißt«, sagte sie ihm ins Ohr.
»Ich dich auch.«
»Hast du was gegessen?«
»Ich hab' mir eine Kleinigkeit geholt.«
Sie lehnte sich zurück und schaute zu ihm auf, hielt dabei seine Taille noch umschlungen. »Soll ich dir was machen?«
»Hunger habe ich eigentlich keinen.«
»Hast du Lust auf ein Glas Wein?«
»Gute Idee. Schläft Emily schon?«
»Ja, ich habe sie vor einer Stunde ins Bett gesteckt.«
Sie ging zum Kühlschrank und holte die Weinflasche raus.
»Ich schau mal kurz nach ihr.«
Lauren lächelte vor sich hin. Richards Zuneigung zu Emily hatte sie schon immer rührend gefunden. Mehr noch, das war einer der Gründe, warum sie ihn geheiratet hatte.
Sie entsann sich der Männer, mit denen sie als Alleinerziehende ausgegangen war, ehe sie Richard kennengelernt hatte. Die meisten hatten das Interesse rasch verloren, als sie erfuhren, daß sie ein Kleinkind zu Hause hatte. Und die zwei oder drei, mit denen sie mehr als einmal ausgegangen war, hatten beim Umgang mit Emily linkisch und verkrampft gewirkt. Lauren glaubte den Grund zu kennen. Ein Kind bedeutete eine Verpflichtung, und diese Männer hatten sich offenbar nicht festlegen wollen.

Richard war da ganz anders gewesen. Er hatte auf die Eröffnung, daß Lauren eine Tochter hatte, positiv reagiert und sich mit Emily von Anfang an gut verstanden. Die drei hatten ein harmonisches Verhältnis miteinander, das, wie Lauren fühlte, nur noch besser werden konnte.
Richard kam zurück in die Küche. »Im Schlaf sieht sie aus wie ein Püppchen«, meinte er lächelnd und schaute sich dann um. »Wo ist Amos?«
»Zuletzt habe ich ihn an Emilys Bett gesehen.«
Richard schüttelte den Kopf. »Komisch, früher konnte er es kaum erwarten, bis ich heimkam.«
Lauren lachte und reichte ihm ein Glas. »Nun, er ist halt nicht mehr nur auf dich fixiert.«
Sie stießen an und gingen dann ins Wohnzimmer, wo Lauren sich auf die Couch setzte. Richard schloß die Vorhänge vor der Glastür, die hinaus auf die Terrasse führte. Als er sich neben Lauren niederließ, lehnte sie ihren Kopf an seine Schulter. »Schön.«
»Stimmt.« Er legte ihr die Hand aufs Bein.
»Wie war dein Tag?« fragte sie.
»Lang.«
»Kannst du dich nicht um den langen Donnerstag drücken?«
»Jemand muß die Aufsicht führen. Arthur will das nicht mehr machen, und das kann ich auch verstehen. Immerhin ist er über sechzig.« Richard trank einen Schluck Wein.
»Nun, wenn er sich zur Ruhe setzt und dich die Firma leiten läßt, kannst du jemanden einstellen, der dir die Donnerstage abnimmt.«
»Das dauert noch ein paar Jahre.«
»Na, dann müssen wir es wohl durchstehen.«
Richard lächelte. »Wieso ›wir‹?«
»Für mich ist das auch hart«, erwiderte sie in gespieltem Ernst. »Jeden Donnerstag muß ich hier herumhängen, Zeitschriften lesen, Wein trinken . . .«
Er lachte. »Ach ja, soll ich dein Glas nachfüllen?«
»Zwei reichen mir«, meinte sie. »Aber ich gehe dir noch eins holen.«

»Nein, du bleibst sitzen und ruhst dich aus.« Er küßte ihr Haar und erhob sich dann. »Du hast dir für heute genug Bewegung verschafft.«
»Sehr komisch.« Sie schaute ihm nach und dankte wie so oft Arthur McFadden, weil er Richard eingestellt hatte. Wäre Richard abgelehnt worden, hätte jemand anders sie bedient, und sie wäre nur mit einer neuen Rosenschere und nicht obendrein mit einer Einladung zum Mittagessen nach Hause gegangen.
Lauren bedachte, wie weit Richard es in diesen drei Jahren bei McFadden gebracht hatte. Angefangen hatte er als einfacher Verkäufer, aber nun war er die rechte Hand des Chefs. Mehr noch, er sollte bald Teilhaber werden und die Firma leiten, wenn Arthur sich zurückzog.
Manche mochten McFaddens Entscheidung, Richard so bald an seine Seite zu holen, für überstürzt halten, aber Lauren teilte diese Ansicht nicht. Arthur war, wie sie erkannt hatte, sanft und gutmütig, aber auch ein besonnener Geschäftsmann.
Wenn Arthur in den Ruhestand trat und Richard das Geschäft überließ, ging ihr Leben, fand Lauren, praktisch unverändert weiter, abgesehen von der Tatsache, daß mehr Geld ins Haus kam und daß sie die Donnerstagabende miteinander verbringen konnten.
Richard kam mit seinem Glas Wein zurück. »So«, sagte er und legte den Arm um sie, »und wie ist es dir heute ergangen?«
»Nicht übel. Ich bekam den Auftrag, einen neuen Park zu entwerfen –«
»Ist ja toll!«
»Allerdings unter dem wachsamen Auge des Gartenbauamtes.«
»Trotzdem . . .«
»Hast ja recht. Ich freue mich sehr auf das Projekt.«
»Dann trinken wir auf dich.«
Sie stießen an.
»Ach ja«, meinte sie heiter, »wir haben neue Nachbarn.«

Richard nickte. »Sehr gut. Vielleicht kümmert sich jetzt endlich mal wer um den Garten. Hast du die Leute schon gesehen?«
»Nur teilweise.«
Richard lächelte. »Nur teilweise?«
Sie nickte und erwiderte sein Lächeln. »Als ich mit Emily und Amos spazierenging, fiel mir auf, daß das Schild verschwunden war und daß ein Auto auf dem Einstellplatz stand. Und dann spähte jemand durchs Wohnzimmerfenster, so ganz verstohlen, als spionierte er.«
»Wie bitte?« Richards Lächeln verschwand.
»Ich habe ›er‹ gesagt«, schwatzte Lauren munter weiter, »kann aber eigentlich nicht sagen, ob es ein Mann war oder eine Frau. Jemand versteckte sich hinter den Vorhängen; ich bekam nur den Teil eines Gesichts zu sehen. Ich hatte das Gefühl, daß mir die Person nachschaute, als ich die Straße entlang ging.«
Richard stellte sein Glas ab.
»Ich hatte so ein komisches Gefühl und –«
Er stand auf.
»Was ist? Stimmt was nicht?«
»Ach, wahrscheinlich ist nichts dran«, meinte Richard und ging aus dem Zimmer.
Lauren starrte einen Augenblick lang auf die offene Tür und ging dann hinter ihm her. Sie fand ihn im vorderen Wohnzimmer am Fenster stehen und durch die Vorhänge spähen. »Richard, was ist los?«
»Mach das Licht aus«, sagte er, ohne den Kopf zu wenden.
»Wie bitte?«
»Bitte mach mal kurz das Licht aus.« Er schaute weiter durch den Spalt. Lauren trat nach kurzem Zögern an den Beistelltisch und knipste die Lampe aus. Dann stellte sie sich neben Richard und fühlte sich dabei recht unbehaglich.
»Was ist?« fragte sie.
»Du hast also nicht gesehen, wer da drüben eingezogen ist?«
»Gesichter sah ich keine. Warum –?«

»Und den Einzug hast du auch nicht mitbekommen – Möbelwagen und so weiter?«
»Aber Richard, ich war den ganzen Tag nicht zu Hause.«
Er nickte geistesabwesend. »Auf einer Seite brennt Licht im Haus. Und auf dem Einstellplatz steht ein Auto.« Er ließ den Vorhang zufallen und drehte sich zu Lauren um.
»Stimmt was nicht?« fragte sie.
»Unsinn, alles ist in Ordnung.«
Obwohl sie im Halbdunkel sein Gesicht kaum erkennen konnte, wußte sie, daß sein Lächeln gezwungen war. »Deinem Verhalten nach zu urteilen stimmt etwas nicht.«
»Verzeihung.« Er legte seinen Arm um ihre Taille und ging mit ihr zurück in das kleine, nur für die Familie bestimmte Wohnzimmer. »Du hast mir mit deinen Geschichten von seltsamen Leuten, die dir nachspionieren, Sorgen gemacht. Ich dachte, gegenüber wären Einbrecher.«
Lauren blieb stehen. »An diese Möglichkeit habe ich gar nicht gedacht. Glaubst du –«
»Nein, ich bin jetzt sicher, daß wirklich jemand eingezogen ist.« Er ging mit ihr zur Couch. »Aber vielleicht rufe ich morgen sicherheitshalber die Immobilienfirma an. Gab Madge uns nicht die Nummer?«
Lauren nickte, runzelte die Stirn und griff nach ihrem Weinglas.
»Schon gut«, meinte Richard und nahm ihre Hand. »Es ist bestimmt alles in Ordnung. Ich habe wohl übertrieben reagiert, weil ich mir Sorgen um euch beide mache, wenn ich fort bin. Es laufen zu viele Verrückte herum.«
»Du hast wohl recht. Ich hoffe nur, daß unsere Nachbarn nicht zu exzentrisch sind.«
Darüber mußten die beiden lachen.

Später, ehe sie ins Bett ging, schaute Lauren nach Emily. Die Kleine lag von der Tür abgewandt auf der Seite und schlief fest. Sie zog die heruntergerutschte Decke hoch und legte sie um Emilys Schultern. Amos lag noch am Fußende des Bettes und schlief. Sie küßte Emily und flüsterte: »Ich hab' dich

lieb.« Dann ging sie leise hinaus und durch den Korridor ins Elternschlafzimmer. Richard stieg gerade nackt ins Bett.
»Hübscher Hintern«, bemerkte Lauren.
Richard legte sich auf den Rücken und zog die Decke hoch.
»Das sagst du bestimmt zu allen Kerlen.«
»Nur zu Männern, mit denen ich schlafe«, versetzte sie und begann sich auszuziehen.
»Und wie viele wären das?«
»Du eingeschlossen?« Sie faltete ihre Jeans und legte sie in den Schrank. »Hmm, da muß ich erst mal nachdenken.« Sie ging in das angrenzende Badezimmer.
»Na?« rief er vom Bett aus.
»Ich bin noch beim Zählen«, erwiderte sie und drehte den Wasserhahn auf.
Nachdem sie sich die Zähne geputzt hatte, machte sie im Bad das Licht aus, ging im Dunkeln zum Bett und kuschelte sich an Richard.
»Ich warte immer noch auf das offizielle Ergebnis«, sagte er.
»Nur du, mein Großer.«
Er nahm sie in die Arme und küßte sie, ließ seine Hand über ihren Rücken nach unten gleiten. »Dein Po ist auch nicht ohne«, flüsterte er ihr ins Ohr. Sie küßte seinen Hals und fühlte sich von seinen Liebkosungen zunehmend erregt. Als er ihre Brüste zu küssen begann, stöhnte sie.
Sie liebten sich, erst langsam, dann aber mit zunehmender Leidenschaft.
Als es vorbei war, lagen sie aneinandergeschmiegt, bis ihre Herzen wieder langsamer schlugen. Richard gab ihr noch einen Kuß, sagte dann gute Nacht und drehte sich um. Lauren schmiegte sich an ihn. Nun spürte sie, daß er langsam und regelmäßig zu atmen begann. Kurz, bevor er einschlief, sagte er leise: »Ich hab dich lieb.«
Lauren küßte ihn auf die Schulter, dachte dabei, wie sehr sie ihn liebte und wie glücklich sie miteinander waren.
Dann aber drängte sich ein Bild auf wie ein gefräßiges Reptil, das sich in einen stillen Teich schiebt – Richard, wie er

am Fenster stand und durch den Spalt im Vorhang spähte, als hätte er Angst, von jemandem entdeckt zu werden.
Sie fand nur mit Mühe Schlaf.

4

Am nächsten Morgen, als Richard Orangen auspreßte, machte Lauren das Frühstück für Emily: Cornflakes mit Bananenscheiben und Milch. Dann stellte sie Kaffeewasser auf und steckte zwei Scheiben Vollkornbrot in den Toaster.
»Du siehst wieder hübsch aus«, sagte Richard zu Emily.
»Das ist mein Lieblingskleid«, erwiderte sie und berührte ihren rosa Ärmel. »Weil Schleifen dran sind.«
»Stimmt. Warum hast du dich heute so fein gemacht?«
»Weil wir einen Ausflug machen. Wohin geht's, Mama?«
»Das weißt du doch – ins Museum.«
»Ach ja.«
Richard wandte sich an Lauren. »Warst du schon einmal dort?«
Sie trank einen Schluck Kaffee. »In der Galerie? Aber sicher! Und sogar mit dir! Hast du das vergessen?«
Richard schüttelte den Kopf. »Du mußt mit jemand anderem dort gewesen sein.«
»Vielleicht mit dem Papa«, merkte Emily an.
Richard lächelte. »Ja, wahrscheinlich.«
»Soll das heißen, daß du noch nie im Museum warst? Banause!«
»Sicher war ich in der Galerie, aber allein. Damals kannte ich dich noch nicht.«
Er gab Lauren einen Kuß und schaute dann auf die Uhr. »Ich muß los.« Er stand auf und berührte sanft Emilys Haarschopf. »Tschüs, Kleines.«
»Tschüs, Richard.«
Als er aus dem Haus war, lächelte Lauren bei dem Gedanken, daß er früher recht einsam gewesen sein muß, denn er hatte

kaum Freunde außer Arthur, ihren alten Freunden und den Freunden, die sie inzwischen gemeinsam gewonnen hatten.
Lauren packte ihr Mittagessen in eine Papiertüte – einen Becher Zitronenjoghurt, Müsliriegel, einen Apfel – und ging dann durchs Haus, um sicherzustellen, daß alle Lichter aus, alle Fenster zu und die Türen abgeschlossen waren. Sie schaute ein letztes Mal in den Spiegel, entdeckte einen losen Faden an ihrem Rocksaum und riß ihn ab.
Im Kinderzimmer fand sie Emily mit ihren Puppen auf dem Bett vor. »Komm, mein Herz, es ist Zeit.«
Ehe sie das Haus durch die Hintertür verließ, sah sie nach Amos' Wasserschale. Er musterte sie aus traurigen braunen Augen, wurde aber munterer, als sie ihm einen Streifen Leder mit Rindgeschmack zum Kauen gab.
Im Auto schnallte sie Emily an und fuhr dann rückwärts aus der Garage. Am Straßenrand hielt sie kurz an, und dabei fiel ihr Blick auf Madge Greys Haus.
Die Vorhänge der zur Straße weisenden Fenster waren zugezogen; nur in einem Fenster klaffte ein dunkler Spalt. Lauren bildete sich ein, beobachtet zu werden, sah aber keinen Hinweis darauf. Gerade als sie losfahren wollte, kam Connie aus ihrem Haus, hob die Morgenzeitung vom Rasen auf und winkte Lauren zu.
Lauren hob die Hand zum Gruß, stellte dann aber auf einen Impuls hin den Motor ab und zog die Handbremse an. »Ich komme gleich wieder«, sagte sie zu Emily.
Sie stieg aus und rief Connie, die wieder zurück zu ihrem Haus ging.
Connie Pickering war eine füllige Frau. Ihre bloßen Füße waren braun, und ihr schwarzes Haar hatte sie straff zurückgebunden. Sie trug ein weites, wallendes Kleid, in dem sie aussah wie die Königin von Hawaii. Ihre Großmutter war Polynesierin gewesen. Lauren kannte Connie, ihren Mann Benjamin und ihre drei Kinder, seit sie vor sechs Jahren hier eingezogen war.
»›Heirate einen Mediziner‹, riet mir meine Mutter«, hatte

Connie schon bald nach ihrer ersten Begegnung zu Lauren gesagt. »›Die haben viel Geld und immer genug Arbeit.‹ Ich habe ihren Rat befolgt, so gut ich konnte.« Benjamin war Zahnarzt.
Connie ging nicht arbeiten, war aber in der Lokalpolitik aktiv und setzte sich manchmal sogar im Fernsehen für bessere Straßenbeleuchtung, schärfere Maßnahmen gegen Lärmbelästigung und augenblicklich für die Registrierung aller Feuerwaffen in San Miguel ein.
Nun traf sie Lauren auf dem Rasenstreifen zwischen den beiden Einfahrten.
»Guten Morgen.« Über Connies runden Wangen funkelten dunkle Augen.
»Hallo. Ich bin auf dem Sprung und wollte dich nur nach den neuen Leuten von gegenüber fragen.«
»Die habe ich noch nicht kennengelernt.«
»Hast du sie wenigstens gesehen?«
»Gestern, als sie einzogen, aber nur ganz kurz.«
»Sie sind also wirklich eingezogen?«
Connie grinste. »Mit Mietlaster und allem Drum und Dran.« Sie schaute Lauren fragend an.
»Irgendwie klingt es jetzt lächerlich«, meinte Lauren verlegen, »aber gestern sah ich jemanden hinter den Vorhängen, und ich kam mir beobachtet vor. Richard und ich spekulierten sogar, es könnten Einbrecher im Haus sein.«
Connie, die einen Kopf größer war als Lauren, schaute wie eine ältere Schwester auf sie hinab und schüttelte den Kopf. »Ach wo, die Leute sind ganz normal, ein sympathisch aussehendes Paar in unserem Alter oder jünger. Sie hatten ein paar Männer dabei, die Umzugskisten und Möbel ins Haus trugen.« Sie zog die Augenbrauen zusammen. »Aber wenn ich jetzt darüber nachdenke ...«
»Was?«
»Eigentlich haben sie kaum Möbel und überhaupt nicht viele Sachen. Na, vielleicht gehören sie einer sonderbaren Sekte an, bei der der Besitz eines Sofas als Gotteslästerung gilt.«
Lauren lächelte. »Sehr witzig.«

»Tja, was es nicht alles gibt. So, und du fährst jetzt besser los, sonst kommst du zu spät zur Arbeit.«
»Jawohl, Mama.«
Connie versetzte ihr einen sanften Hieb mit der Zeitung. »Na hör mal, *so* viel älter als du bin ich nun auch wieder nicht.«
»Wir reden später.«
»Gut«, rief Connie ihr hinterher. »Und ich behalte die rätselhaften neuen Nachbarn im Auge.«

Lauren brachte Emily zum Kindergarten und erreichte erst um zwei Minuten vor acht das Gebäude der Stadtverwaltung. Normalerweise traf sie etwas früher ein, um in der Nähe des Eingangs parken zu können, heute aber mußte sie den Honda am Rand des Parkplatzes abstellen und an zwölf Reihen Autos vorbei zum Eingang laufen.
Im Haus ließ sie ihren Blick zur Decke des zwei Stockwerke hohen Atriums schweifen und ging dann am Auskunftsschalter vorbei, wo die Empfangsdame mit zwei Polizisten in Uniform schwatzte. In dem zu den Gerichtssälen führenden Korridor standen schon die Verkehrssünder Schlange, um ihre Unschuld zu beteuern, und vor den Aufzügen stauten sich Bürger, die zum Bauamt wollten. Lauren ging die offene, geschwungene Treppe an der Nordwand hinauf und schaute dabei durch die Fenster der hohen Glasfassade auf den angrenzenden Park. Auf dem Weg, der sich zwischen graswachsenen Hügeln, blühenden Büschen und den verstreut aufgestellten Gartenhäuschen hindurchschlängelte, joggte ein Paar.
Im ersten Stock begrüßte Lauren in dem unterteilten Großraumbüro ihre Kolleginnen und Kollegen. Separate Arbeitszimmer hatten nur die Leiter der Planungsabteilung und des Bauamtes.
Laurens Arbeitsplatz maß 2,5 mal 3 Meter. In der linken Ecke stand ein Zeichentisch, an der Wand gegenüber ein Arbeitstisch. Am Ende dieses Möbelstücks ragte ein Schrank auf, der Akten und Büromaterial enthielt und von

einer Grünlilie gekrönt wurde. Lauren zog die unterste Schublade am Zeichentisch auf und legte ihre Handtasche hinein.
»Guten Morgen.« Ein hochgewachsener Mann, der weiße Leinenhosen und ein lila Hemd mit pastellfarbener Krawatte trug, stand im Eingang. In einer Hand hatte er einen Hefter, in der anderen einen dampfenden Becher Kaffee.
»Tag, Geoffrey.«
Geoffrey Leiderhaus war der Parkplaner der Stadt. Lauren arbeitete nicht zum erstenmal mit ihm zusammen und wußte, daß er kompetent war und fair mit seinen Untergebenen umging. Andererseits aber war er ein Schürzenjäger.
»Haben Sie einen Augenblick Zeit?« fragte er.
»Sicher.«
»Tut mir leid, daß ich Ihnen das so früh am Morgen aufbürden muß, aber ich habe in zehn Minuten eine Besprechung und bin dann für den Rest des Tages nicht mehr im Büro.«
Er stellte seinen Becher auf den Arbeitstisch, zog sich den einzigen Stuhl heran und setzte sich. Da der Hocker am Zeichentisch zu hoch war, blieb Lauren neben ihm stehen. Geoffrey schlug den Hefter auf und breitete Dokumente aus: einen Grundbuchauszug, betreffend das Anwesen eines verstorbenen Mr. Will, handschriftliche Notizen über den Verlauf einer Anwohnerversammlung, Empfehlungen des für die Freizeitanlagen zuständigen Stabes, Briefe von Stadtverordneten, eine demographische Studie, einen Entwässerungsplan, eine Bodenanalyse, und so weiter. Zusammen stellten sie die ersten Phasen des neuen Parkprojekts dar.
»Ich möchte, daß Sie heute damit anfangen«, meinte Geoffrey. »Machen Sie sich mit den Unterlagen vertraut, ganz besonders mit den Wünschen der Anwohner. Wie Sie feststellen werden, sind das Tennisfans. Sie könnten auch unser Vermessungsgutachten hervorholen und mit einem Konzept für den Park beginnen.«
»Gut, wird gemacht.« Auf diese Arbeit freute Lauren sich.
»Montag nachmittag schauen wir uns dann gemeinsam Ihre Skizzen an.« Er schaute zu ihr auf. Sein Lächeln, vermutete

Lauren, sollte wohl vielsagend sein. »Wie schön, mit Ihnen zusammenzuarbeiten«, meinte er mit Gefühl.
»Ich finde das auch angenehm.«
»Das meine ich ganz ernst.« Geoffrey stand auf.
Lauren lächelte und sah ihm fest in die Augen. »Ich auch. Das habe ich gerade heute morgen Richard gesagt.«
»So?« Geoffrey schien plötzlich verlegen zu sein. »Wie geht's ihm?«
»Danke, bestens. Ich richte ihm einen Gruß von Ihnen aus.«
»Fein. Und nun...« Er schaute demonstrativ auf die Uhr. »Jetzt muß ich mich aber sputen. Angenehmes Wochenende.«
»Das wünsche ich Ihnen auch.«
Lauren lächelte vor sich hin, als er gegangen war. Sie hätte Geoffrey auf mehrere Arten zu verstehen geben können, was Sache war, aber das Thema auf Richard zu bringen, war wohl die rascheste Methode.
Sie zog die obere Schublade an ihrem Zeichentisch auf, nahm einen roten Filzstift heraus und malte eine stilisierte Blüte auf die Tüte mit ihrem Mittagessen, die sie dann zusammen mit ihrem Kaffeebecher in einen Raum trug, in dem neben Regalen und dem Kopierer auch ein Kühlschrank und eine Kaffeemaschine standen. Lauren zwängte ihre Tüte zwischen die anderen, und ihre rosa Blüte hob sich von dem einförmigen Braun ab. Dann füllte sie ihren Becher mit Kaffee und trug ihn vorsichtig zurück an ihren Arbeitsplatz.
Den Rest des Vormittags verbrachte sie mit dem Studium der Unterlagen, die Geoffrey gebracht hatte, und besorgte noch einige Dokumente, die er vergessen hatte: Bebauungsplan der Umgebung des geplanten Parks, eine topographische Karte des Gebiets und Pläne der angrenzenden Straßen, die Wegerechte und unterirdische Leitungen darstellten. Außerdem trug sie den auf Mylar gezeichneten, 60 mal 90 cm großen Plan des Willschen Anwesens in den Kopierraum und fertigte eine Blaupause an.
Um zwölf traf sie sich mit Susan Aitkens, und die beiden gingen mit ihren Essenstüten hinunter in den Park. Die Sonne

schien warm, und eine sanfte Brise brachte den Geruch des Meeres mit. Lauren und Susan schlenderten ein Stück den Radweg entlang, bis sie ein freies Gartenhäuschen gefunden hatten.

Susan war eine zierliche Frau mit hellblondem Haar und blaßblauen Augen und Laurens liebste Kollegin; abgesehen von Connie sogar ihre beste Freundin. Die beiden hatten sich sofort verstanden, weil sie viel gemeinsam hatten. Beide stammten aus dem Mittleren Westen (Lauren kam aus Nebraska, Susan aus Kansas), hatten beide am Anfang ihres Studiums Kunst im Hauptfach gehabt und sich erst später für andere Fächer entschieden, und beide hatten kleine Kinder. Außerdem war Susan eine alleinerziehende Mutter. Auch Lauren wollte diesen Weg gehen, was sie aber damals noch nicht gewußt hatten.

Lauren heiratete nach einer Weile wieder, aber Susan war immer noch ledig.

»Was habt ihr am Wochenende vor?« fragte Susan.

»Morgen fahren wir nach San Diego und sehen uns die Sea World an. Emily war noch nie dort.«

»Hoffentlich gefällt es ihr.«

Lauren hörte auf, ihr Joghurt zu löffeln. »Warum sollte es ihr nicht gefallen?«

Susan zuckte die Achseln. »Als ich mit Timmy dort war, bekam er Angst und hatte eine Woche lang böse Träume von großen Fischen, die ihn fressen wollten.«

»An diese Möglichkeit habe ich gar nicht gedacht.«

»Moment, ich will dich nicht davon abbringen. Timmy ist überempfindlich.« Sie biß in ihr Brot und schüttelte den Kopf. »Hoffentlich ziehe ich keine Mimose auf.«

»Unsinn, Susan.«

»Nein, das ist mein Ernst. Ein Junge braucht einen Vater, doch ein Mädchen wie deine Emily kommt auch nur mit der Mutter zurecht.«

Nach dem Mittagessen kehrte Lauren in ihr kleines Büro zurück, wo sie die Blaupause mit Kreppband auf dem Reißbrett fixierte. Die Zeichnung stellte ein rechteckiges, an vier Stra-

ßen grenzendes Grundstück dar, das gut 700 Hektar maß. Kleine Quadrate und Kreise standen für existierende Gebäude und Bäume.
Lauren, die schon oft an dem Grundstück vorbeigefahren war, kannte seine Geschichte. Bei den Gebäuden handelte es sich um baufällige Scheunen und ein Ranchhaus, das Mr. Wills Großvater vor hundert Jahren erbaut hatte. Das Stück Land, dessen Quelle inzwischen versiegt war, konnte gerade eine kleine Familie und ein paar Pferde ernähren. Im Lauf der letzten Jahre war die Stadt San Miguel um das Willsche Anwesen herumgewachsen, und Baulöwen hatten ohne Erfolg versucht, es zu kaufen.
Mr. Will war vor einigen Jahren gestorben und hatte der Stadt sein Grundstück vermacht mit der Auflage, daß man dort »Bäume pflanzen« und »keine verdammten Häuser mehr bauen sollte«. Der Plan der Stadt, das Anwesen in einen Park zu verwandeln, wurde von den Wählern gebilligt.
Lauren klebte Pauspapier über die Blaupause und begann ihren Entwurf zu skizzieren. Das Bauamt fertigte, wie sie wußte, seine Entwürfe bereits computergestützt an, und sie fragte sich, wann auch sie Zeichenmaschine und Stift weglegen und sich mit einem Rechner vertraut machen mußte.
Hoffentlich nicht so bald, dachte sie und zeichnete einen Ballspielplatz ein.

Später am Nachmittag, als sie mehrere Ideen für den Park zu Papier gebracht hatte, rief sie Richard im Geschäft an, um ihm zu berichten, daß die neuen Nachbarn tatsächlich keine »Einbrecher« waren. Doch beim Warten, bis er an den Apparat kam, erkannte sie plötzlich, wie lächerlich das klingen mußte. Wahrscheinlich hatte Richard den Vorfall längst vergessen.
»Hallo, Schatz«, sagte er.
»Ist viel zu tun?«
»Ja, es geht rund. Was gibt's?«
»Ich wollte dir nur sagen, daß ich heute früh mit Connie geredet habe. Sie sah, wie unsere neuen Nachbarn, ein junges Paar, eingezogen sind.«

»Das weiß ich.«
»Wirklich? Woher?«
»Ich habe heute vormittag bei der Immobiliengesellschaft angerufen und mich erkundigt«, erwiderte Richard. »Da sie mir am Telefon keine Auskunft geben wollten, fuhr ich nach Los Angeles und machte in ihrem Büro so lange Stunk, bis man mir sagte, das Haus sei nicht verkauft, sondern nur vermietet worden, und zwar an ein Ehepaar Hal und Monica Ipswich. Er ist Schriftsteller, sie Hausfrau. Du hast dir also überflüssige Sorgen gemacht. So, und ich muß jetzt zurück an die Arbeit. Bis später.« Er legte auf.
Lauren starrte einen Augenblick lang das Telefon an. Soweit sie wußte, verließ Richard den Laden während der Geschäftszeit nur im Notfall. Heute aber hatte er sich sechzig Kilometer weit durch den höllischen Verkehr nach Los Angeles gequält und dabei mindestens zwei Stunden Arbeit versäumt – ganz zu schweigen von der Szene, die er bei der Firma gemacht hatte.
Und das alles nur wegen der neuen Nachbarn?
Warum?

5

Am Abend gab Lauren Spaghetti in kochendes Wasser und machte ein Glas Spaghettisauce mit Pilzen auf. Richard deckte unterdessen den Tisch.
»Wann fahren wir morgen los?« fragte er von der Tür.
»Wie bitte?« Sie war in Gedanken anderswo gewesen.
»Zur Sea World.«
»Ach ja. Irgendwann am späten Vormittag wohl.«
Richard legte den Kopf schief und schaute sie an. »Was ist? Du klingst nicht gerade begeistert.«
Sie schüttelte den Kopf und lächelte schwach. »Ach, nichts.«
»Irgend etwas bedrückt dich. Los, raus mit der Sprache.«
Deine Fahrt nach Los Angeles, dachte sie, und die zwei Ar-

beitsstunden, die du wegen der neuen Nachbarn hast sausen lassen. »Ich dachte an etwas, das Susan mir heute sagte. Als sie mit Timmy in der Sea World war, bekam er Angst vor den großen Fischen und später böse Träume.«
»Meinst du, Emily . . . ?«
»Sie wird es verkraften.«
Ausgerechnet in diesem Augenblick kam Emily in die Küche. »Mama, ich hab' Hunger.«
»Das Essen ist gleich fertig.«
»Komm doch rüber zu mir«, meinte Richard, »und sieh zu, wie ich den Salat mache.«
Emily stellte sich neben Richard, der nun auf der Arbeitsplatte eine Tomate in Scheiben zu schneiden begann. »Du weißt ja, daß wir morgen zur Sea World fahren«, sagte er.
»Klar! Und da sehen wir auch die Shamu und ihr Kleines!«
»Das sind die Wale«, erklärte Richard.
»Die *Mörder*wale«, fügte Lauren hinzu.
»Richtig.« Richard fragte Emily: »Und wie stellst du dir die Shamu vor?«
»Toll!«
»Die ist ein Mordsbrocken.« Richard schaute sich um. »Und bestimmt länger als die ganze Küche.«
Nun wandte sich Lauren an Emily. »Und sie kann auch aus dem Wasser springen.«
»Ich weiß, das war im Fernsehen. Gibt's jetzt bald was zu essen?«
Lauren lächelte. »Ja, gleich.«
Nach dem Essen schauten sie sich im Wohnzimmer einen Film auf dem Disney-Kanal an. Später brachte Lauren die Kleine ins Bett. Richard kam ins Kinderzimmer und strich Emily sanft übers Haar. »Gute Nacht, Süßes.«
»Träum schön«, sagte er und ließ die beiden dann allein.
»Bis morgen«, sagte Lauren, beugte sich vor und gab Emily einen Kuß auf die Wange.
»Gute Nacht, Mama. Du, wird Richard mal irgendwann mein richtiger Papi?«
»Richard ist dein Stiefvater. Darüber haben wir doch schon

einmal gesprochen. Paul ist dein leiblicher Vater, und das bleibt er auch. Aber Richard hat dich so lieb, als wäre er dein richtiger Vater. Er hat dich so lieb wie ich.«
»Ich weiß. Aber manchmal würde ich gern ›Papa‹ zu ihm sagen. Darf ich das?«
Lauren setzte sich auf die Bettkante. »Sicher, mein Herz, das stört ihn bestimmt nicht. Es würde ihn sogar freuen.«
»Aber würde da mein richtiger Papa nicht böse?«
»Nein«, erwiderte Lauren fest und fuhr dann sanfter fort: »Nein, mein Schatz, das stört ihn bestimmt nicht. Aber wenn du willst, frage ich ihn.«
»Gut.« Emily schlang die Arme um den Hals ihrer Mutter.
Lauren war von Emilys Wunsch sehr gerührt und dankbar, daß sie sich mit diesen Dingen so sachlich auseinandersetzte. Viele Kinder konnten eine Scheidung und eine neue Ehe der Mutter nicht verkraften.
Sie erinnerte sich an den Tag, an dem sie versucht hatte, Emily zu erklären, warum Paul ausgezogen war. Emily war drei gewesen, also alt genug, um zu verstehen, daß der Vater sie verließ. Sie hatte geweint, weil sie glaubte, er ginge fort, weil er sie nicht mehr liebhabe. Lauren hatte ihr mit Mühe erklärt, daß er wegen seiner Frau auszog, nicht wegen seiner Tochter.
So einfach war es in Wirklichkeit aber nicht gewesen. Paul hatte sich von seiner Familie beengt gefühlt. Eingestanden hatte er das nie, es aber mit seiner Haltung demonstriert. Und das war *sein* Problem gewesen, dachte Lauren.
Leider hatte dieses Problem aber auch sie und ihre Tochter in Mitleidenschaft gezogen, sie hatten die Scheidung inzwischen überstanden und sich gut an das Leben zu zweit gewöhnt. Als Richard auf den Plan trat, fügte er sich gut ein. Verwirrt hatte Emily nach der Hochzeit nur die Frage der Nachnamen, denn Lauren hieß nun Caylor, Emily aber immer noch Webb.
Lauren hatte das zu erklären versucht: »Als ich deinen Papa heiratete, nahm ich seinen Nachnamen an – Webb. Und als du geboren wurdest, bekamst du ihn auch. Aber jetzt bin ich

mit Richard verheiratet und habe seinen Namen angenommen, du aber heißt nach wie vor Webb.«
»Warum heiße ich denn nicht auch Caylor?«
»Weil Richard dein Stiefvater ist. Dein Nachname ändert sich erst, wenn du heiratest.«
Warum gibt Paul seinen Anspruch nicht auf und läßt Richard die Kleine adoptieren? Das würde die Sache vereinfachen, dachte sie bei sich. Doch Paul, obwohl er sich kaum um Emily gekümmert hatte, bestand darauf, daß sie seinen Nachnamen behielt – als ginge es um seine Ehre. »Sie ist *meine* Tochter«, pflegte er zu sagen, »und sie wird *meinen* Namen führen.«
Überlegt er es sich vielleicht anders, spekulierte sie, wenn er mitbekommt, daß Emily Richard »Papa« nennt?
Sie löschte das Licht im Kinderzimmer, blieb noch kurz in der Tür stehen und ging dann ins Wohnzimmer. Leiser Jazz; Richard hatte eine Kassette aufgelegt. »Lust auf ein Glas Wein?«
»Nein, danke.«
Er kam mit seinem Glas herein, setzte sich neben sie auf die Couch, legte ihr einen Arm um die Schulter und küßte sie auf die Wange. Als sie nicht reagierte, wich er zurück.
»Richard, ich wollte dich etwas fragen.«
»Worum geht es?«
Sie atmete tief durch und fragte dann: »Warum bist du heute nach Los Angeles gefahren?«
»Warum?« Er lächelte. »Das habe ich dir doch gesagt. Um mich nach den Leuten von gegenüber zu erkundigen.«
»Sicher, aber *warum*?«
»Dir zuliebe.«
Lauren schüttelte langsam den Kopf. »Nein.«
Richard nahm den Arm von ihrer Schulter und wandte sich zu ihr um. Als ihre Blicke sich trafen, schaute sie weg.
»Lauren«, sagte er sanft, »die Fahrt habe ich deinetwegen gemacht. Sieh mich an.« Er berührte ihre Schulter. »Das ist mein Ernst. Gestern schienen dich diese Leute echt zu beunruhigen. Und je mehr ich darüber nachdachte, desto besorg-

ter wurde ich. Deshalb wollte ich sicherstellen, daß diese Leute sich auch legal dort aufhalten.«
»Legal?«
»Nun, ich wollte wissen, ob sie das Haus ordnungsgemäß gekauft oder gemietet hatten. Es hätten ja auch Hausbesetzer sein können.«
»Du bist aus dem Laden gegangen ...«
»Arthur war da, und als ich ihm die Sache erklärte, war er damit einverstanden. Er riet mir das sogar.«
»Wirklich?«
Richard lächelte. »Ja. Meinst du vielleicht, ich sei kopflos aus dem Geschäft gerannt?«
Nun mußte Lauren lächeln. »Na ...«
Er nahm sie in die Arme und drückte sie. »Kannst ruhig ein bißchen mehr von mir erwarten.«
»Verzeih mir. Ich dachte, du hättest überstürzt reagiert, und fragte mich nach dem Grund.«
»Verständlich«, meinte er. »Vielleicht hätte ich dich vorher anrufen sollen. Dann wäre die Sache weniger mysteriös gewesen.« Er küßte sie. »Beim nächsten Mal will ich das auch tun.«
»Hoffen wir, daß es kein nächstes Mal gibt.«

Später in der Nacht erwachte Lauren aus unruhigem Schlaf. Sie lag da, starrte an die Decke und versuchte, sich an ihren Traum zu erinnern. Richard lag neben ihr und schnarchte leise. Sie stützte sich auf einen Ellbogen und schaute über ihn hinweg auf den Wecker: 3 Uhr 29.
Leise, um Richard nicht zu wecken, stand sie auf, ging ins Bad und trank im Dunkeln ein Glas Wasser.
Auf dem Weg zurück ins Bett überlegte sie es sich anders und ging durch den Korridor zum Gästezimmer an der Südostecke des Hauses. Dort ging ein Fenster zur Straße hinaus. Lauren zog den Vorhang auf. Eine Straßenlaterne warf fahles gelbes Licht und dunkle Schatten auf den Vorgarten des Hauses gegenüber. Das Anwesen der Greys war dunkel und still, aber irgend etwas an ihm kam Lauren seltsam vor. Der

Vorhang zum Beispiel war immer noch einen Spaltbreit geöffnet.
Nun fiel Lauren auf, daß das Haus nicht völlig dunkel war; hinten brannte Licht. Sie stellte sich den Grundriß vor und kam zu dem Schluß, daß das Licht aus der Küche kommen mußte.
Sie fröstelte in ihrem dünnen Nachthemd.
Komisch, daß jemand um diese Zeit in der Küche ist, dachte sie. Warum sind die Leute überhaupt auf?
Dann lächelte sie vor sich hin und ließ den Vorhang wieder zufallen. Warum bist *du* eigentlich wach? fragte sie sich und ging wieder ins Bett.

Am Samstag vormittag fuhren sie nach San Diego. Als Richard seinen Chevrolet Corsica auf den Parkplatz des Ozeanariums Sea World steuerte, war dieser bereits fast voll.
Als erstes setzten sie sich zu ein paar tausend anderen Zuschauern ins Freilichtstadion und sahen den Kunststücken der Mörderwale zu. Als eines der stromlinienförmigen schwarz-weißen Tiere mit einer Betreuerin auf der Schnauze hoch aus dem Wasser sprang, quietschte Emily vor Vergnügen.
»Unglaublich«, merkte Richard an, als der Applaus aufrauschte.
Lauren nickte, setzte die Kamera ab und hoffte, im richtigen Augenblick abgedrückt zu haben.
Nach der Vorstellung sahen sie sich die Aquarien an, die eine erstaunliche Vielfalt von Fischen und anderen Meerestieren enthielten. Lauren ließ Richard und Emily vorgehen, um sie zu fotografieren.
Ihr Mittagessen, das aus Hamburgern und Limo bestand, nahmen sie im Freien ein.
»Nun, wie gefällt es dir?« fragte Lauren ihre Tochter.
»Toll!«
»Laß mich mal ein paar Bilder von euch machen«, bat Richard.
»Wie wäre es mit einer Aufnahme von uns dreien?«

Richard bat ein junges Paar, das gerade vom Nebentisch aufstand, um diesen Gefallen.
Am Spätnachmittag waren sie alle erschöpft und reif für die Heimfahrt. Sie waren sich einig gewesen, daß das Becken mit den Delphinen, die man sogar anfassen durfte, den Höhepunkt des Tages dargestellt hatte. Lauren fand, daß sich die Haut wie nasses Wildleder anfühlte, weich und glatt.
Auf dem Parkplatz verliefen sie sich erst einmal, bis Richard sich wieder orientierte und ihr Auto fand. Lauren warf einen Blick auf ihre Kamera – noch ein Bild übrig.
»Stellt euch mal neben das Auto«, sagte sie. »Dann erwische ich euch beide mit dem Haupteingang im Hintergrund.«
Sie nahm Richard und Emily so ins Visier, daß das Schild »Sea World« über Richards rechter Schulter sichtbar war. Leider störten auch Autos und Menschen im Hintergrund, aber das konnte sie nicht ändern. Lauren drückte auf den Auslöser.
Als sie die Kamera sinken ließ, fiel ihr ein Mann auf, der nicht weit hinter Richard neben einem Auto stand. Er schien sie anzustarren, und nicht gerade freundlich. Dann duckte er sich, als wollte er hastig in seinen Wagen steigen.
Lauren ging zu Richard und Emily hinüber.
»Hast du uns draufbekommen?« fragte Richard.
»Ja, aber es kam auch ein Finsterling aufs Bild, der nicht fotografiert werden wollte. Der Kerl starrte mich richtig an.«
»Wo?« fragte Richard, der besorgt wirkte.
Lauren wies in die Richtung, aber der Mann war verschwunden.
Richard sah sich auf dem Parkplatz um. »Wie sah er aus?«
»Weiß ich nicht. Ein Mann halt.« Lauren musterte Richard. »Hat das etwas zu bedeuten?«
Er rang sich ein Lächeln ab. »Nein, natürlich nicht.«
Auf der Rückfahrt nach San Miguel stellte Lauren fest, daß Richard häufiger als gewöhnlich in den Rückspiegel sah.

6

In Albuquerque war es Samstag abend, und Albert Novek überlegte, wie er Gus umbringen sollte.
Hätte er eine Knarre gehabt, würde er ihn erschossen haben. Leider hatte er keine. Kurz hatte er mit dem Gedanken an ein Messer gespielt, ihn aber wieder verworfen; Messer machten eine Schweinerei.
Er hatte sogar erwogen, Gus mit dem Gabelstapler zu zerquetschen, mehr noch: dieser Gedanke war ihm seit drei Jahren, fünf Monaten und zwölf Tagen mindestens einmal pro Woche gekommen; so lange arbeitete er nämlich schon bei Gus' Spedition und Metallverwertung. Er konnte sogar einen Unfall vortäuschen. Auf jeden Fall schied der Gabelstapler aus, denn Gus war erst am Montag wieder auf dem Hof zu erwischen. Nein, Gus mußte heute sterben. Morgen wollte Novek auf Reisen gehen und Leute besuchen.
Novek hatte also nur zwei Möglichkeiten: Entweder er bearbeitete Gus' Schädel mit dem Stemmeisen, oder er erwürgte ihn mit bloßen Händen.
Das Stemmeisen wirkte allerdings schneller und einfacher. Erwürgen dagegen brachte mehr Genugtuung, denn da konnte man echt spüren, wie das fette Schwein verreckte.
Gus war ein großer, massiver Mann, der sich nicht ohne Gegenwehr erdrosseln lassen würde. Kein Zweifel, daß Novek mit ihm fertig werden würde – auch er war kräftig gebaut, im Moment sogar ziemlich fit, stärker und gewandter, und er hatte mehr Erfahrung in solchen Dingen.
Novek entschied sich schließlich für das Stemmeisen.
Je länger Novek über diese Methode nachdachte, desto besser gefiel sie ihm. Welch schöne ausgleichende Gerechtigkeit, den fetten Gus mit seinem eigenen Werkzeug zur Strecke zu bringen. Jahrelang hatte er sich von Gus herumkommandieren lassen müssen, und Gus' Lieblingsbefehl hatte so gelautet: »He, schnapp dir mal das Stemmeisen und zieh die Nägel aus den Brettern da. Ich hab' jemanden, der mir zwei Cent das Stück zahlt.«

Der uralte Kühlschrank begann zu rattern. Novek stand vom Küchentisch auf, holte sich eine Dose Bier, ging über den fadenscheinigen Teppich und stellte sich ans Fenster. Es stand offen, aber draußen wehte kein Lüftchen. Der Maiabend war warm und still.
Novek riß die Dose auf, trank einen Schluck, drückte sich dann die kalte Dose an die Schläfe und schaute aus dem Fenster.
Er wohnte im vierten Stock und hatte Ausblick auf einen Parkplatz gegenüber. Als sein Blick über die Lichter von Albuquerque schweifte, versuchte Novek sich vorzustellen, wo Gus wohnte. Sein Haus stand ein paar Meilen weiter in einem Viertel mit grünem Rasen und Ziersträuchern. Dorthin war Novek nur einmal eingeladen worden – vor einem Jahr, als er Gus helfen mußte, eine sarggroße Gefriertruhe von einem Ende des ausgebauten Kellers zum anderen zu wuchten.
Novek lächelte vor sich hin, als ihm einfiel, daß er damals erwogen hatte, Gus umzubringen und in seine eigene Gefriertruhe zu stopfen. Aber dabei wäre er natürlich aufgeflogen.
Er setzte die Dose noch einmal an und schaute auf seine Armbanduhr. Halb sieben. Zeit, sich in Bewegung zu setzen, wenn er vor Gus im Büro sein wollte.
Eines mußte man Gus lassen: Er war verläßlich. Samstags ging er am Abend nach der Arbeit heim, duschte und aß mit seiner Frau zu Abend. Dann fuhr er um sieben zurück ins Büro und setzte sich eine Stunde lang an die Buchführung. Manchmal blieb er auch länger, wurstelte in der Garage herum und suchte nach Sachen, die er Novek am Montag unter die Nase reiben konnte.
Im Schlafzimmer trank Novek sein Bier aus und stellte die leere Dose auf die Kommode. Dann betrachtete er sich in dem gesprungenen Spiegel.
Er war in guter Verfassung, vielleicht besser als je zuvor seit seiner Jugend. Die Arbeit bei Gus hatte seine Muskeln gehärtet. Inzwischen wog er nur noch fünfundachtzig Kilo, ge-

nau richtig für seine Größe. Er war braungebrannt. Novek fuhr sich übers Haar. Er trug es kurz, und um seine Erscheinung noch weiter zu verändern, zupfte er es sich am Haaransatz aus, was seine Stirn höher wirken ließ.
Er versuchte, sich vorzustellen, wie er früher ausgesehen hatte. Erinnern konnte er sich wohl, aber es fiel ihm schwer, sich so zu sehen: blaß, Schmerbauch, lange Haare und Koteletten, niedrige Stirn. Damals, in der guten alten Zeit, ehe die Operation aufgeflogen war und er abtauchen mußte, hatte er mehr Gewicht auf die Waage gebracht.
Anfangs war es ihm schwergefallen, unter einem falschen Namen, einer anderen Identität zu leben – so viele Lügen, die man nicht vergessen durfte. Im Lauf der Zeit war es natürlich einfacher geworden, doch er hatte sich nie daran gewöhnen können, sich von Gus beschimpfen und herumkommandieren zu lassen. Auch das war nun vorbei – er hatte *echte* Anweisungen bekommen und war auf dem Sprung.
Gus umzulegen hatte mit dem Geschäft nichts zu tun. Er beglich damit lediglich eine private Rechnung.
Jetzt hörte er Gus' Auto.
Das Stemmeisen fand er auf der Werkbank neben dem Werkzeugkasten. Er packte das Instrument: Es war fünfundsiebzig Zentimeter lang und 2,5 cm stark.
Novek hörte Gus' Schlüssel im Schloß der Bürotür.
Er ging auf die Tür zu, die die Garage mit dem Büro verband. Als er sie öffnete, saß Gus schon an seinem ramponierten Schreibtisch. Der Dicke setzte die Brille auf, öffnete das Hauptbuch und schaute Novek an.
»Machst du heut noch bei dem Laster 'nen Ölwechsel?« fragte Gus und fügte dann überrascht hinzu: »He, du bist ja in Schale!«
»Ich fahr' weg«, sagte Novek und kam herein. »Wollte mich nur verabschieden.« Mit dem Stemmeisen in der gesenkten Hand ging er auf Gus zu.

7

Am Sonntag mähte Richard – lässig beobachtet von Emily und Amos – den Rasen hinter dem Haus, während Lauren die Waschmaschine füllte. Sie lächelte, als sie sich an das Gespräch am Frühstückstisch erinnerte. Sie hatten gerade ihren French Toast aufgegessen, als Emily erklärte: »Ich hab' heute nacht von Shamu geträumt.« Lauren hatte Richard einen Blick zugeworfen und sich dann an Emily gewandt. »So? Was ist denn passiert?«
»Erst bin ich in ihr Wasserbecken gefallen, und dann –«
Richard stellte mit besorgter Miene seine Tasse ab.
»Und da schwamm sie zu mir rüber und fing an zu reden, in so einer Fischsprache, aber ich wußte, was sie meinte.«
Lauren wartete ab und befürchtete schon, der Wal habe den Wunsch geäußert, Emily zu verspeisen.
»Sie wollte raus aus dem Becken. Da bin ich rübergeschwommen und hab das Gitter aufgemacht, und dann ist Shamu mit ihrer ganzen Familie raus ins Meer geschwommen, und sie waren alle ganz froh.«
Richard blickte erleichtert, aber Emily schien traurig zu sein. Lauren legte ihrer Tochter die Hand auf den Arm. »Was ist, mein Herz?«
»Ich weiß nicht, wie man das Gitter aufmacht und Shamu rausläßt.«
Lauren lächelte. »Ach was, Shamu fühlt sich in ihrem Wasserbecken ganz wohl. Das hast du ja nur geträumt.« Im offenen Meer wäre sie aber bestimmt glücklicher, fügte sie in Gedanken hinzu.
»Wirklich?«
»Ja, bestimmt«, bestätigte Richard sanft. »Dort kann sie den ganzen Tag mit ihrer Familie spielen und bekommt viel zu fressen. Außerdem darf sie Leute wie uns unterhalten. Hat dir das gestern denn keinen Spaß gemacht?«
»Ja, schon.«
»Na also. Und Shamu hat sich auch amüsiert«, hatte Richard zu Emily gesagt.

Das Telefon unterbrach Laurens Tagtraum. Connie Pickering lud sie zu einer Grillparty am Nachmittag ein.

»Hmm, klingt gut. Ich frage rasch Richard und rufe gleich zurück.«

»Das kannst du dir sparen«, meinte Connie. »Du weißt ja, wie sehr er meine Kochkünste schätzt.«

Lauren lachte. »Stimmt. Was können wir mitbringen?«

»Einen guten Appetit. Und Badezeug, wenn ihr mal in den Pool springen wollt. Ab eins könnt ihr antanzen.«

»Fein, ich freu' mich schon«, erwiderte Lauren und legte auf. Dann ging sie hinaus zu Richard.

Als er sie kommen sah, stellte er den Rasenmäher ab. Er war fast fertig, und es duftete angenehm nach frisch geschnittenem Gras.

Lauren liebte diesen Geruch. Er erinnerte sie an das Haus ihrer Kindheit in Nebraska. Es hatte einen riesigen Garten gehabt, größer noch als dieser, und am Zaun hatte eine Schaukel gestanden, die Lauren, ein Nachkömmling, meist für sich allein hatte.

Als sie mit Paul in San Miguel nach einem Haus gesucht hatte, war Lauren von diesem Objekt hauptsächlich des Gartens wegen angetan gewesen. Der Vorbesitzer hatte ihn hübsch angelegt: im Hintergrund große Bäume, üppige Sträucher, gepflegte Beete und eine herrlich grüne Rasenfläche.

Paul hatte nicht allzuviel davon gehalten und geklagt: »Da kriegen wir ja das einzige Haus in Südkalifornien, das kein Schwimmbecken hat.«

Nach dem Einzug ließ sich Paul von einem Bauunternehmer einen Kostenvoranschlag machen. Laura hatte protestiert, nicht nur wegen der immensen Kosten eines Pools, sondern auch, weil er den Verlust des Großteils des Rasens bedeutete. Nach langem Hin und Her hatte Paul sich ihrem Wunsch gefügt.

»Scheinst dich ja großartig zu amüsieren«, rief sie und ging über den Rasen auf Richard zu.

Er trug ein T-Shirt, eine kurze Hose und Turnschuhe ohne

Socken. An seinen Knöcheln klebte Gras. Er wischte sich die Hände am Hemd ab und lächelte.
»Und wie«, erwiderte er. »Besonders mit diesem feinen Mäher von McFadden. Und wenn ich mit dem tollen Rasendünger, natürlich auch von McFadden, nicht so verschwenderisch umgegangen wäre, hätte ich längst nicht so viel Spaß.«
Sie schlang die Arme um ihn, reckte sich und küßte ihn.
»Paß auf, ich bin verschwitzt«, warnte er.
»Macht nichts. Schicken wir Emily zu den Nachbarn und tun's gleich hier?«
Er wich in gespieltem Entsetzen zurück. »Das wäre gar nicht gut für den Rasen.«
Sie versetzte ihm einen spielerischen Puff in den Bauch und spürte harte Muskeln.
»Connie gibt heute nachmittag ein Grillfest und hat uns eingeladen.«
»Fein.«
»Ich weiß aber nicht, wer außer uns noch kommt.«
»Ist das denn wichtig?«
Früher schon, dachte sie und sagte: »Nein.« Sie gab ihm einen Kuß. »Na, dann kümmere dich weiter um deinen heiligen Rasen.«
Als sie sich umdrehte, gab er ihr einen leichten Klaps auf den Po.
»He, laß das!«
»Du magst das doch«, meinte er.
»Kann sein.«
Zurück an der Waschmaschine freute sich Lauren über den Wandel in Richard. Noch vor nicht zu langer Zeit, als sie noch nicht miteinander verheiratet gewesen waren, hatte er sich gesträubt, zu Connies Partys oder anderen Anlässen zu gehen, bei denen er gezwungen sein mochte, neue Bekanntschaften zu machen. Er wirkte schrecklich schüchtern, und als es ihr letztendlich gelungen war, ihn zu diesem oder jenem Fest zu schleppen, klebte er geradezu an ihr. Auf harmlose Fragen, besonders solche, die seine Vergan-

genheit betrafen, antwortete er einsilbig und gab so wenig wie möglich von sich preis:
»Sind Sie Kalifornier?«
»Nein.«
Pause. »Ah, woher kommen Sie dann?«
»Aus Philadelphia.«
»Und was haben Sie dort so getrieben?«
»Ich arbeitete bei einer Firma, die Projekte für die Regierung durchführte.«
»Wie interessant. Was waren das für Projekte?«
»Geheimprojekte. Entschuldigen Sie, ich muß mein Glas nachfüllen.« Ende der Unterhaltung.
Inzwischen ist das anders, dachte Lauren erleichtert, nahm die Wäsche aus der Maschine und legte sie in den Trockner.
Selbst Richard sah das inzwischen ein. »Ehe ich dich kennenlernte, war ich sehr schüchtern«, pflegte er zu sagen. »Du hast mich umgekrempelt.«
Um eins schlossen sie das Haus ab und gingen zu ihrer Nachbarin. Laurens Blick glitt über das Haus gegenüber. Nun erkannte sie, was ihr am Freitag komisch vorgekommen war: Die Büsche vorm Haus waren zurückgeschnitten worden und behinderten nun nicht mehr die Sicht aus dem Fenster. Der Rest des Gartens aber sah immer noch vernachlässigt aus. Offenbar waren nur die Büsche vor dem Fenster gestutzt worden.
Richard drückte auf den Klingelknopf, obwohl Connies Haustür offenstand. »Kommt nur rein!« schallte es aus dem Haus.
Connie und Benjamin Pickerings Wohnzimmer hatte einen Holzfußboden, auf dem handgewebte Läufer, die sie in Santa Fe erstanden hatten, lagen. Die Wände waren weiß und mit chromgerahmten Bildern im Pueblo-Stil des Südwestens verziert. Die weiße Ledercouch stand vor einem leeren Kamin. In einer Ecke wuchs ein mannshoher Kaktus.
»Ah, da seid ihr ja!« Connie kam in ihrem wallenden bunten Gewand herein und küßte Lauren und Richard auf die

Wange. Dann ging sie vor Emily in die Hocke. »Und du gibst Tante Connie einen dicken Kuß.«
Sie nahm Emily an die Hand und führte die drei durchs Haus. Lauren warf im Vorbeigehen einen Blick in die Küche und erspähte eine gewaltige Schüssel Salat. Connie hatte wohl ein größeres Fest geplant.
»Ihr seid die ersten«, meinte Connie und geleitete sie hinaus auf die überdachte Terrasse. Dort waren zwei große Picknicktische zusammengeschoben und mit einem blau-weiß karierten Tischtuch bedeckt worden. Am Rand der Terrasse qualmte ein Barbecue-Grill, auf dem man ein Wildschwein hätte braten können.
Benjamin stand am Schwimmbecken und fischte ein winziges Blatt von der Wasseroberfläche. Nun war der nierenförmige Pool, der den Garten dominierte, blitzsauber und leuchtete aquamarinfarben unter dem diesigen blauen Himmel.
Als Benjamin die Caylors sah, legte er sein Instrument hin und ging über den sechs Meter breiten Waschbetonstreifen, der das Becken von der Terrasse trennte, auf sie zu. »Lauren, Richard – schön, daß ihr kommen konntet.«
Benjamin trug ein grelles, geblümtes Hemd, hellblaue Hosen und Sandalen. Er war in mittleren Jahren und etwas gebeugt.
Lauren umarmte ihn. »Dein Pool sieht großartig aus.«
»Danke für das Kompliment. Springt ruhig rein, wenn ihr Lust habt.«
»Später vielleicht.«
Emily zupfte an Laurens Schultertasche, die ihre Badeanzüge und Handtücher enthielt. »Darf ich?« fragte sie. »Jetzt gleich?«
Lauren runzelte die Stirn. Da es in San Miguel zahlreiche Schwimmbecken gab – verlockend, aber potentielle Todesfallen –, hatte sie darauf bestanden, daß Emily früh schwimmen lernte. Dennoch war sie lieber dabei, wenn Emily ins Wasser ging. »Hm, erst muß ich Connie in der Küche helfen, und dann . . .«

»Ich passe auf«, erbot sich Richard.
»Ich kann doch schwimmen«, meldete sich Emily ungehalten.
»Ich weiß, mein Herz«, erwiderte Richard und legte ihr die Hand auf den Haarschopf. »Aber darf ich dir nicht zusehen?«
»Klar!«
Lauren und Connie gingen ins Haus und begegneten an der Tür Connies Söhnen – Richard, sechs, und Christopher, neun –, die neonfarbene Badehosen anhatten. Christopher trug bereits eine Tauchermaske.
»Tag, Mrs. Caylor«, riefen sie einstimmig und rannten zum Becken.
»Langsam!« rief Connie ihnen hinterher.
»Wo ist Michelle?«
»Die sitzt wahrscheinlich in ihrem Zimmer und blättert in Modezeitschriften.«
»So früh schon?« Michelle war erst elf.
Connies Küche war fast doppelt so groß wie Laurens und hatte große, gefliese Arbeitsflächen und eine mächtige freistehende Hackbank. Da Connie alles schon vorbereitet hatte, gab es nur noch wenig zu tun.
»Vielleicht schneidest du die Kiwis«, sagte sie zu Lauren und rief dann Benjamin durchs Fenster zu, er solle an die Tür gehen.
Im Lauf der nächsten halben Stunde kamen die Gäste auf dem Weg zur Terrasse durch die Küche und begrüßten die Gastgeberin. Lauren schaute aus dem Fenster und sah Emily mit Ryan im flachen Ende des Beckens waten. Richard stand am Rand des Pools und unterhielt sich mit zwei Männern und einer Frau.
Die Uhr am Backofen klingelte, und Lauren nahm zusammen mit Connie duftende Laibe Brot heraus. »Du scheinst ja viele Gäste verpflegen zu wollen.«
»Wir haben zwanzig Leute eingeladen«, erwiderte Connie. »Mal sehen, ob sie alle kommen. Sogar die Neuen von gegenüber habe ich gebeten.«
»Wirklich? Mit wem hast du gesprochen?«

»Mit dem Mann.«
»Hal Ipswich?«
»Ja – sag mal, woher weißt du, wie er heißt?«
»Äh, von Richard.« Lauren hoffte nur, daß Connie keine weiteren Fragen stellte, denn sie hatte keine Lust, die spontane Fahrt nach Los Angeles zu erwähnen. »Und kommen sie?«
Connie schüttelte den Kopf. »Nein, und das ist auch gut so. Der Mann kam mir sehr seltsam vor.«
»Wieso?«
»Nun, ich klingelte ein paar Mal, und als niemand aufmachte, dachte ich, sie seien nicht zu Hause. Dann dachte ich, sie seien vielleicht hinten im Haus und hätten mich nicht gehört, denn die Türglocke ist sehr leise. So fing ich feste zu klopfen an, und auf einmal riß Hal Ipswich die Tür auf. Ich bekam einen Mordsschrecken, denn ich hatte auf Schritte gelauscht und nichts gehört. Hatte er die ganze Zeit hinter der Tür gestanden? Wie auch immer, er machte die Tür halb auf und stellte sich so hin, daß ich noch nicht einmal hineinschauen konnte.«
Lauren zog die Stirn kraus. »Das ist wirklich sonderbar.«
Connie zuckte die Achseln. »Na ja, vielleicht sind sie Einzelgänger. Hal bedankte sich für die Einladung und erklärte ganz höflich, sie könnten leider nicht kommen. Aber es schien ihm daran gelegen zu sein, daß ich so rasch wie möglich wieder verschwand.«
Lauren musterte aufmerksam Connies Gesicht und wartete auf weitere Enthüllungen.
Connie hob wieder die Schultern. »Komm, tragen wir die Brote hinaus.«
Draußen stellte Lauren fest, daß sich zahlreiche Gäste um den Pool drängten. Einige kannte sie, aber der Rest war ihr und Richard fremd. Zumindest die Hälfte hatte, wie sie schätzte, mit Connies derzeitigem Kreuzzug zur Registrierung von Feuerwaffen zu tun.
Connie berichtete gerade einer Frau, die Lauren für eine Anwältin hielt, sie habe bereits einen anonymen Anruf er-

halten. »Er drohte mir nicht gerade, klang aber ziemlich sauer«, meinte Connie.
Lauren wandte sich ab und suchte nach Richard. Für Waffen interessierte sie sich nicht. Ihr Vater hatte mehrere Büchsen und Schrotflinten besessen, und sie hatte schon als Kind deren Zweck abstoßend gefunden: Bleiprojektile in Ziele, manchmal auch lebende, zu schleudern. Nicht lange nachdem sein Sohn, Laurens älterer Bruder, in Vietnam von einem Heckenschützen getötet worden war, hatte er die Sammlung verkauft.
Emily, Ryan und ein anderes kleines Mädchen spielten am Zaun Ball. Richard stand am Getränkewagen und unterhielt sich mit einem Paar über Rasenpflege. Lauren fand die Frau recht attraktiv. Sie trug ein Bikinioberteil und einen langen Rock und himmelte Richard, der sich etwas unbehaglich zu fühlen schien, regelrecht an.
Aber nicht unbehaglich genug, entschied Lauren, trat neben ihn und ergriff seinen Arm.
»Ah, da bist du ja«, sagte er scheinbar erleichtert.
Viel später, als die meisten Gäste schon fort waren, halfen Lauren und Richard den Gastgebern beim Aufräumen. Als sie sich dann endlich verabschiedeten, merkte Connie beiläufig an: »Ich wollte dich fragen, wie euer Fernsehempfang ist.«
»Perfekt«, erwiderte Richard. »Warum fragst du?«
»Gestern bestieg ein Mann den Mast neben unserem Grundstück, und ich ging hinaus und fragte ihn, was er da triebe. Ihr wißt ja, wie neugierig ich bin. Er sagte, er sei von Kabel-TV und –«
»Hast du sein Auto gesehen«, fragte Richard jäh dazwischen.
»Sicher. So ein Lieferwagen.«
»Trug er eine Firmenaufschrift?«
»Klar. Warum auch nicht?«
Richard wirkte erleichtert. »Ach, nur so. Und was tat der Mann?«
»Er ersetzte Kontakte oder so was Ähnliches . . .«
Richard nickte. »Richtig. Das tut man, wenn sich Kunden über den Empfang beschweren.«

»Ich habe aber nicht reklamiert«, meinte Connie. »Ihr etwa?«
Auch die Caylors hatten keine Probleme mit dem Empfang. Als sie wieder zu Hause waren, ging Lauren in den Garten hinter dem Haus. In einem schmalen Durchgang zwischen den Grundstücken standen Holzmaste, von denen aus die Häuser mit Elektrizität versorgt wurden. Auch Telefon- und Fernsehkabel verliefen hier. Lauren schaute zu dem Mast an der Ecke ihres Grundstückes auf und sah oben ein paar Einrichtungen aus Metall, konnte aber nicht beurteilen, wozu sie dienten oder wann sie installiert worden waren.
Sie stellte sich aber vor, daß von dort oben ein Mann ihren Garten und die rückwärtigen Fenster ihres Hauses überblicken konnte. Sie bekam eine Gänsehaut, wandte sich ab und ging zurück ins Haus.

8

Am Montag vormittag befaßte sich Lauren wieder mit ihrem Entwurf für den neuen Park. Sie jonglierte mit den Positionen des Ballspielplatzes, der Tennis- und Spielplätze, Radwege, Picknickecken und so weiter. Sie wollte mindestens ein Dutzend Zeichnungen anfertigen und diese am Nachmittag mit Geoffrey besprechen. Sie wollten sie dann auf drei Alternativen reduzieren und einer Bürgerversammlung präsentieren.
»Machst du heute keine Mittagspause?«
»Wie bitte?« Sie fuhr von ihrer Zeichnung auf und sah zu ihrer Überraschung Susan Aitkens. »Ist es denn schon so spät?«
»Du rackerst dich viel zu sehr ab«, meinte Susan.
Da es draußen bedeckt und kühl war, gingen sie hinunter in die überfüllte Kantine, wo sie zwei freie Stühle an einem Tisch fanden, an dem schon ein Mann und eine Frau saßen. Den Namen des jungen Mannes hatte Lauren vergessen, aber sie wußte, daß er in der Personalabteilung arbeitete. Vielleicht war die Frau eine Kollegin von ihm.
»Dürfen wir uns dazusetzen?« fragte Susan.

Der Mann reagierte mit einem Nicken und einer Handbewegung, ohne sein Gespräch mit der Frau zu unterbrechen. Eigentlich weniger ein Gespräch, stellte Lauren fest, sondern eher ein Monolog über sein Wochenende in Las Vegas.
»Und wie hast du das Wochenende verbracht?« fragte Susan.
»Sehr angenehm«, erwiderte Lauren und beschrieb das Grillfest bei den Pickerings und den Ausflug zur Sea World. Dabei fiel ihr der Film ein, und sie nahm ihn aus ihrer Tasche, um ihn auf dem Heimweg zur Entwicklung zu geben. »Und du?«
». . . beim Bingo hab' ich zweiundvierzig Dollar gewonnen, aber . . .«, prahlte ihr Tischnachbar.
»Ach nichts Besonderes«, meinte Susan. »Ein bißchen im Garten gearbeitet, geputzt, und dann war ich mit Timmy und Eric beim Spiel der Dodgers.«
Lauren zog die Brauen hoch. Eric war Susans Exmann. »Du bist mit Eric ausgegangen?«
»Das war doch kein ›Ausgehen‹. Wir haben uns ein Baseballspiel angesehen.«
Lauren lächelte. »Aha.«
»Und dann habe ich ihn zum Abendessen eingeladen.«
»So? Das wird ja immer interessanter.«
Susan stocherte in ihrem Quark herum.
»Und was ist noch passiert?« hakte Lauren nach.
»Na ja, er blieb über Nacht.«
»*Hoch*interessant«, meinte Lauren und lächelte. »Und? Habt ihr . . .?«
»Aber Lauren!« Susan errötete leicht.
»Mich interessieren nur die Fakten. Was hielt Timmy davon?«
»Er fand das toll.«
»Und nun? Wollt ihr euch wieder versöhnen?«
»Ach, ich weiß nicht. Wechseln wir doch das Thema.«
Lauren lachte. »Kein Problem.«
Nebenan schwafelte der junge Mann weiter von Las Vegas.
Susan bedachte ihn mit einem Seitenblick und sagte dann zu Lauren: »Ich war schon seit einer Ewigkeit nicht mehr in Ve-

gas. Eric hat sich dort königlich amüsiert. Warst du mal dort?«
»Ja, einmal mit Paul, ehe Emily kam.« Sie warf einen Blick auf das junge Paar am Tisch und senkte die Stimme. »Mir war das zu kitschig. Ich fand es irgendwie deprimierend.«
»Moment – hast du dort nicht Richard geheiratet?«
»Nein, wir haben uns in Reno trauen lassen.«
»Wie grauenhaft! Das tut doch kein Mensch!«
Nun mußten beide lachen. »Ausgerechnet Reno!« Susan konnte es nicht fassen.

Nach der Mittagspause zählte Lauren ihre Skizzen, sechzehn insgesamt, rollte sie auf und nahm sie mit in den kleinen Konferenzraum. Als sie sie auf dem langen Tisch ausbreitete, kam Geoffrey herein.
»Sieht aus, als wären Sie fleißig gewesen«, merkte er an und setzte sich neben sie. Im Lauf der nächsten Stunde gingen sie Laurens Entwürfe durch. Von ihrer ersten Skizze war Geoffrey ganz besonders beeindruckt. Er ließ sie unverändert und legte sie als erste Alternative beiseite. Eine zweite gefiel ihm ebenfalls, obwohl er einige Änderungen vorschlug – zum Beispiel die Verlegung einer Fußgängerbrücke, damit existierende Bäume bei den Bauarbeiten keinen Schaden nahmen. Für die dritte Alternative kombinierten sie die besten Elemente der restlichen Entwürfe. »So, das wär's wohl«, meinte er. »Nun müssen wir das den Bürgern nur noch hübsch präsentieren.«
»Ich nehme bunte Filzstifte und ziehe die Pläne auf Styropor auf.«
»Bestens. Die nächste Bürgerversammlung findet Ende nächster Woche statt. Schaffen Sie es bis dahin?«
»Locker. Vielleicht bin ich schon diesen Freitag fertig.«
Lauren kehrte mit den Skizzen zurück zu ihrem Arbeitsplatz. Im Kopierraum fertigte sie vier Blaupausen an. Am Reißbrett begann sie, sorgfältig ihren ersten Entwurf einzuzeichnen, zuerst mit Bleistift. Aber sie wurde immer wieder von Gedanken an Susans Bemerkung über ihre Trauung in Reno abgelenkt.

Sie konnte sich noch genau an den Tag erinnern, an dem Richard sie gebeten hatte, seine Frau zu werden. Sie hatten sich schon fast ein Jahr gekannt, und Richard hatte seit sechs Monaten vier- bis fünfmal in der Woche bei ihr übernachtet. Schließlich stellte sie ihm eines Abends die entscheidende Frage, nachdem sie beide einen über den Durst getrunken hatten. »Sag mal, hast du eigentlich ernsthafte Absichten?«
»Wie?«
»Hast du vielleicht vor, mich irgendwann mal um meine Hand zu bitten?«
Er hatte verlegen gelacht. Dann war er tatsächlich von der Couch auf die Knie gefallen und hatte erklärt: »Um deine Hand, und was sonst noch an dir dran ist. Magst du?«
»Und ob.«
»Ich bin überglücklich«, hatte er gesagt und war wankend aufgestanden. »Komm, tun wir's gleich.«
»Jetzt? Heute noch?«
»Warum nicht?«
»Weil du betrunken bist, und ich wahrscheinlich auch.«
»Gut, aber dann morgen.«
Lauren entsann sich, rot angelaufen zu sein, und das hatte nicht nur am Wein gelegen. »Du meinst das ernst?«
»Sicher«, hatte er lächelnd geantwortet.
»Wir fliegen also nach Las Vegas?«
Sein Lächeln verschwand kurz, kehrte dann aber noch strahlender wieder. »Nein, nach Las Vegas nicht. Wie wäre es mit Reno?«
»Meinetwegen. Aber läßt man sich nicht traditionell in Las Vegas trauen?«
»Wer sagt denn, daß wir es so traditionell halten müssen? Außerdem liegt Reno nicht weit von dem schönen See Tahoe...«
Damals war ihr der Vorschlag völlig logisch vorgekommen. Warum machte er ihr dann jetzt Kummer? Sie konzentrierte sich wieder auf ihre Arbeit.
Erst, als ihre Kollegen heimzugehen begannen, merkte Lau-

ren, daß es schon nach fünf war. Sie ließ die Blaupause am Reißbrett, das sie mit Folie abdeckte. Als sie um 5 Uhr 25 aus dem Gebäude trat, war der Parkplatz schon fast leer.
Lauren lächelte. Typisch Montag, dachte sie; alle konnten es kaum erwarten, aus dem Büro zu kommen. Nun, der kommende Montag war ein Feiertag.
Sie zog ihren Pullover an und ging zu ihrem Honda. Dabei fiel ihr ein dunkelblauer Wagen auf, der in einer Ecke des Parkplatzes stand. Sie spürte einen Adrenalinstoß, als sie erkannte, daß es jenes Fahrzeug war, das sie am Donnerstag gesehen und das sie vielleicht verfolgt hatte. Der Mann am Steuer war wie zuvor in ein Taschenbuch vertieft.
Lauren blieb eine Weile neben dem Honda stehen und schaute über die Asphaltfläche zu dem Mann hinüber. Sie fragte sich, auf wen er wartete.
Er blätterte um und hob das Buch höher vor sein Gesicht, als hätte er gespürt, daß sie ihn beobachtete.
Lauren fröstelte, stieg in ihr Auto und ließ den Motor an. In diesem Augenblick kamen zwei Frauen und zwei Männer aus dem Gebäude und entfernten sich in vier verschiedene Richtungen: Lauren wartete ab, weil sie wissen wollte, wer zu dem blauen Wagen ging.
Keiner. Alle fuhren mit ihren eigenen Autos weg und ließen Lauren mit dem Mann auf dem Parkplatz allein.
Lauren wollte so rasch wie möglich verschwinden. Sie legte den ersten Gang ein und steuerte auf die Ausfahrt zu, warf einen letzten Blick zurück, in der Hoffnung, daß der Mann sich weiterhin auf sein Taschenbuch konzentrierte. Doch er hatte es beiseite gelegt und schien anzufahren.
Lauren fuhr rasch den Boulevard entlang, mußte an einer Kreuzung an einer roten Ampel halten. Hinter ihr rollte der blaue Wagen langsam vom Parkplatz und schien Distanz zu halten, bis die Ampel umsprang.
Bei Grün startete Lauren mit einem Ruck und fuhr auf ihrer üblichen Route zu Emilys Kindertagesstätte, kämpfte sich durch den Verkehr, überholte, wechselte die Spur, und preschte jedesmal vor, wenn sich eine Lücke auftat. Doch so-

viel Mühe sie sich auch gab, der blaue Wagen blieb scheinbar mühelos hinter ihr.
Lauren kam sich vor wie in einem bösen Traum, in dem sie unter Aufbietung aller Kräfte durch zähen Sirup waten mußte, während ihr Verfolger mühelos Schritt hielt. Noch schien er die Jagd zu genießen, aber bald mußte er sie einholen.
Als sie kurz vor Emilys Kindertagesstätte mit quietschenden Reifen um die Ecke fuhr, hatte sie Herzklopfen. Sie trat auf die Bremse und kam hinter einem Schulbus rutschend zum Stehen. Dann sprang sie aus dem Honda und wollte ins Gebäude stürzen, um die Polizei zu verständigen.
Der blaue Wagen kam um die Ecke.
Lauren sah ihn über die Kreuzung fahren, ohne abzubiegen. Der Fahrer schaute nicht einmal in ihre Richtung, dann war das Fahrzeug verschwunden.

9

Lauren blieb stehen, schaute die Straße auf und ab und rechnete damit, daß der blaue Wagen jeden Augenblick wiederauftauchte. Als er ausblieb, wurden ihre Atemfrequenz und ihr Herzschlag langsam wieder normal.
Er hat mich gar nicht verfolgt, redete sie sich zur Beruhigung ein. Das war nur ein Zufall.
Lauren ging durch den Haupteingang und zu Miss Watsons Zimmer. Bis auf die Lehrerin und ein kleines Mädchen war der Raum leer. Auf dem Tisch stand ein Globus, und Miss Watson deutete gerade auf Afrika. Lauren lächelte und wartete, daß Emily sich umdrehte. Das tat das Mädchen auch, aber es war nicht Emily. Lauren geriet in Panik.
»Ah, Mrs. Caylor. Guten Tag.« Miss Watson schaute sie fragend an.
»Wo ist Emily?«

»Ihr Mann hat sie schon vor fünfundzwanzig Minuten abgeholt.«
Lauren wurde rot.
»Ach, natürlich«, stieß sie hervor, »das hatte ich ganz vergessen.« Am Morgen hatte sie Richard gebeten, die Kleine abzuholen, weil sie nach der Arbeit Lebensmittel einkaufen wollte.
Lauren fuhr zum Supermarkt und machte sich Vorwürfe, weil sie sich von dem blauen Wagen, der gar nichts mit ihr zu tun hatte, durcheinanderbringen ließ. In der Fotoabteilung gab sie den Film von der Sea World ab, nahm sich einen Einkaufswagen und begann den langen Treck an den Regalen entlang. Eine halbe Stunde später schob sie den vollen Wagen ans Ende einer langen Kassenschlange. Vor halb sieben kam sie nun nicht nach Hause.
»Wir haben schon angefangen, uns Sorgen zu machen«, begrüßte Richard sie in der Küche, gab ihr einen Kuß und trat beiseite, um Platz für Emily zu machen, die ihre Mutter umarmen wollte. Amos wedelte fröhlich mit dem Schwanz. Richard half ihr, die Einkaufstüten hereinzutragen.
»Der Supermarkt war ein Chaos«, erklärte Lauren. »Und außerdem, ob du es glaubst oder nicht, fiel mir erst vor der Kindertagesstätte ein, daß du ja heute Emily abholst.«
»Das ist doch nicht dein Ernst. Was hattest du denn im Kopf?«
Lauren beschloß, den »Verfolger« nicht zu erwähnen. Erstens konnte sie nicht sicher sein, daß der blaue Wagen ihr tatsächlich hinterhergefahren war, und zweitens erinnerte sie sich an Richards Betroffenheit, als sie von den seltsamen Gewohnheiten der neuen Nachbarn berichtet hatte. »Ich hab's wohl schlicht vergessen. Und ihr zwei müßt ja ganz ausgehungert sein.«
»So schlimm ist es nicht«, gestand Richard. »Wir haben Kekse mit Käse geknabbert.«
»Ich habe auf jeden Fall einen Bärenhunger.«
Sie packte die Lebensmittel aus und räumte sie ein. »Ich helf' dir beim Kochen«, erbot sich Richard. »Worauf hast du Lust?«
Lauren lehnte sich an einen Unterschrank, verschränkte die

Arme und schaute durch die Küche. »Jetzt hab' ich so viel eingekauft«, meinte sie, »aber auf nichts Appetit.«
Richard lächelte und legte ihr die Hände auf die Schultern. »Dann gehen wir doch einfach essen.«
Sie fuhren an die Pier von San Miguel, auf der sich ein kleines Einkaufszentrum mit Boutiquen und einem Restaurant befand. Die Läden waren bereits geschlossen, aber ein paar Menschen machten noch einen Schaufensterbummel. Andere – darunter Lauren, Richard und Emily – hielten auf das Restaurant *Tobey's* zu.
An Wochenenden mußte man dort immer einen Tisch bestellen, aber heute, am Montag, war die Gaststätte nur zu drei Vierteln besetzt. Sie ließen sich zu einem Tisch am Fenster führen, von wo aus sie die Brandung heranrollen sehen konnten.
Eine Kellnerin brachte die Speisekarten. »Möchten Sie vorher etwas trinken?«
Emily wollte Milch, Lauren bestellte Eistee.
»Und für mich bitte – « Richard hielt inne und schaute an der Kellnerin vorbei zum Eingang. Dort sah Lauren einen Mann stehen, der Khakihosen und eine grüne Windjacke trug. Er schien die Tische abzusuchen, und sein Blick fiel auf sie. Richard holte scharf Luft.
»Was ist?« fragte Lauren.
Richard sagte nichts und starrte den Mann an der Tür weiter an. Die Hand auf dem Tisch hatte er zur Faust geballt. Der Mann drehte sich um und ging hinaus. Richards Blick blieb auf die Tür geheftet.
»Schatz, was ist?«
»Wie?« Ihre Gegenwart schien ihn zu überraschen. »Ach ... nichts.« Nun sah er verlegen aus. Die Spannung wich aus seinem Gesicht.
»Was darf ich Ihnen bringen?« fragte die Kellnerin, die immer noch am Tisch stand.
»Äh ... bitte auch einen Eistee.«
»Wer war dieser Mann?« fragte Lauren besorgt, als die Kellnerin gegangen war.

»Welcher Mann?«
»Richard, mach mir nichts vor. Der Mann in der grünen Windjacke. Es sah aus, als hättest du Angst vor ihm.«
»Angst?« Er rang sich ein Lächeln ab. »Er kam mir bekannt vor, das war alles.« Richard senkte den Blick auf die aufgeschlagene Speisekarte. Lauren legte ihre Hand darauf. »Erzähle mal«, bat sie.
Richard zögerte, seufzte dann und schaute sie etwas betreten an. »Ich verwechselte ihn mit einem Kunden, der heute im Geschäft Ärger machte. Er brachte einen Eimer Farbe zurück und behauptete, es sei nicht der richtige Ton. Als ihn ein Verkäufer, Todd, darauf hinwies, daß die Hälfte der Farbe bereits aufgebraucht sei, fing der Kerl an zu brüllen, und als ich dazukam, gab es schon eine Rangelei. Todd war so aufgebracht, daß ich ihn heimschicken mußte, und dem Kunden gab ich Hausverbot.«
»Was für ein Zirkus!«
Richard zuckte die Achseln. »Der Kunde beschimpfte mich nach allen Regeln der Kunst und drohte, später mit mir abzurechnen. Dann stürmte er hinaus.«
»Vielleicht hättest du die Polizei holen sollen«, meinte Lauren.
»Ach wo, das war so ein Typ, der nur bellt und nicht beißt. Aber ich glaubte einen Augenblick lang, er stünde an der Tür, und befürchtete, er könnte an unseren Tisch kommen und eine Szene machen.«
»Zum Glück war er es nicht«, sagte Lauren.
Die Kellnerin kam mit den Getränken zurück und nahm die Bestellung auf: Schwertfisch vom Grill für Richard, Heilbutt für Lauren, und Emily bekam eine Kinderportion Garnelen im Körbchen.
Das Essen war wie immer vorzüglich.
Nach der Mahlzeit ließ Richard ein großzügiges Trinkgeld auf dem Tisch zurück und folgte Lauren und Emily zum Ausgang. Dort drängte er sich rasch an ihnen vorbei, stieß die Tür auf, verstellte ihnen die Sicht und suchte mit den Blicken die Pier ab.

»Was ist?« fragte Lauren.
»Nichts.« Er legte den Arm um sie und führte sie und Emily auf die Pier.
Auf dem Rückweg zum Parkplatz blieb Emily vor einem Schaufenster stehen, in dem Muscheln und Seesterne ausgestellt waren. »Ich will die da und die da und den da . . .«
Lauren drehte sich lächelnd zu Richard um. Der schaute über die Schulter zurück auf die Pier.
»Meinst du, der Kerl ist immer noch in der Gegend?«
Richard warf ihr einen kurzen Blick zu und starrte dann wieder die Pier entlang. »Nein. Komm, fahren wir heim.«
Als Lauren ihre Tochter zu Bett gebracht hatte und ins Wohnzimmer zurückkehrte, stand Richard am Fenster zur Straße und spähte hinaus. Er hörte sie kommen, ließ den Vorhang los und zurückfallen. »Ich hörte ein Auto«, meinte er, und fügte hastig hinzu: »Hast du Lust auf Wein? Ich hole mir ein Glas.«
Sie musterte sein Gesicht. »Stimmt was nicht?«
»Nein.« Er lächelte gezwungen. »Nein, natürlich nicht.« Er führte sie zur Couch und ging Wein holen. Dann setzte er sich neben sie, nahm sie in die Arme und küßte sie auf die Wange. »Ich hab' dich lieb.«
»Ich dich auch«, erwiderte sie und sagte dann: »Richard?«
»Ja, mein Schatz?«
»Dieser Mann im Restaurant . . .«
»Ja? Was ist mit ihm?« fragte er ein wenig scharf zurück.
»Du hast durch die Vorhänge gespäht – hattest du Angst, er könnte uns gefolgt sein?«
»Ich . . . nein.«
»Irgend etwas macht dir aber Kummer.«
»Die Leute von gegenüber«, sagte er ganz unvermittelt und schien das sofort zu bereuen. Er trank von seinem Glas und schwieg.
Lauren half nach. »Connie hält sie für Einzelgänger, vielleicht sogar für ein bißchen verrückt.«
»Verrückt?« Richard stellte sein Glas ab und kam nun in Fahrt. »Das ist noch milde ausgedrückt. Hal und Monica Ips-

wich verlassen nie das Haus, das ich jetzt schon seit Freitag beobachte. Ich habe sie noch nie zu Gesicht bekommen. Du etwa?« Ehe Lauren antworten konnte, fuhr er fort: »Zum Beispiel habe ich sie noch nie in ihr Auto steigen sehen – das steht entweder in der Einfahrt, oder es ist weg. Warten die etwa, bis wir im Bett oder zur Arbeit gefahren sind? Und abends machen sie nur in einem Zimmer hinten im Haus Licht. Benutzen sie denn ihr Wohnzimmer nie?«
Lauren war von diesem Ausbruch verblüfft. Sie sah Verzweiflung in seinem Blick. Er wandte sich ab, spielte mit seinem Glas, ergriff es und trank es aus. Was Lauren Sorgen machte, waren weniger die Ipswichs als die Tatsache, daß Richard sie so aufmerksam beobachtet hatte. Zwar mußte sie gestehen, daß auch ihr die neuen Nachbarn ein etwas ungutes Gefühl bereiteten, aber bedrohlich hatte sie sie nicht gefunden – anders als offenbar Richard.
»Besteht ein Zusammenhang zwischen dem Mann im Restaurant und den Ipswichs?« fragte sie.
Er versuchte zu lächeln, aber die Verzweiflung war wieder in seinen Blick zurückgekehrt. »Ausgeschlossen«, meinte er und griff nach der Fernbedienung. »Mal sehen, was es im Fernsehen gibt.«

Lauren war hellwach. Neben ihr im Bett wälzte sich Richard unruhig im Schlaf.
Sie war sicher, daß er ihr etwas verheimlichte. Das beunruhigte sie, denn wenn er in Schwierigkeiten oder Gefahr war, wollte sie Bescheid wissen und ihm helfen. Am bedenklichsten aber fand sie sein Täuschungsmanöver.
An die mangelnde Kommunikation mit Paul konnte sie sich noch gut erinnern. Das war ein Grund, wenn nicht der Hauptgrund, für ihre Entfremdung gewesen. Und nun fand sie den Gedanken an die Möglichkeit, daß ihr das auch mit Richard passieren könnte, fast unerträglich.
Lauren wußte, daß sie Richard zu einem Gespräch über sein Problem ermuntern konnte, wollte ihn aber nicht zwingen. Wenn sie ihn unter Druck setzte, mochte er sich eingesperrt

fühlen. Ihre erste Ehe war gescheitert, weil Paul das Gefühl gehabt hatte, in der Falle zu sitzen.
Sie starrte in die Dunkelheit und dachte an den Mann im Restaurant und an die neuen Nachbarn. Richard hatte zwar versucht, sie zu überzeugen, daß es zwischen den beiden keinen Zusammenhang gab, war aber von seinem Verhalten Lügen gestraft worden. Offenbar gab es tatsächlich eine Verbindung. Lauren versuchte, sich ein Szenarium zurechtzulegen, und kam zu nur einem Ergebnis: Der Mann im Restaurant hatte dem groben Kunden ähnlich gesehen, und Richard befürchtete, es könnte Hal Ipswich sein, der ihnen nun gegenüber wohnte. Weit hergeholt, aber nicht ausgeschlossen.
Warum aber wollte Richard dann nicht darüber reden?
Waren die Drohungen des Kunden vielleicht ernster gewesen, als Richard eingestehen wollte?
Lauren beschloß, am nächsten Tag Arthur McFadden einen Besuch abzustatten.
Dann stellte sie sich den Mann im Restaurant vor: dunkle Haare, durchschnittliche Statur, eindeutig nicht bedrohlich. Waren er und Hal Ipswich ein und dieselbe Person?
Sie nahm sich vor, am nächsten Tag auch bei ihm hineinzuschauen.

10

Am späten Vormittag des Dienstags rief Lauren Richard an.
»Wie geht's?«
»Viel Betrieb.«
»Bist du zu beschäftigt, um dich mit einer hübschen Frau zum Mittagessen zu treffen?«
»Natürlich nicht! Wann soll ich dich abholen?«
»Ich habe eine lange Mittagspause verdient«, meinte sie, aber da steckte noch mehr dahinter. Zum ersten Mal verheimlichte sie Richard ihre Absichten, plante etwas hinter seinem Rücken. Sie saß steif an ihrem Reißbrett und um-

klammerte den Hörer. »Ich komme bei dir im Geschäft vorbei.«
»Fein«, sagte Richard.
»Bis zwölf dann.«
Um halb zwölf stellte Lauren ihren Honda in ein Parkhaus am Einkaufszentrum. Ihr Genick und ihre Schultern waren steif – hier kündigten sich Kopfschmerzen an, wenn sie sich nicht entspannte.
Lauren ging durch das belebte Einkaufszentrum. Bald würde hier noch mehr Betrieb herrschen, wenn Angestellte und ältere Schüler ausschwärmten, um Mittagspause zu machen. Nun bummelten die Leute an den Schaufenstern entlang, saßen auf den schmiedeeisernen Bänken unter schattenspendenden Bäumen oder auf der Einfassung des Brunnenbeckens.
Sie schaute auf die Armbanduhr: 11 Uhr 37. Gut. Richard rechnete erst in zwanzig Minuten mit ihr. Sie war absichtlich früher gekommen in der Hoffnung, daß er noch mit Kunden beschäftigt war. Das gab ihr Gelegenheit zu einem Gespräch mit Arthur, ohne daß ein Verdacht geweckt wurde.
McFaddens Eisenwarenhandlung war am Ende der Straße. Lauren ging durch die Tür und übte stumm noch einmal den Tonfall, in dem sie Arthur befragen wollte – ganz beiläufig, damit er Richard nicht sofort rief. Sie schaute sich in der Erwartung, Richard im Gespräch mit einem Kunden zu finden, im Geschäft um und war bereit, sich unauffällig in Arthurs Büro zu begeben.
Doch da kam Richard lächelnd auf sie zu. »Nanu, du bist ja früher dran«, meinte er und gab ihr einen Kuß. »Gehen wir?«
Am Nordrand des Einkaufszentrums holte er für beide Chiliwurst und je einen Orangenshake. Sie setzten sich an einen runden Metalltisch mit Sonnenschirm. In der Nähe stolzierten Tauben und pickten Krumen auf.
»Wie geht es mit der Arbeit voran?« fragte er.
»Ganz ordentlich.« Lauren rührte mit dem Strohhalm in dem Schaum auf ihrem Getränk herum. »Einen Entwurf habe ich fast fertig, muß aber bis zur Präsentation nächste Woche

noch zwei weitere zeichnen.« Sie trank einen Schluck. »Sag mal ... war dieser Kunde wieder da?«
Er runzelte die Stirn. »Nein. Den können wir vergessen.« Dann lächelte er – etwas angestrengt, wie Lauren fand. »Die Sache gestern abend will dir nicht aus dem Sinn, nicht wahr?«
»Ja, wenn ich an deine Reaktion im Restaurant denke ...«
Er ergriff ihre Hand. »Meine Überreaktion, willst du wohl sagen. Dafür muß ich mich entschuldigen. So kurz nach dem Zwischenfall im Geschäft hatte ich die Perspektive verloren. Inzwischen sehe ich das anders.«
»Irgend etwas muß es aber bedeutet haben, sonst ...«
»Ich wollte nur sagen«, meinte er ein wenig ungeduldig, »daß es keinen Grund zur Sorge gibt. Vergessen wir das Ganze also, klar?«
Lauren setzte zu einer Erwiderung an, überlegte es sich aber anders.
Nach dem Essen gingen sie durch das nun geschäftige Einkaufszentrum zurück zur Eisenwarenhandlung. An der Tür gab Richard ihr einen Kuß.
»Schön, daß du gekommen bist«, sagte er. »Bis heute abend dann.« Er drehte sich um und faßte nach der Tür.
»Moment, ich sage noch rasch Arthur guten Tag.«
Er schaute auf die Uhr. »Kommst du dann nicht zu spät zur Arbeit?«
»Für ein paar Minuten kommt die Stadt bestimmt auch ohne mich aus«, versetzte sie leichthin und folgte ihm ins Geschäft.
An den langen Regalen schlenderte ein gutes Dutzend Kunden entlang, und vier Verkäufer huschten umher. Die junge Frau an der Kasse nickte Lauren zu.
»Arthur ist nirgends zu sehen, also sitzt er in seinem Büro«, meinte Richard. »Soll ich ihn holen?«
»Nein, ich schaue kurz bei ihm hinein.«
»Gut.« Er küßte sie erneut auf die Wange. »Und ich muß mich jetzt um die Kunden kümmern.«
Richard steuerte auf ein junges Paar zu, das eine verwirrende Vielfalt von Farbdosen musterte. Lauren marschierte an Gartengeräten entlang zu einer Theke im hinteren Teil des La-

dens. Dort stand ein Kunde und wartete auf Schlüssel, die ein blonder junger Mann gerade kopierte. Lauren erkundigte sich nach Arthur. Der Blonde – bestimmt ein Surfer, dachte Lauren, dem die Mädchen nachlaufen – nahm einen Schlüssel aus der Maschine und sagte: »Mr. McFadden ist in seinem Büro.«
Lauren ging an der Theke vorbei und fand die Bürotür offen. Arthur McFadden schaute von seinen Akten auf. »Was für eine Überraschung!«
»Beschäftigt?«
Er lächelte. »Zum Glück ja. Komm, setz dich.«
Lauren nahm auf einem Klappstuhl vor dem Schreibtisch Platz.
»Als ich hörte, daß du dich mit Richard zur Mittagspause triffst, hoffte ich, daß du mal bei mir vorbeikommst. Ich habe dich schon seit einer Weile nicht mehr gesehen.«
Lauren kannte Arthur zwar erst seit anderthalb Jahren, aber er war ihr wie ein guter alter Freund. Er war ein stiller, gutmütiger Mann mit einem weißen Wuschelkopf und einem freundlichen Lächeln.
»Ich weiß«, meinte Lauren. »Und das war meine Schuld. Wie geht es dir?«
»Gut.«
»Und Betty?«
»Bestens. Sie fragt oft nach Emily.«
»Lieb von ihr«, sagte Lauren.
Arthur nickte. Lauren schwieg. Sie war nun verlegen und kam sich so dumm vor wie ein kleines Mädchen, das sich unter Vorwänden eine Audienz beim Rektor erschlichen hat und nun nicht weiß, was es sagen soll. Arthur schaute sie über seine Brillengläser hinweg an.
»Von Richard höre ich, daß es gestern Ärger mit einem Kunden gab.«
»So?« Er zog die Brauen hoch.
»Ja, äh, er brachte etwas zurück, Farbe wohl, und beleidigte einen Verkäufer, Todd, glaube ich. Am Ende mußte Richard ihn aus dem Haus weisen.«

»Tatsächlich?« Er hob die Brauen ein Stück höher.
»Weißt du denn nichts davon?« Lauren wurde nervös. War sie nun mit etwas herausgeplatzt, das Richard seinem Chef vorenthalten wollte?
»Ich war gestern nicht im Geschäft«, meinte Arthur lässig. »Sogar seit letzten Donnerstag nicht mehr. Betty und ich machten ganz spontan einen Kurzurlaub und besuchten ihre Schwester in Palm Springs. Wie du weißt, hat sie gut geheiratet. Aber was die andere Sache angeht, hat mir Richard nichts erzählt. Es muß also eine Bagatelle gewesen sein.« Er hob die Schultern. »Auch zu uns kommen ab und zu Spinner.«
»Gewiß«, meinte Lauren, aber eine winzige Stimme gab keine Ruhe: Warum hatte Richard Arthur nichts davon gesagt? Er hatte sich doch so über den Zwischenfall aufgeregt. Eine Bagatelle? dachte sie. Wohl kaum. Zudem machte ihr ein anderer Aspekt, den sie nicht definieren konnte, Kummer.
Arthur legte den Kopf schief. »Ist was?«
Lauren rang sich ein Lächeln ab und schaute auf die Uhr. »Nein, alles in Ordnung, aber ich muß jetzt zurück zur Arbeit.« Sie stand ungelenk auf.
»Nett, daß du vorbeigeschaut hast«, sagte Arthur. »Und kommt ruhig mal wieder bei uns vorbei. Betty sieht in Emily praktisch eine Enkelin.«
Diesmal war Laurens Lächeln aufrichtig. »Das verspreche ich.« In der Tür blieb sie stehen. »Ist Todd heute hier?«
»Todd? Sicher, der macht heute den Schlüsseldienst.«
Da Todd nicht mehr an der Maschine stand, ging Lauren durch das Geschäft, um ihn ausfindig zu machen. Richard stand an der gegenüberliegenden Wand und sprach mit einem Mann, der eine Baseballmütze aufhatte. Todd räumte zwei Gänge weiter Klebeband ins Regal.
»Mr. Todd?«
»Der bin ich.« Er richtete sich auf.
»Ich bin Lauren Caylor, Richards Frau.«
»Tag, Mrs. Caylor.«
»Richard hat mir von dem Vorfall gestern erzählt«, sagte sie.

»Bedauerlich, daß Ihnen der Nachmittag durch die Lappen ging.«
»Wie bitte?«
»Ich wollte Ihnen nur sagen, daß ich Richard bitten werde, Ihnen den vollen Lohn für den Tag zu zahlen.«
Todd lächelte verwirrt. »Ja, schön, aber ich hab' doch gestern den ganzen Tag gearbeitet...«
»Wirklich?«
Todd schaute sich hilfesuchend um und breitete dann die Hände aus. »Klar, Mrs. Caylor.«
»Richard hat Sie also nicht früher heimgeschickt?«
Todd schüttelte den Kopf, starrte und schaute sich um. Offenbar waren ihm diese Fragen unangenehm.
»Mag sein, daß ich ihn falsch verstanden habe«, fuhr sie fort. »Er muß einen anderen Verkäufer nach Hause geschickt haben.«
Todd schüttelte erneut den Kopf. »Es ist niemand heimgeschickt worden.«
»Auch nicht der Verkäufer, der in die Rangelei mit einem Kunden geraten war?«
»Wie bitte? Eine Rangelei?«
»Wissen Sie denn davon nichts?«
Er machte große Augen. »Nein, dergleichen ist hier nicht passiert.«
»Bestimmt nicht?«
»Ganz bestimmt nicht.«
Lauren leckte sich die Lippen. »Waren Sie den ganzen Tag hier?« fragte sie dann besorgt. »Kann das nicht während Ihrer Mittagspause passiert sein?«
»Nein. Es gab so viel zu tun, daß ich nicht die volle Stunde nahm, sondern mir nur etwas holte und hinten im Laden gegessen habe.«
Grauenhaft, dachte Lauren: Hier ist die Bestätigung, daß Richard gelogen hat. »Sie sind also ganz sicher, daß gestern kein Kunde einen großen Stunk machte?«
»Ja, absolut. Aber vielleicht sollten Sie lieber Mr. Caylor fragen.«

Lauren empfand Übelkeit. »Vielen Dank, Mr. Todd. Tut mir leid, Sie gestört zu haben.«
»No Problemo.«

Im Lauf des Nachmittags fiel es Lauren schwer, sich auf ihre Arbeit zu konzentrieren. Sie war eigens in die Eisenwarenhandlung gegangen, um sich nach dem Zwischenfall zu erkundigen, und hatte sogar geplant, Richard zu einer Anzeige zu überreden. Nun aber stand fest, daß Richard das Ganze nur erfunden hatte.
Und hinter eine weitere Lüge kam sie erst jetzt: Richard hatte behauptet, am vergangenen Freitag das Geschäft in Arthurs Obhut gelassen zu haben und nach Los Angeles gefahren zu sein. Arthur und Betty aber waren schon am Donnerstag nach Palm Springs gefahren.
Laurens Magen verkrampfte sich. Warum log Richard sie an?

11

Lauren und Emily kamen an diesem Abend früher nach Hause, und das hatte seinen Grund. Lauren wollte nämlich herausfinden, was es mit dem Mann im Restaurant auf sich hatte.
Nun schaute sie auf die Uhr: mit Richard war erst in zwanzig Minuten zu rechnen. Sie ließ Emily in ihrem Zimmer spielen, stellte sicher, daß Amos im Haus war, und schloß dann das Haus hinter sich ab.
Sie ging zum Ende der Einfahrt und spähte über die Straße. Die hinter ihr tief im Westen stehende Sonne warf ein grelles Licht auf das Haus der Ipswichs. Die Vorhänge waren wie gewohnt bis auf einen Spalt zugezogen. In dem schmalen Schlitz sah Lauren nur Dunkelheit, hatte aber dennoch das Gefühl, von Hal oder Monica beobachtet zu werden.
Hoffentlich von Hal, dachte sie. Sie wollte wissen, ob er der Mann war, den sie im Restaurant gesehen hatte. Für diesen

Fall hatte sie sich bereits ihren Vers gemacht: »Lassen Sie mich und meinen Mann in Ruhe, oder ich verständige die Polizei.« Ganz schlicht und direkt. Sie stellte sich bereits vor, wie sie sich vor Hal Ipswich aufbaute (der natürlich genau wie der Mann im Restaurant aussah) und ihn in strengem Ton zurechtwies. Er würde dann verlegen zurückweichen und sich mit gemurmelten Entschuldigungen entfernen.

Dieses Szenarium hatte sie sich aber noch vor ihrem Besuch der Eisenwarenhandlung zurechtgelegt, zu einem Zeitpunkt also, zu dem sie den fraglichen Mann für ein harmloses Großmaul gehalten hatte. Nun aber hatte sie keine Ahnung, wem sie begegnen würde. Fest stand nur, daß Richard diese Person zu fürchten schien.

Sie ging über die Straße. Der Rasen sah noch schlimmer aus, als sie angenommen hatte: abgestorbene braune Flächen, dazwischen gelblichgrüne Büschel Löwenzahn. Entlang der Einfahrt verliefen Beete, die einmal Madge Greys Stolz gewesen waren. Hier wucherte jetzt nur noch Unkraut.

Lauren sah sich die Büsche am Haus an und war nun sicher, daß sie nur vor dem Fenster gestutzt worden waren. Abgeschnittene Zweige lagen am Boden und trockneten in der Sonne aus.

Lauren wandte sich zur Einfahrt neben dem Haus. Die Tür befand sich im Schatten des leeren Einstellplatzes. Lauren hatte das Gefühl, daß jemand zu Hause war, zögerte erst und drückte dann auf den Klingelknopf. Drinnen erklang ein leiser Gong. Sofort wäre sie am liebsten geflohen, zurück in die Sicherheit ihres Hauses.

Reiß dich zusammen, ermahnte sie sich.

Sie legte den Finger auf den Knopf und ließ die vier Noten des Gongs mehrere Male erklingen. Ihr Mund wurde trocken, als sie überlegte, was sie zu Hal Ipswich sagen wollte, wenn er an die Tür kam. Angenehm, Ihre Bekanntschaft zu machen. Warum jagen Sie meinem Mann einen Schrecken ein?

Aber es öffnete niemand.

Sie legte das Ohr an die Tür und lauschte. Hörte sie etwas, oder verursachte sie selbst das Rascheln?

Sie trat zurück und betrachtete sich die Fenster an der Seite des Hauses. Die Vorhänge waren zugezogen. Rechts von ihr, zwischen dem Haus und der Mauer am Ende des Einstellplatzes, versperrte ein Tor den Weg zum Garten hinter dem Gebäude.
Lauren zögerte und schaute sich um. Abgesehen vom Zwitschern der Vögel und dem fernen Gebell eines Hundes war es still in der Nachbarschaft. Keine Autos auf der Straße, keine Fußgänger auf dem Gehweg. Sie schaute wieder auf die Uhr. In fünfzehn Minuten würde Richard nach Hause kommen.
Lauren holte tief Luft, trat ans Tor, entriegelte es und stieß es auf. Sie hatte keine Ahnung, wonach sie eigentlich suchte, oder was sie vorfinden würde.
Nicht gerechnet hatte sie mit dem blauen Wagen, der auf dem ruinierten Rasen hinter dem Schwimmbecken stand und jenem Fahrzeug, das sie verfolgt hatte, sehr ähnlich sah. Ihre Nackenhaare sträubten sich.
Bestimmt nur ein Zufall, sagte sie sich. Wagen dieses Typs gibt es zu Tausenden.
Sie schloß das Tor hinter sich und überblickte rasch die Rückseite des Hauses. Die Hintertür und alle Fenster waren geschlossen. Nun aber interessierte sie sich mehr für das Auto.
Sie ging um den Pool herum. Er war mit Plastikfolie abgedeckt, auf der trockenes Laub lag. Der Garten war total verdorrt und verunkrautet. Erst jetzt fiel Lauren auf, daß eine Lücke in den Holzzaun gebrochen worden war; eine Einfahrt von hinten also. Sie beugte sich vor und spähte ins Innere des Fahrzeugs. Keine losen Gegenstände auf den Sitzen oder auf dem Fußboden, auch nicht das Taschenbuch, in das der Mann auf dem Parkplatz vor der Stadtverwaltung vertieft gewesen war. Lauren sah sich das Heck des Fahrzeugs an – laut Typenschild ein Plymouth Reliant. Reifenspuren bewiesen, daß der Wagen den Garten mehrmals verlassen hatte. Und Abdrücke am Boden links und rechts wiesen darauf hin, daß hier nicht nur ein Fahrzeug abgestellt worden war.
Merkwürdig, dachte Lauren. Warum durchbricht man den

Zaun und parkt im Garten, wenn man einen Einstellplatz hat? Sie geriet in Panik und wollte den Garten und das Haus so rasch wie möglich verlassen. Sie eilte an Auto und Pool vorbei und auf das Tor zu, griff nach dem Riegel ...
Eine Wagentür fiel ins Schloß.
Das Geräusch kam vom Einstellplatz, keine drei Meter von Lauren entfernt.
Sie blieb stehen, rührte sich nicht, wagte kein Geräusch zu machen, wagte kaum zu atmen. Sie konnte nur hoffen, daß die Person, die gerade angekommen war, ins Haus ging und ihr Gelegenheit gab, durch das Tor zu schleichen und über die Straße zurück in ihr Haus zu eilen. Ihren ursprünglichen Plan, sich Hal Ipswich vorzunehmen, hatte sie aufgegeben.
Sie wartete auf das Geräusch der Haustür.
Aber Stille, abgesehen von den Geräuschen des sich abkühlenden Motors des Wagens auf dem Einstellplatz. Lauren beugte sich vor und lugte durch eine Ritze im Tor, sah aber nur einen braunen Kotflügel.
Und dann versperrte ihr eine Person, die auf das Tor zukam, die Sicht. Lauren machte beim Geräusch des Riegels einen Satz zurück und hätte beinahe die Flucht ergriffen. Das Tor ging auf.
Vor ihr stand ein Mann, der sie verdutzt und ärgerlich zugleich anschaute. Er hatte kurzes, lockiges Haar und war etwa in Richards Alter, aber athletischer gebaut. Fest stand, daß es sich nicht um den Mann handelte, den sie im Restaurant gesehen hatten.
»Was haben *Sie* hier verloren?« herrschte er sie an.
»Entschuldigen Sie bitte«, begann sie und rang um Fassung, »ich wollte hier nicht einfach eindringen. Ich dachte nur, es sei jemand zu Hause und hätte nur die Klingel nicht gehört.«
Der Mann blieb reglos stehen und blockierte das Tor.
»Ich heiße Lauren«, fuhr sie fort. »Mein Mann Richard und ich wohnen gegenüber ...«
Der Mann schaute sie stumm und aufmerksam an.
»Tja, und wir, na, wir wollten Sie hier willkommen heißen.«
Klingt wenig überzeugend, sagte sie sich bedrückt.

Der Mann aber nickte und schien ihre Erklärung zu akzeptieren. »Nett von Ihnen«, sagte er mit ausdrucksloser Miene. Dann trat er beiseite und hielt ihr das Tor auf. Als sie an ihm vorbeiging, roch sie ein säuerliches Gemisch aus Schweiß und Rasierwasser. Sie mußte sich beherrschen, um nicht loszurennen. An der Haustür aber verhielt sie. Sie war offen, und gleich hinter ihr stand eine Frau, die ein Sweatshirt und weite Shorts trug. Das blonde Haar hatte sie zurückgekämmt.
Nun erkannte Lauren, daß die Frau die ganze Zeit im Haus gewesen war. Natürlich, es parkte ja der blaue Wagen im Garten.
»Das ist Lauren Caylor«, sagte der Mann so dicht hinter ihr, daß sie zusammenfuhr.
Lauren nickte zum Gruß.
Die Frau lächelte, aber Lauren merkte, daß ihr die Begegnung unangenehm war. »Hoffentlich hat Hal Ihnen keinen Schrecken eingejagt. Ich bin Monica Ipswich.«
»Nett, Sie kennenzulernen. Mein Mann und ich wollten Sie nur willkommen heißen.«
Monica nickte. Ihr Lächeln blieb starr.
Lauren fühlte sich gezwungen etwas zu sagen, suchte nach Worten und platzte schließlich heraus: »Vielleicht kommen Sie mal zu uns zum Essen.«
Monicas Lächeln verschwand. »Nun . . .«
»Aber gerne«, sagte Hal, der noch immer dicht hinter Lauren stand.
Zwar hatten die beiden nichts Drohendes gesagt oder getan, aber Lauren war dennoch von Angst erfüllt. Neben ihnen kam sie sich schwach, irgendwie minderwertig vor.
»Gut, dann . . . bis später«, sagte Lauren, wich langsam zurück und eilte dann über die Straße und zurück in ihr Haus.
Richard stand stirnrunzelnd in der Vordertür. Sie schlang den Arm um seine Taille. »Bist du gerade heimgekommen?«
Er nickte ernst. »Was wolltest du da drüben?«
»Puh«, meinte sie und schüttelte den Kopf. »Was sind das für komische Menschen.«

»Hast du mit ihnen gesprochen?«
»Ja, kurz. Komm, gehen wir rein.« Sie nahm ihn an der Hand und zog ihn praktisch von der Tür weg. Er aber blieb stehen und hielt ihre Hand fest. Lauren drehte sich zu ihm um. Als sie seine Miene sah, fühlte sie sich beklommen.
»Was hast du da drüben gewollt?« fragte er noch einmal.
»Ich wollte sie mir ansehen, weil...« Weil deine Geschichte von dem unangenehmen Kunden eine Lüge war, dachte sie, und weil ich sehen wollte, ob Hal Ipswich der Mann im Restaurant gewesen war. »Weil sie dir Sorgen zu machen schienen«, sagte sie, »und mir auch. Na, vielleicht war ich bloß neugierig. So ging ich einfach rüber und stellte mich vor.«
Richard ließ ihre Hand los. »Was hast du ihnen über mich erzählt?«
»Wie bitte?« Nun war sie verdutzt, setzte ein Lächeln auf. »Nichts. Ich habe sie nur in der Nachbarschaft willkommen geheißen.«
Richard musterte sie aufmerksam. »Was soll das heißen?«
»He, Richard, beruhige dich.«
»Ich will genau wissen, worüber ihr geredet habt, und was du ihnen erzählt hast – über uns, über mich.«
Dies in einem Ton, den sie von Richard noch nie gehört hatte – zornig, dringlich. Sie mußte sich zusammennehmen, um ihm ruhig zu antworten. »Richard, ich wollte nur wissen, ob Hal Ipswich der Mann im Restaurant war.«
»Und?« fragte Richard rasch.
»Er ist es nicht.«
Richard nickte kaum wahrnehmbar und schien in sich zusammenzusacken. Lauren berührte seinen Arm. »Schatz, was macht dir Kummer?«
Er sah ihr kurz in die Augen. »Nichts.« Seine Stimme klang matt, geschlagen. Er wandte sich ab.
Im Schlafzimmer zog Lauren sich um und mußte sich beherrschen, um die Schubladen nicht zuzuknallen. Einerseits fand sie Richards Verstocktheit frustrierend, andererseits wollte sie ihn nicht unter Druck setzen, weil sie eine Kon-

frontation fürchtete. Mit Paul hatte es viel zu oft Streit gegeben – vor der Scheidung.
Sie dachte an Hal und Monica Ipswich.
Ein sonderbares Paar. Sie hatte sich in ihrer Gegenwart schwach gefühlt, als seien sie ihr irgendwie überlegen. Und plötzlich fiel ihr auch der Grund ein. »Das ist Lauren Caylor«, hatte Hal zu seiner Frau gesagt. Woher kannte er ihren Nachnamen? Sie hatte sich nur als Lauren vorgestellt. Und als er sie in seinem Garten ertappte, hatte er gefragt: »Was haben *Sie* hier verloren?« – als sei sie keine Fremde, sondern eine Person, die er schon kannte und beobachtet hatte.

12

Sie sprachen kaum.
Lauren hatte ein Huhn gebraten, ein paar Maiskolben gedämpft und einen Salat gemacht. Richard hatte sich für sein aggressives, mißtrauisches Verhalten ihr gegenüber entschuldigt. Lauren aber wartete auf eine Erklärung, warum der Mann im Restaurant und die neuen Nachbarn ihn so umtrieben. Beim Essen fragte er sie endlich nach Hal und Monica. »Wie sehen sie eigentlich aus?«
Na endlich, dachte sie, vielleicht macht er jetzt reinen Tisch. Sie legte einen halben Maiskolben und eine Hühnerkeule auf Emilys Teller. »Hal sieht durchschnittlich aus«, begann sie, »nicht gerade gut, aber auch nicht häßlich. Er hat lockiges braunes Haar. Anfang Dreißig, würde ich sagen, rund einsachtzig groß. Kräftig gebaut, er scheint zu trainieren. Monica ist in seinem Alter oder jünger. Blondes Haar, im Nacken hochgesteckt. Sie ist auf unscheinbare Weise attraktiv, wenn du verstehst, was ich meine, und sieht sehr fit aus.«
Richard beobachtete sie aufmerksam und hatte die Hände links und rechts vom Teller flach auf den Tisch gelegt.
»Mama, muß ich das auch essen?« fragte Emily und wies auf den Knochen der Keule.

»Nein, mein Herz. Magst du noch eine Keule? Oder lieber ein Stück Brust?«
»Keule bitte.«
Lauren servierte.
»Wollten sie etwas über uns, über mich wissen?« fragte Richard.
»Nein.«
»Und wie haben sie sich verhalten?«
»Seltsam. Schwer zu beschreiben, wie sie mich angeschaut haben; ich kam mir vor wie unter dem Mikroskop. Und sie kannten bereits unsere Namen.«
Richard wartete ab. »Sonst noch etwas?«
Lauren wollte nicht zugeben, im Garten der Nachbarn herumgeschnüffelt zu haben, fand es aber wichtig, Richard alles zu sagen – wenn sie von ihm das gleiche erwartete. Andererseits wollte sie vermeiden, daß er in Emilys Beisein eine Szene machte.
»Ja«, sagte sie, schaute ihm kurz in die Augen und warf dann einen Blick auf Emily, die an ihrer Keule nagte.
»Nur zu«, meinte er. »Raus damit.«
Lauren beschrieb den Garten hinter dem Haus der Ipswichs, die Lücke im Zaun und den blauen Wagen. »Den hatte ich schon zuvor gesehen«, fügte sie hinzu. »Er fuhr mir auf dem Rückweg von der Stadtverwaltung hinterher.«
»Wieso das?« Richard beherrschte sich mit Mühe. »Bist du auch ganz sicher?« Seine Stimme war leise und angespannt.
»Ganz sicher kann ich nicht sein.« Sie erklärte, das blaue Auto im Lauf der letzten Tage mehrmals gesehen zu haben. »Es ist natürlich nicht sicher, daß es sich um ein und dasselbe Auto handelt. Vielleicht ist es mir auch gar nicht gefolgt –«
»Hast du den Fahrer gesehen?«
Lauren zuckte die Achseln. »Am Steuer saß ein Mann.«
»Hal Ipswich?«
»Kann ich nicht sagen. Aber warum sollte Hal Ipswich mich verfolgen?«
Richard stand abrupt auf und ging ins Wohnzimmer.
»Richard?«

»Mama, ich bin fertig.«
Lauren starrte zur Tür und wandte sich dann zu Emily. »Gut, mein Herz.« Sie tupfte ihrer Tochter den Mund ab und half ihr dann vom Stuhl. »Darf ich mit Amos im Garten spielen?« fragte die Kleine.
Lauren konnte den Garten durchs Küchenfenster zum Teil einsehen. Es hatte zu dämmern begonnen. »Na gut, aber nur ein bißchen.«
Emily rannte los und rief nach Amos. Lauren stapelte die Teller, hob sie auf, stellte sie wieder ab und trat dann in den Durchgang zum Wohnzimmer. Richard stand am Fenster zur Straße und spähte durch die Vorhänge wie ein Kind, das nach dem schwarzen Mann Ausschau hält. Sie beobachtete ihn noch kurz, kehrte dann in die Küche zurück und räumte den Tisch ab.
Lauren spülte das Geschirr ab, tat es in die Spülmaschine und gab Pulver in das kleine Fach.
Als sie ins Wohnzimmer zurückkehrte, stand Richard immer noch am Fenster. Er hatte sich einen Sessel herangezogen, saß nun auf der Armlehne und hielt den Vorhang mit der rechten Hand einen Spalt offen. Daß Lauren hinter ihm stand, merkte er überhaupt nicht.
»Richard?« sagte sie leise.
Er riß den Kopf herum. Seine Augen machten ihr angst.
»Was geht hier eigentlich vor?« fragte sie.
Er schien ihr nicht in die Augen sehen zu wollen und drehte sich wieder zum Vorhang um.
»Richard, ich hab' dich was gefragt.«
Er murmelte etwas vor sich hin. Sie blieb eine volle Minute lang wartend stehen. Endlich ließ er den Vorhang zufallen. Er senkte den Kopf, starrte auf seine Schuhe und kehrte ihr den Rücken zu, als wollte er von ihr in Ruhe gelassen werden.
Aber daran dachte Lauren nicht. »Wovor hast du Angst?« fragte sie sanft.
Er richtete sich auf, schaute sie immer noch nicht an und schüttelte den Kopf. Er sagte etwas, aber wieder so leise, daß Lauren ihn nicht verstehen konnte.

»Was war das?«
Nun wandte er den Kopf zur Seite, blickte sie noch immer nicht an und antwortete viel zu laut: »Ich sagte –« Er fuhr leiser fort: »Ich sagte: ›Nichts. Ich fürchte mich vor nichts.‹«
»Das glaube ich nicht.«
Nun schaute er sie mit einem leisen, spöttischen Lächeln an, das aber bald verschwand. »Ehrlich«, meinte er, »ich fürchte mich vor nichts.« Dann stand er auf, machte aber keine Anstalten, das Zimmer zu verlassen.
»Richard, laß uns reden.« Sie stellte bewußt keine Forderungen, bettelte aber auch nicht. »Sag mir, was los ist.«
»Nichts ist los.«
Er wollte an ihr vorbeigehen, und als sie nach seinem Arm griff, zog er ihn zurück. Nun spürte sie den Zorn in sich aufsteigen. »Verdammt, Richard, du bist unfair.«
»Es ist überhaupt nichts los«, wiederholte er und ging hinaus.
»*Du hast mich belogen!*« schrie sie fast, und darauf blieb er im Korridor, der zu den Schlafzimmern führte, stehen. »Die Sache mit dem Kunden im Geschäft war eine Lüge.« Sie spürte, wie ihr das Blut zu Kopf stieg, in ihren Schläfen pochte. »Der Vorfall im Geschäft war reine Erfindung.«
Einen Augenblick lang sah es so aus, als wollte Richard einlenken, aber dann schob er den Unterkiefer vor und fragte sie ruhig: »Wie kommst du darauf?«
»Ich bin heute dahintergekommen. Ich habe Todd und Arthur gefragt...«
»Du hast *was* getan?« rief er und kam auf sie zu.
Lauren zog eine Grimasse, wich aber nicht zurück. »Ich bin nicht diejenige, die hier im Unrecht ist, Richard.«
Er blieb mit verbissener Miene vor ihr stehen, schien sich rechtfertigen, seine Position halten zu wollen.
»Ich will wissen, was hier vorgeht«, sagte Lauren leise.
Richard wandte sich ab, ging zur Couch und setzte sich, beugte sich vor, stützte die Ellbogen auf die Knie, verschränkte die Hände und starrte zu Boden. Lauren ließ sich neben ihm nieder, berührte ihn nicht, wartete, daß er zu re-

den begann. Als er weiter schwieg, hob sie eine Hand, um sie auf seine Schulter zu legen.
»Es geht um eine Frauengeschichte«, begann Richard.
Laurens Hand zuckte zurück. Mit einer Nebenbuhlerin hatte sie ganz und gar nicht gerechnet.
»Es passierte, ehe wir uns kennenlernten«, sprach er weiter, ohne den Blick vom Boden zu wenden. »Wir begegneten uns in einer Bar hier in San Miguel und trafen uns anschließend öfter – in Lokalen oder in meiner Wohnung, nie bei ihr. Na ja, und manchmal blieb sie über Nacht. Von sich selbst redete sie so gut wie nie. Ich hätte spüren sollen, daß etwas nicht stimmte.« Er machte eine Pause. »Sie war verheiratet.«
Er setzte sich zurück und sah Lauren an, wartete auf eine Reaktion. Lauren befürchtete das Schlimmste: Er traf sich wieder mit dieser Frau. Sie schwieg.
»Wie auch immer«, fuhr Richard fort, »ihr Mann kam ihr auf die Schliche und erschien eines Abends vor meiner Wohnung, als sie bei mir war. Mit einer Pistole.«
»Mein Gott!«
»Erst zu dem Zeitpunkt erfuhr ich, daß sie verheiratet war. Ich befürchtete, er würde uns beide umbringen. Erst drohte er uns, dann brach er zusammen und weinte. Sie ging mit ihm nach Hause. Seitdem sah ich sie nie wieder – ihn aber wohl. Er war vor Eifersucht wie von Sinnen und ließ seine Frau von einem Privatdetektiv beschatten. Aber das reichte ihm nicht – er folgte mir monatelang. Anscheinend hatte er den Verdacht, daß ich mich weiter mit seiner Frau traf. Von anderen Leuten erfuhr ich, daß sie sich an diesen Spielchen, an seiner Eifersucht ergötzte.
Nur deshalb bändelte sie mit mir an. Der Haken war nur, daß ihr Mann nicht wußte, daß das Spiel aus war, sondern die Sache todernst nahm.« Richard seufzte und schüttelte den Kopf. »Über Monate hinweg ließ er mir keine Ruhe. Er machte meinen Arbeitsplatz ausfindig, rief mich zu allen Tages- und Nachtzeiten an und drohte mir.«
»Hast du ihm denn nicht gesagt, die Sache sei aus?«
»Sicher, und oft genug. Aber er wollte mir einfach nicht glau-

ben. Weiß der Himmel, was sie ihm alles eingeflüstert hat.«
Richard drehte sich zu Lauren um. »Er folgte mir von der Arbeit nach Hause, parkte vor meinem Haus ... einfach Wahnsinn.«
»Hast du ihn angezeigt?«
»Weswegen denn? Sollte ich etwa sagen: ›Ich hatte ein Verhältnis mit seiner Frau, über das er nicht glücklich war?‹ Nein, ich beschloß, abzuwarten, bis ihm die Sache langweilig wurde. Am Ende gab er auf. Das dachte ich zumindest – bis gestern abend.«
»Der Mann im Restaurant?«
Richard nickte. »Das war er, da bin ich ziemlich sicher. Daß er nach mir Ausschau hielt, bezweifle ich aber. Die Sache war schon Jahre her, und wer weiß, mit wie vielen Männern seine Frau seither ihre Spielchen getrieben hat. Aber als ich mit dir und Emily am Tisch saß und plötzlich dieses Gesicht aus der Vergangenheit sah, war ich geschockt und konnte nicht mehr logisch denken. Und als du mich fragtest, was los sei, erfand ich rasch die Geschichte von dem unverschämten Kunden.«
Er griff nach ihrer Hand. »Ich hätte dich nicht belügen sollen. Aber wenn ich jetzt an das Verhältnis damals denke, schäme ich mich.«
Richards Geschichte regte Lauren auf, aber sie erklärte immerhin einiges – wenn auch nicht alles. »Warum machten dir Hal und Monica Ipswich Sorgen?« fragte sie.
Er lächelte verlegen. »Nun, ich hielt sie für Privatdetektive, die im Auftrag des eifersüchtigen Ehemanns arbeiteten.« Er sah ihre skeptische Miene und fuhr rasch fort: »Du hast ja keine Ahnung, wie weit dieser Mann ging, um mir das Leben zur Hölle zu machen. Nichts war ihm zu teuer –«
»Aber eigens ein Haus für Detektive anzumieten ...«
»Klingt verrückt, ist wohl auch verrückt. Aber ich hatte eben Angst, dieser Irre könnte unser Leben durcheinanderbringen. Auf jeden Fall, Lauren«, sagte er und strich ihr sanft über den Arm, »es tut mir so leid, daß ich dich angelogen habe. Ich wollte diese Phase in meinem Leben einfach ungeschehen machen. Ich habe dich so lieb; nichts soll zwischen

uns kommen. Und ich wüßte nicht, wie ich ohne dich und Emily leben sollte.« Er hielt inne; seine Augen waren feucht. »Es war schlimm, daß ich dich belogen habe.«
Lauren bezweifelte nicht, daß er es ernst meinte. Aber ihr Vertrauen war erschüttert. Für wie lange? Dennoch liebte sie ihn wie zuvor.
Er nahm sie in den Arm und küßte sie. »Kannst du mir verzeihen?«
Was konnte sie darauf schon sagen? »Natürlich.«

Später am Abend begann Richard sie zärtlich zu liebkosen, aber sie sprach nicht an, weil ihr zu viele Dinge durch den Kopf gingen. Schließlich gab er es auf, küßte sie auf die Stirn, drehte sich um und war bald eingeschlafen.
Lauren lag wach und ging in Gedanken Richards Geschichte noch einmal durch. Irgend etwas klang nicht plausibel.
Die Vorstellung, daß er einmal ein Verhältnis mit einer verheirateten Frau gehabt hatte, fand sie schockierend, aber seine Behauptung, er habe sie in einer Bar kennengelernt und praktisch aufgegabelt, fand sie höchst unwahrscheinlich.
Nun ja, sagte sie sich, vielleicht hat er sich geändert, vielleicht ging er früher mehr aus sich heraus. Aber glauben konnte sie das nicht, ebensowenig wie seine Vermutung, Monica und Hal Ipswich seien Privatdetektive, die ihnen nachspionierten.
Bei diesem Gedanken bekam sie Angst, denn wenn Richard ihr zu diesen Punkten etwas vormachte, log er sie auch wohl sonst an. Wie sollte sie ihm jemals wieder trauen?
Lauren kniff die Augen zu und wollte nicht glauben, daß nun auch diese Ehe zu scheitern drohte. Sie ertappte sich sogar bei dem Versuch, Richards Lügen zu rechtfertigen: er wollte sie vor etwas beschützen.
Aber wovor?

13

In Chicago war es Dienstag nachmittag, und vom Michigansee wehte ein ungewöhnlich kalter Wind. Peter Grummund verließ seine Wohnung, steckte die Hände in die Taschen und schützte sein Doppelkinn mit dem hochgestellten Mantelkragen. Zuletzt zog er sich den Hut, der seinen kahlen runden Schädel bedeckte, tiefer in die Stirn.
Gerade hatte Novek angerufen, ihm die Nummer einer Telefonzelle in Los Angeles gegeben und dann wieder aufgelegt; nun wartete er dort, bis Grummund einen Münzfernsprecher gefunden hatte. Sie mußten vorsichtig sein; es war ja möglich, daß ihre Telefone abgehört wurden.
Grummund marschierte zwei Straßen weit und zwängte seinen massigen Körper in eine Zelle vor einem Schnellimbiß. Seine Hoffnung, daß es dort wärmer sein würde als im Freien, trog.
Na, wenigstens bin ich hier vor dem Wind geschützt, dachte er, warf eine Münze ein, gab der Vermittlung die Nummer und steckte mehr Kleingeld in den Schlitz.
»Ja?« sagte Novek nur.
»Warum hast du so lange gebraucht?« fragte Grummund. Es war inzwischen Dienstag, er hatte seit Freitag nichts mehr von Novek gehört, und für die Strecke von Albuquerque in New Mexico nach Los Angeles in Kalifornien brauchte man keine vier Tage.
»He, Pete, mach mir keinen Druck. Du weißt ja, daß ich nicht bloß rumgehockt bin.«
Nein, das weiß ich nicht, dachte Grummund.
Früher hatte er sich auf Novek verlassen können, aber nun hatte er seit vier Jahren keinen Kontakt mehr mit ihm gehabt, und der Mann konnte sich verändert haben. Das machte ihm Kummer, denn Novek war die einzige Person, die er einsetzen konnte.
Grummund kam zur Sache. »Du hast ihn also gefunden?«
»Ja, ich hab' ihn gefunden.«
»Dort, wo mein Informant ihn vermutete?« Grummund hatte

sofort an dem Informanten und dessen Mitteilung gezweifelt, denn das Ganze klang zu gut, um wahr zu sein.
»Genau. Den Kerl, seine Frau und die kleine Tochter.«
Grummund grunzte und dachte darüber nach. »Bist du auch ganz sicher?«
»Kein Zweifel, das ist er. Sieht natürlich ein bißchen anders aus, aber diesen Verräter erkenne ich überall wieder.«
Grummund hörte den mordlustigen Unterton in Noveks Stimme und war zufrieden. In dieser Beziehung hatte sich Novek also nicht verändert.
»Stell dir vor«, meinte Novek, »er arbeitet in einer Eisenwarenhandlung.«
»Ist das dein Ernst?«
»Absolut. Seine Frau arbeitet bei der Stadtverwaltung, und die Kleine geht in den Kindergarten, und zwar –«
»Moment mal«, sagte Grummund. »Bist du ihnen etwa gefolgt?«
»Aber klar doch. Wie soll ich sonst –«
»Verdammt noch mal, Novek!« brüllte Grummund. »Du solltest ihn ausfindig machen, mehr nicht!«
»Immer mit der Ruhe«, versetzte Novek gelassen.
Grummund machte den Mund auf, um weiterzubrüllen, beherrschte sich aber. Der kaschierte Zorn in Noveks Stimme war ihm nicht entgangen. Der Mann ließ sich nicht gerne rügen. Wird das in der Zukunft ein Problem? fragte sich Grummund und hoffte nur, daß sie demnächst besser miteinander auskamen. Aber bis er die Westküste erreicht hatte, mußte Novek mit Samthandschuhen angefaßt werden – wie das große Kind, das er im Grunde noch war.
»Ich dachte ja nur an die Möglichkeit«, erwiderte Grummund sachlich, »daß er dich entdeckt haben könnte.«
»Hat er aber nicht.«
»Trotzdem – wenn er dich gesehen hätte, wäre die ganze Sache im Eimer. Kapiert?«
»Pete, selbst wenn er mich gesehen hat, kann er mich unmöglich wiedererkannt haben. Selbst du weißt ja nicht, wie ich inzwischen aussehe.«

Grummund bezweifelte das, ließ es aber hingehen. »Du bleibst von ihm weg, klar? Warte ab, bis ich komme.«
Novek machte keine Versprechungen, sondern fragte nur: »Und wann kommst du?«
»Am Wochenende. Erst muß ich zu diesem Arsch von Bewährungshelfer. Wenn ich den Treff verpasse, weiß er, daß etwas läuft. Und ich brauche so viel Vorsprung wie möglich.«
»Und was soll ich bis dahin treiben?«
Grummund dachte kurz nach. »Hast du eine Knarre?«
»Nein.«
»Wir brauchen aber zwei.«
»Gut, die besorge ich.«
»Ich könnte sie notfalls auch hier organisieren, aber dann müßte ich mit den Dingern im Koffer durch die Sicherheitskontrolle am Flughafen. Du weißt ja, daß überall Metalldetektoren stehen.«
»Keine Sorge, ich übernehme das.«
»Na gut, aber paß auf.«
»Komm schon, Pete, du kennst mich doch.«
Eben nicht, dachte Grummund, jedenfalls nicht so gut wie früher. »Geh keine unnötigen Risiken ein«, warnte er und hätte beinahe gesagt: »Bau keinen Mist«, denn er befürchtete, Novek könnte auf eigene Faust handeln und alles ruinieren. Novek kannte zwar nur wenige Einzelheiten, wußte aber, daß es um viel Geld ging. »Wir sehen uns dann in ein paar Tagen«, schloß Grummund. »Und bleib von San Miguel weg, verstanden?«
Novek grunzte und hängte ohne Abschied ein.
Auf dem Rückweg zu seiner Wohnung fragte sich Grummund, ob nicht er derjenige war, der Mist baute. Warum vergesse ich die Sache nicht einfach und bleibe in Chicago, wo ich hingehöre?
Und was dann, sann er weiter. Alt werden und arm sterben?

14

Am nächsten Morgen konnte sich Lauren nur mit Mühe auf ihre Arbeit konzentrieren. Sie starrte auf ihre Skizze, aber ihre Gedanken befaßten sich mit der Frage, warum Richard sie belog. Wie Teile eines Puzzles versuchte sie die wenigen Fakten, die sie hatte, zusammenzufügen. Richards seltsames Verhalten. Der Mann im Restaurant. Hal und Monica Ipswich. Der dunkelblaue Wagen, den sie ausgemacht hatte, und die Tatsache, daß er hinter dem Haus der Ipswichs stand.

Sie legte sich einige wilde Theorien zurecht, darunter die Möglichkeit, daß Richard ein ausländischer Spion war, der sich in San Miguel versteckte, doch das alles kam ihr sehr unwahrscheinlich vor.

Vielleicht hatte Richard die Wahrheit gesagt: Der Mann im Restaurant sah dem eifersüchtigen Ehemann, dem Richard vor Jahren in die Quere gekommen war, tatsächlich ähnlich. Und Hal und Monica Ipswich? Nur zwei Eigenbrötler, die zufällig ins Haus gegenüber eingezogen waren.

Es mußte aber auch ein anderer Aspekt bedacht werden. Die Ipswichs waren genau an dem Tag eingezogen, an dem Lauren der blaue Wagen zum ersten Mal aufgefallen war. Wenige Tage darauf hatte Richard im Restaurant den Fremden entdeckt. Alles nur Zufall?

Um zehn vor zwölf fuhr Lauren zusammen, als Susan Aitkens an ihr Reißbrett trat. Sie hatte ihre Zeichnung angestarrt und mit ihren Gedanken gerungen.

»Ein paar Leute fahren zur Mittagspause zur *Casa Grande*, das ist ein neues Restaurant«, sagte Susan. »Kommst du mit?«

»Verzeihung, ich war ganz in meine Gedanken vertieft. Klar, hört sich gut an.« Lauren griff nach ihrer Handtasche.

Das Restaurant war elegant eingerichtet: viel Stuck, Schmiedeeisen, üppige Pflanzen, Teppichboden. Lauren hoffte nur, daß auch das Essen entsprechend ausfiel.

Die Gruppe wartete, bis Hilfskellner Tische zusammenschoben und gedeckt hatten. Lauren setzte sich neben Susan, und als ihr Gericht, Enchilada mit Käse, serviert wurde, mußte sie feststellen, daß es nicht lange genug im Ofen gewesen war und daß die Sauce miserabel schmeckte.

Sie stocherte in ihrem Essen herum und schaute sich im Lokal um, das inzwischen sehr voll war. Nahe dem Eingang saßen Gäste auf Bänken und warteten, bis ein Tisch frei wurde. Andere standen an der Bar. Laurens Blick glitt über die Gesichter der Fremden.

Auf einmal wurde sie hellwach. Am Ende der Theke stand ein Mann, den sie wiedererkannte: Dunkle Haare, durchschnittlich gebaut, Khakihose und Windjacke. Das war der Mann, den sie am Montag bei *Tobey's* gesehen hatte.

Lauren packte die Tischkante. Der Mann schaute zwar in ihre Richtung, aber sie konnte nicht beurteilen, ob er sie ansah, denn er war zu weit entfernt. Dann machte er auf seinem Barhocker eine halbe Drehung und kehrte ihr die Schulter zu.

»Hast du jemanden gesehen?« fragte Susan.

Lauren hatte sich leicht vorgebeugt und an Susan vorbeigespäht. Nun lehnte sie sich wieder zurück und versperrte dem Mann die Sicht.

»Ach . . . nein.«

Inzwischen war die Rechnung gebracht worden, und jeder leistete seinen Beitrag. Lauren merkte gar nicht, daß sie ihr Essen kaum angerührt hatte. Sie holte ein paar Scheine aus der Handtasche und legte sie zu den anderen auf den Teller. Dann schaute sie wieder hinüber zur Bar.

Der Mann saß noch im rechten Winkel zu ihr, so daß sie sich sein Profil betrachten konnte. Er schien Ende Dreißig, Anfang Vierzig zu sein. Selbst über die Entfernung konnte sie sehen, daß er graue Schläfen hatte. Er griff nach seinem Bierglas, trank, stellte es wieder ab – offenbar wartete er geduldig, daß ein Tisch frei wurde.

Nein, sagte sich Lauren überzeugt, er ist nur anwesend, weil ich hier bin. Konnte das der eifersüchtige Ehemann sein, von dem Richard gesprochen hatte?

An ihrem Tisch stand man auf. Ihre Gruppe schlängelte sich im Gänsemarsch zwischen den Tischen hindurch nach draußen. Lauren ging hinter Susan, behielt den Mann im Auge und kam ihm bis auf drei Meter nahe. Er saß reglos an der Theke und kehrte ihr nun den Rücken zu, als sei er sich ihrer Gegenwart überhaupt nicht bewußt. Lauren hielt den Atem an und drehte sich am Ausgang noch einmal um, schaute in den Spiegel hinter der Bar.
Der Mann starrte sie an.
Weil er sofort den Blick wandte, bekam Lauren regelrecht Angst und hastete zur Tür. Auf dem Weg zum Auto drehte sie sich immer wieder um und wartete, daß der Mann erschien. Mehrere Leute verließen das *Casa Grande*, nicht aber der Dunkelhaarige. Lauren stieg in den Wagen und schaute in den Rückspiegel zur Tür des Restaurants, erwartete und fürchtete, daß er auftauchte. Dann aber fuhr der Wagen um eine Ecke, und das Lokal kam außer Sicht.

15

Lauren öffnete die Garagentür mit der Fernbedienung und fuhr hinein, fühlte sich dabei immer noch exponiert, als würde jede ihrer Bewegungen überwacht. Sie stieg aus, ging um den Wagen herum und öffnete Emilys Sicherheitsgurt.
Plötzlich sah sie aus dem Augenwinkel eine Gestalt in der weiten Öffnung der Garage auftauchen. Sie fuhr herum, deckte Emily mit ihrem Körper, war angespannt und bereit, sich und ihr Kind zu verteidigen.
»Tag«, sagte Connie und tat einen Schritt in die Garage. »Verzeihung, hab' ich dich erschreckt?«
»Hallo, Connie!« krähte Emily.
»Tag, mein Schatz.«
Lauren atmete aus und lächelte schwach, aber ihr Herz klopfte noch heftig. »Wie geht's?«

»Es gibt eine Menge Neuigkeiten.« Connie warf einen Blick auf Emily.
»Du, Emily, willst du schon mal aufschließen?« Lauren gab der Kleinen den Schlüssel für die Hintertür und wartete, bis sie verschwunden war. Dann drehte sie sich zu Connie um, die diebisch grinste. »Ich hab' mir mal Alice vorgenommen«, begann sie, »und die –«
»Wer ist Alice?«
»Die kennst du doch. Unsere Briefträgerin.«
Lauren nickte und stellte sich eine ältere Frau mit etwas wirrem Haar vor. Zu Gesicht bekam sie sie nur hin und wieder samstags, weil sie ja auch berufstätig ist.
»Jedenfalls habe ich sie nach unseren neuen Nachbarn ausgefragt«, fuhr Connie fort. »Ich dachte mir nämlich, daß Alice sie und ihre Post zu Gesicht bekommen hat.«
»Liest sie etwa Briefe?« fragte Lauren, die nicht wußte, ob sie empört oder amüsiert reagieren sollte.
»Nein, höchstens mal eine Postkarte. Aber sie merkt sich die Absender und weiß, wer welche Rechnungen und Kataloge oder Zeitschriften bekommt. Außerdem wirft sie die Post ganz leise ein, damit sie mitbekommt, was sich im Haus tut.« Connie grinste triumphierend. »Erstaunlich, was die gute alte Alice alles über uns weiß.«
»Welch angenehme Vorstellung.«
»Keine Angst, über dich und Richard hat sie nur Positives zu berichten.«
»Wie tröstlich. Und was hält sie von Hal und Monica?«
»Das ist ja das Komische. Über die beiden hatte sie überhaupt nichts zu sagen.«
»Wie das?«
»Sie hatte dort noch nie Post zuzustellen.«
Lauren sah, daß Connie ihr Gesicht musterte, auf eine Reaktion wartete. Ein Auto fuhr langsam die Straße entlang, aber Lauren nahm es kaum wahr.
»So ungewöhnlich ist das nicht ...«
»Ist das dein Ernst?« Connie zog die Augenbrauen hoch. »Sie wohnen jetzt seit einer Woche hier und haben noch keinen

einzigen Brief, noch nicht einmal Werbung bekommen. Das stelle man sich mal vor.«
Lauren verstand zwar nicht ganz, worauf Connie hinauswollte, wurde aber neugierig. »Vielleicht haben sie noch keinen Nachsendeantrag gestellt.«
Connie zog eine Grimasse. »Komm, das tut man doch als erstes, wenn man umzieht.«
»Wohl wahr ... aber vielleicht hat niemand an sie geschrieben.«
»Schon möglich. Aus diesem Grund habe ich Alice gebeten, sich beim Postamt einmal umzuhören. Und weißt du, was sie mir heute gesagt hat?« Connie legte eine Kunstpause ein. »Offiziell – also laut Unterlagen der Post – ist das Haus unbewohnt.«
»Wie bitte?«
»Genau. Was die US-Post betrifft, existieren Hal und Monica Ipswich überhaupt nicht.«
Laurens Magen krampfte sich zusammen. »Und was hat sie noch –«
»Mama, ich krieg' die Tür nicht auf!« Emily war, gefolgt von Amos, in der Garage erschienen.
»Gleich, mein Herz.« Lauren wandte sich wieder Connie zu.
»Tja, und das wäre alles«, meinte Connie. »Ich dachte mir, daß dich das interessiert. Sehr merkwürdig, meinst du nicht auch?«
Lauren nickte stumm.
»Die sind bestimmt harmlos«, sagte Connie, »aber wir behalten sie besser im Auge. So, und ich muß jetzt weg. Bis später.«
Am Abend, Lauren zog sich gerade um, hörte sie Richard nach Hause kommen. Wenige Augenblicke später betrat er das Schlafzimmer. »Hallo!« Er gab ihr einen Kuß. »Hoffentlich hast du für heute abend nichts vor«, meinte er und lächelte verlegen. »Arthur hat uns nämlich zum Essen eingeladen.«
»Ist mir recht«, erwiderte sie mürrisch.
»Tut mir leid, ich hätte dich wohl erst fragen sollen.«

»Schon gut, macht nichts.« Lauren erkannte, daß er ihr Verhalten als Mißbilligung auslegte. »Heute ist nämlich etwas passiert.«
»Was denn?« Er legte ihr die Hand auf die Schulter und schaute sie besorgt an. »Erzähl mal.«
»Ich habe diesen Mann wiedergesehen, den Mann aus dem Restaurant.«
Richard blieb der Mund offenstehen. »Wo? Etwa *hier?*«
Lauren schüttelte den Kopf und berichtete von ihrer Mittagspause. »Es kann natürlich ein Zufall gewesen sein«, schloß sie. »Das Lokal war gerammelt voll und er –«
»Bist du auch ganz sicher, daß es derselbe Mann war?« Richards Stimme klang gepreßt.
»Absolut.«
»Ist er dir gefolgt?«
»Ich glaube nicht. Ich behielt den Ausgang im Auge, bis wir vom Parkplatz fuhren, sah ihn aber nicht herauskommen.«
Richard nickte nachdenklich. »Sahst du ihn ins Restaurant kommen? Oder war er schon vor dir da?«
»Er fiel mir erst auf, als wir schon am Tisch saßen. Es ist also gut möglich, daß er schon die ganze Zeit dort war.«
Richard machte eine Pause und meinte dann: »Vielleicht war es wirklich ein Zufall.« Das klang, als wollte er sich selbst Mut machen.
»Und wenn nicht?«
Er wandte den Blick und wollte nicht weiter spekulieren.
»Richard, ich bekomme Angst. Wer ist er, wenn das kein Zufall war, und was will er?«
»Wie soll ich das wissen?« fragte er unschuldig, aber sein Blick verriet Furcht.
»Vielleicht sollten wir uns an die Polizei wenden.«
»Nein«, meinte er rasch, machte eine Pause und fuhr dann langsamer fort: »Was sollen wir denn sagen? Daß du einen Mann in zwei verschiedenen Restaurants gesehen hast?«
»Macht dir die Sache denn keinen Kummer?«
»Doch, aber –«
»Warum gehen wir dann nicht zur Polizei?«

»Weil – « begann er laut und hielt dann inne, holte Luft und senkte den Blick, als wollte er sich entschuldigen. Nun zog er Lauren an sich. »Was soll die Polizei denn machen?« fragte er leise. »Vorerst brauchen wir sie nicht einzuschalten.«
»Vorerst«, betonte Lauren.
Richards Wangenmuskeln strafften sich. »Richtig.« Er löste sich von ihr und schaute demonstrativ auf die Uhr. »So, ich ziehe mich jetzt besser um. Arthur erwartet uns um sieben.« Er ging an ihr vorbei zum Bad.
Aber Lauren hielt ihn auf. »Moment, ich habe noch etwas erfahren«, sagte sie und wiederholte, was Connie ihr erzählt hatte: Was die Post anging, stünde das Haus gegenüber leer, und Hal und Monica Ipswich existierten überhaupt nicht.
Richard leckte sich die Lippen und schaute zu Boden, suchte offenbar nach einer Erklärung.
»Dir ist bestimmt aufgefallen«, fuhr sie fort, »daß sie bisher in ihrem Garten überhaupt nichts getan haben. Nur die Büsche vor dem Fenster haben sie zurückgeschnitten, wahrscheinlich, um unser Haus besser sehen zu können.«
Richard machte den Mund auf, sagte aber nichts.
»Die beobachten uns, nicht wahr?« Lauren sah ihm an, daß er ihrer Meinung war, und wartete auf eine Erklärung. Doch dann änderte sich seine Miene.
»Wie lächerlich«, meinte er leise. »So . . . ich gehe mich jetzt waschen.«
Lauren rief Emily ins Haus und zog ihr das rosa Spitzenkleid an. Sie selbst wählte Rock und Bluse. Richard hatte sich in Schale geworfen – perlgraue Hosen, marineblauer Blazer.
Während der Fahrt herrschte gespanntes Schweigen. Beim Anfahren hatte Richard, wie Lauren bemerkte, das Haus der Ipswichs angestarrt. Die Vorhänge waren wie gewöhnlich zugezogen gewesen – bis auf den pechschwarzen Spalt in der Mitte.

Arthur und Betty McFadden wohnten in Royal Palms, einem Vorort von San Miguel, der sich meilenweit in die Wüste ausgebreitet hatte. Die Caylors wurden herzlich empfangen

und bewirtet, und Betty McFadden, die in Emily so etwas wie eine Enkelin sah, schenkte der Kleinen eine alte, aber guterhaltene Puppe. »Schau, die habe ich von meiner Großmutter bekommen, als ich in deinem Alter war«, meinte Betty. »Und sie hatte sie schon seit ihrer Kindheit.«
»Aber Betty«, begann Lauren, doch Betty schüttelte den Kopf.
»Emily ist jetzt alt genug für diese Puppe«, sagte sie. »Außerdem gehört sie in die Arme eines kleinen Mädchens und nicht auf einen staubigen Speicher.« Dann wandte sie sich an Emily. »Nun, was meinst du? Willst du sie mit nach Hause nehmen?«
Emily war begeistert.

Auf der Heimfahrt war die Atmosphäre entspannter. Richards rechte Hand lag auf ihrem Bein, und sie hatte seinen Arm ergriffen. Lauren wußte zwar, daß es noch einiges zu klären gab, war nun aber zuversichtlich, daß das eher früher als später geschehen würde.
Emily sprach auf dem Rückweg mit ihrer Puppe. Lauren drehte sich um und fragte: »Wie soll sie denn heißen?«
»Cathy Ann«, erwiderte Emily ohne Zögern.
Lauren dachte kurz nach. »Aber du hast doch schon eine Puppe, die Cathy heißt.«
»Schon, aber diese hier heißt Cathy *Ann*.«
»Aha«, meinte Lauren und drehte sich lächelnd zu Richard um. Dessen Miene drückte Panik aus, betont noch von dem schmalen Lichtstreifen, der ihm aus dem Rückspiegel ins Gesicht fiel. Das Lenkrad hielt er so fest umklammert, daß seine Knöchel weiß hervortraten. »Richard, was ist?«
»Jemand verfolgt uns.«

16

Lauren drehte sich um und starrte durch die Heckscheibe. Der San Miguel Boulevard, auf dem nur schwacher Verkehr herrschte, war gut beleuchtet. Die nächsten Scheinwerfer waren einen Block entfernt hinter ihnen.
»Dieses Auto fährt uns seit Bettys und Arthurs Haus hinterher«, sagte Richard und schaute in den Spiegel.
»Bist du auch ganz sicher?« Lauren drehte sich nach vorne um, saß nun steif da und starrte durch die Windschutzscheibe. »Vielleicht fährt nur jemand zufällig in die gleiche Richtung...«
»Das werden wir gleich sehen.« Richard setzte den Blinker, bremste ab und bog nach rechts in eine Wohnstraße ein.
»Wohin fahren wir?«
»Ums Viereck«, erwiderte er.
»Ist das unsere Straße?« fragte Emily von hinten.
»Nein, mein Herz.«
Sie rollten die stille Straße entlang. Hinter dem dunklen Gebüsch links und rechts sah Lauren warmes gelbes Licht aus den Häusern fallen und stellte sich die Menschen vor, die sich drinnen unterhielten, miteinander lachten oder Musik hörten.
»Da kommt er«, sagte Richard gepreßt.
Lauren drehte sich um und sah gerade noch, wie das Fahrzeug vom Boulevard in die Straße hinter ihnen einbog. Richard fuhr zum Ende des Blocks und wandte sich dort nach links. Noch ehe sie die nächste Kreuzung erreicht hatten, stellte Lauren fest, daß das Auto ihnen weiter folgte. Richard bog erneut links ab und hielt nun wieder auf den San Miguel Boulevard zu. Am Stoppschild hielt er an und schaute in den Spiegel. Im Verkehr auf dem Boulevard hatte sich eine große Lücke geöffnet, aber Richard fuhr nicht an.
»Der Scheißkerl wartet nur da hinten«, stieß Richard hervor.
Lauren war von seinem scharfen Ton überrascht. Nun sah sie ihn nach links schauen und offenbar die Geschwindigkeit der Autos abschätzen. Plötzlich riß er das Steuer nach rechts

herum, trat das Gaspedal durch, ließ die Reifen durchdrehen und provozierte ein wütendes Hupkonzert.
Lauren stieß einen kleinen Schrei aus, als sie erst gegen den Sicherheitsgurt geschleudert und dann gegen die Rücklehne gepreßt wurde; Richard raste den Boulevard entlang.
»Richard, um Himmels willen!«
Er beachtete sie nicht, sondern verkniff das Gesicht und hielt das Lenkrad umklammert. Ein paar Wagen waren vor ihnen. Richard beschleunigte weiter, überholte erst einen japanischen Mittelklassewagen und dann einen Kleinbus.
Lauren wagte nichts zu sagen, weil sie befürchtete, ihn abzulenken und einen schrecklichen Unfall zu verursachen. Sie schaute nach hinten zu Emily, die mit schreckgeweiteten Augen steif dasaß und ihre Puppe umklammerte. Durchs Rückfenster sah sie die Lichter hinter ihnen kleiner werden. Dann flog sie beinahe von ihrem Sitz, als Richard scharf rechts abbog und eine Wohnstraße entlangdonnerte.
Lauren hielt den Atem an und hoffte nur, daß kein anderes Auto rückwärts aus einer Einfahrt und ihnen in den Weg rollte. Am Ende der Straße bremste Richard ab und wandte sich nach rechts in die Richtung, die sie am frühen Abend genommen hatten – also von ihrem Haus weg. Er fuhr nun mit mäßiger Geschwindigkeit und schaute immer wieder in den Spiegel. Sie fuhren eine gewundene Straße entlang, bogen mehrmals ab. Am Ende hatte Lauren völlig die Orientierung verloren. »Richard, wohin –«
»Den hab' ich abgehängt«, sagte Richard mehr zu sich selbst als zu ihr und warf weiter besorgte Blicke in den Rückspiegel.
Lauren war zwar verängstigt und erregt, spürte aber seinen Schmerz. Sie legte ihm die Hand auf den Arm und fragte: »Richard, was geht hier vor?«
Er schien ihr nicht ins Gesicht schauen zu können. Als sie an einer Straßenlaterne vorbeikamen, sah sie tiefe Trauer in seinem Gesicht.
»Bitte, sag's mir doch«, bat sie. »Wenn du in irgendwelchen ... Schwierigkeiten bist, kann ich dir vielleicht helfen.«

»Da kannst du nichts machen«, sagte er leise.
»Wie willst du das wissen? Ich weiß ja nicht, worum es geht!«
Ihr Frust nahm zu.
Seine Kiefer mahlten, er schien mit sich zu kämpfen, blieb aber stumm. Lauren preßte die Lippen zusammen und versuchte, ihren Zorn zu unterdrücken. Am meisten brachte sie auf, daß Emily dieser Sache ausgesetzt wurde.
Nun fuhren sie durch eine Autobahnunterführung, und Lauren wurde erst jetzt klar, wie weit sie vom Weg abgekommen waren. Richard nahm die Auffahrt und fuhr nach Hause.
Als sie den Larkdale Way erreicht hatten, fuhren sie ohne anzuhalten an ihrem Haus vorbei. Richard bog an der Ecke ab, fuhr noch einmal um den Block und erst dann in ihre Einfahrt. Da Emily auf dem Rücksitz eingeschlafen war, hob Lauren sie sanft aus dem Auto und trug sie ins Haus. Amos rollte sich schon neben Emilys Bett zusammen, als Lauren die Kleine auszog. Emily zog die Stirn kraus und brummelte, schlug aber kein einziges Mal die Augen auf. Lauren deckte sie zu, gab ihr einen Kuß auf die Stirn und machte das Licht aus.
Sie ging ins Wohnzimmer und hörte, wie Richard in der Küche telefonierte. Durch die Tür konnte sie sehen, daß er ihr den Rücken zukehrte und die Schultern hochgezogen hatte. Er sprach so leise, daß Lauren nur ein paar Brocken mitbekam. ». . . nein, verdammt noch mal, jetzt gleich . . . hören Sie, Jameson . . . in zwanzig Minuten . . . ja, ich weiß, wo . . . Gut.« Seine Stimme klang zornig, drängend.
Richard legte auf, ließ die Schultern sinken und seufzte, kehrte dabei Lauren immer noch den Rücken zu. Er drehte sich um und fuhr zusammen, als er sie erblickte. Dann wandte er den Blick. »Ich muß fort«, sagte er.
»So? Mit wem hast du telefoniert?«
»Ich bin in einer Stunde wieder da.« Er wollte sich von ihr ab und zur Tür wenden, aber sie ergriff seinen Arm.
»Richard, wo willst du hin?«
Er strich über ihre Hand und löste sie dann von seinem Arm. »Schließ die Türen ab«, bat er leise.
»Richard, warum sagst du mir nicht, was los ist?«

Er zögerte, machte dann kehrt, ging zur Tür und schloß sie leise hinter sich. Lauren blieb allein in der Küche zurück. Die Deckenbeleuchtung kam ihr plötzlich viel zu grell vor. Sie hörte Richards Wagen in der Garage. Dann entfernte sich das Geräusch.
Lauren blieb reglos stehen, bis sie sich der Schmerzen in ihren Handflächen bewußt wurde. Sie öffnete die Fäuste und sah rote Male, wo sich ihre Fingernägel in die Haut gebohrt hatten. Verdammt, sagte sie sich, er hat kein Recht, mir das vorzuenthalten, was immer es auch sein mag. Sie riß den Kühlschrank auf, dachte an ein Glas Wein zur Beruhigung. Dann aber starrte sie die halbvolle Flasche an und knallte die Tür wieder zu, daß es drinnen klirrte.
Im Wohnzimmer kam sie sich gefangen, eingesperrt vor. Sie entriegelte die Terrassentür und trat ins Freie.
Licht kam nur von hinten und bildete einen breiten, keilförmigen gelblichweißen Fleck auf den Dielen. Rechts von ihr schimmerten die weißen Gartenmöbel im Schatten. Der Sonnenschirm in der Mitte war zugeklappt und erinnerte an einen Fahnenmast ohne Flagge.
Lauren schaute zum dunklen, bewölkten Himmel auf. Die kühle Nachtluft begann ihre Bluse zu durchdringen.
Da raschelte etwas.
Sie holte scharf Luft und starrte in die tiefen Schatten am Zaun. In der Ecke stand ein Avocadobaum, dessen Äste den Zaun berührten.
Der Wind, dachte Lauren.
Es war wieder windstill. Lauren blieb reglos stehen, hielt den Atem an, starrte in die Schwärze hinter dem Baum. Die Schatten schienen anzuschwellen, sich zu bewegen, aber sie wußte, daß ihre Augen sie täuschten. Und wieder raschelte es.
Ein Vogel, dachte sie, oder ein Eichhörnchen.
Doch sie kam sich auf der Terrasse so allein verwundbar vor. Sie schaute nach Emily, die fest schlief. Dann setzte sie sich ins Wohnzimmer und blätterte Zeitschriften durch, wartete, daß Richard zurückkam.

Es war schon fast Mitternacht, als sie seinen Schlüssel an der Hintertür hörte. Als er ins Zimmer kam, reagierte er überrascht. »Bist du denn noch nicht im Bett?«
»Erst muß ich mit dir reden.«
Er zögerte, nickte dann aber und setzte sich neben sie. Seine Kleider rochen nach Rauch, und er hatte eine Fahne. »Tut mir leid, daß ich so plötzlich weg mußte.«
»Du warst in einer Bar«, sagte sie.
»Stimmt, um mich mit einem Freund zu treffen.«
»Mit Jameson.«
Er schaute sie überrascht an.
»Du hast den Namen am Telefon erwähnt«, erklärte sie. »Wer ist das?«
»Ein Freund . . . von der Polizei.«
»So? Wo arbeitet er denn?«
»Bei der Polizei von San Miguel.«
»Du hast aber nie erwähnt, daß du einen Freund bei der Polizei hast.«
»Wir sehen uns nur selten, kennen uns aber seit Jahren. Ich wußte nicht, an wen ich mich sonst wenden sollte.«
»Na, da wäre zum Beispiel *ich*«, versetzte Lauren, und als Richard schwieg, fuhr sie fort: »Worüber habt ihr gesprochen?«
Richard zuckte die Achseln. »Ich habe ihm erzählt, was sich hier tut. Er wird die Sache regeln.«
»Welche Sache?«
»Nun ja, diese Situation. Du weißt schon.«
»Nein, Richard, ich weiß nicht. Ich warte darauf, daß du mich endlich aufklärst.« Dies kam zu ihrem Entsetzen laut und schrill heraus – schon fast so wie damals in den letzten Wochen und Monaten ihrer Ehe mit Paul; da hatte es immer wieder lauten und bitteren Streit gegeben.
Sie griff nach Richards Hand. »Bitte sprich doch darüber.«
»Meinetwegen.« Er zog die Augenbrauen hoch. »Ich habe dir das schon damals erzählt. Vor einigen Jahren kam ich einem eifersüchtigen Ehemann in die Quere, der nun wiederaufgetaucht ist und mir hinterherschleicht. Was er von mir will, weiß ich nicht, aber es macht mich sehr nervös, und –«

»Warum hast du dich nicht an die Polizei gewandt?«
Er zog seine Hand zurück. »Das habe ich doch getan. Jameson kümmert sich –«
»Der Mann, mit dem du dich in einer Bar treffen mußtest«, ergänzte sie.
»Nun, er war nicht im Dienst«, versetzte er mit einiger Schärfe.
»Warum konntest du nur mit ihm reden? Warum bist du nicht einfach auf die Wache gegangen?«
Richards Mund war sehr schmal geworden. Lauren spürte, daß er am Ende seiner Geduld war. So wie ich, dachte sie.
»Weil dieser Mann bisher noch nichts Illegales getan hat. Die Polizei kann also nichts tun.«
»Und was kann dieser Jameson tun?«
»Er kann sich diesen Verrückten vornehmen und ihm raten, uns in Ruhe zu lassen.«
»Wie heißt dieser eifersüchtige Ehemann eigentlich?«
»Äh, J-John. Johnson.«
Lauren schüttelte den Kopf und lächelte ihn ironisch an. »Was Besseres fällt dir nicht ein? Richard, du hast mich die ganze Zeit angelogen. Wann sagst du mir endlich die Wahrheit?«
Er wandte den Blick ab. »Weiß ich nicht«, meinte er leise. Dann stand er auf und ging aus dem Zimmer.

17

Am Donnerstag morgen ging Lauren zur Polizei, die im Erdgeschoß der Stadtverwaltung untergebracht war. Sie ging durch die Tür, auf der »Auskunft« stand, und betrat einen kleinen Raum, in dem eine junge schwarze Frau an einem Schreibtisch saß und sich mit einem massigen Polizisten in Uniform unterhielt.
Die beiden unterbrachen ihre Unterhaltung und schauten zu Lauren auf, die sich völlig fehl am Platz vorkam.

»Was kann ich für Sie tun?« fragte die Frau freundlich.
»Ich suche – ich möchte Mr. Jameson sprechen.«
»Wie bitte? Wen?«
»Mr. Jameson. Seinen Rang kenne ich nicht. Vielleicht ist er ein Sergeant oder ...«
Die Frau schaute den Polizisten an.
»Nie gehört«, sagte der glatt heraus.
»Ich sehe mal nach.« Die Frau drehte sich zu dem Computer auf ihrem Schreibtisch um und begann zu tippen. Bald sah Lauren Zeilen auf dem Bildschirm erscheinen. Die Frau schüttelte den Kopf.
»Ist das ein Neuer?« fragte der Uniformierte Lauren.
»Ich ... weiß nicht.« Sie schluckte und hob die Schultern.
»Bedaure«, sagte die Frau und wandte sich von ihrem Computer ab. »In der ganzen Behörde gibt es keinen Jameson.«
Laurens Mund wurde trocken. »Bestimmt nicht?«
»Ganz bestimmt nicht.«
»Aber jemand sagte mir ...«
»Gab sich dieser Jameson Ihnen gegenüber als Polizeibeamter aus?« fragte der Uniformierte scharf.
»Nein ... das Ganze ist nur ein Mißverständnis. Vielen Dank.« Lauren ging hastig hinaus.
Richard hatte sie also wieder belogen – Jameson war nicht bei der Polizei von San Miguel.
An ihrem Arbeitsplatz spielte Lauren erst mit dem Gedanken, bei allen Polizeiwachen der Umgebung anzurufen und nach Jameson zu fragen, verwarf die Idee aber dann. Bei wem konnte sie sich erkundigen? Richard hatte behauptet, Jameson seit Jahren zu kennen. Seine Eltern waren tot, Geschwister hatte er keine. Der einzige Mensch, der Richard schon länger kannte, war Arthur McFadden. Mochte er wissen, wer Jameson war? Wie aber konnte sie mit Arthur reden, ohne daß Richard es erfuhr? Wenn Richard erfuhr, daß sie ihm nachspionierte, würde es eine Riesenszene geben – genau das, was sie vermeiden wollte.
Heute war Donnerstag, Arthur war also nicht im Geschäft. Lauren wählte seine Privatnummer. Betty kam an den Appa-

rat. Lauren bedankte sich für die Einladung und die Puppe und verlangte dann Arthur.
»Hallo, Lauren, was kann ich für dich tun?«
Lauren gab sich alle Mühe, ruhig und beherrscht zu bleiben. »Ich wollte gestern abend mit dir reden, bekam aber keine Gelegenheit, dich allein zu erwischen. Paß auf, ich plane für Richards Geburtstag eine Überraschung und dachte, vielleicht kannst du mir helfen –«
»Was für eine großartige Idee! Wir kommen gerne. Aber Moment – hat Richard nicht erst im September Geburtstag?«
»Richtig, aber ich fange frühzeitig an, weil ich auch alte Freunde von Richard einladen will, und es eine Weile dauern könnte, bis ich sie ausfindig gemacht habe.«
Nun schwieg Arthur. Lauren war sicher, daß er ihr nicht glaubte und nun nach einem Weg suchte, ihr das sanft beizubringen.
»Ich hatte gehofft, du könntest mir helfen, sie aufzuspüren«, sagte sie in das Schweigen hinein.
»Aber gerne«, meinte Arthur schließlich. »Ich will tun, was ich kann. Aber du kennst Richards Freunde bestimmt besser als ich.«
»Ich denke an Menschen aus seiner Vergangenheit. Zum Beispiel erwähnte er einen Jameson. Kennst du ihn?«
»Jameson?«
»Ja.« Eine lange Pause. Lauren hielt den Atem an.
»Klingt nicht bekannt«, sagte Arthur schließlich.
Ihre Hoffnung schwand. »Wirklich nicht?«
»Ich kenne jedenfalls niemanden, der so heißt. Aber es kommen bestimmt viele andere Gäste. Wenn du willst, gebe ich dir gern die Namen und Adressen seiner Kollegen im Geschäft – vorausgesetzt, du willst sie einladen.«
»Gute Idee.« Sie fragte sich, ob einer von Richards Mitarbeitern wissen konnte, wer Jameson war, aber dann hatte sie einen anderen Einfall. »Arthur, hat sich Richard schriftlich beworben, ehe er bei dir anfing?«
»Sicher, das muß jeder tun. In seinem Fall war das aber eher eine Formsache.«

»Er führte also frühere Arbeitgeber auf und gab Referenzen an?«
»Sicher.« Lauren stellte sich vor, wie er am anderen Ende lächelte. »Ah, nun weiß ich, worauf du hinauswillst. Du könntest dich mit den Leuten aus dem Bewerbungsschreiben in Verbindung setzen und sie zu dem Fest einladen.«
»Genau.« Sie hoffte, daß sie auf diese Weise an Jameson herankam. »Könnte ich mir dieses Papier einmal ansehen?«
»Warum nicht?«
»Ohne daß Richard davon erfährt?«
Arthur lachte. »Selbstverständlich.«
»Kann ich es heute noch haben?«
»Heute? Nun ja . . .« Die Heiterkeit war aus seiner Stimme verschwunden – immerhin war heute sein freier Tag. »Ich könnte im Geschäft vorbeifahren . . .«
»Großartig!« drängte Lauren. »Vielleicht gleich heute vormittag, da kann ich dich später zum Mittagessen einladen.«
»Nun . . . na ja, warum nicht?«
»Das ist sehr lieb von dir, Arthur. Treffen wir uns um zwölf im *Pilot House* am Ocean Boulevard?«
Lauren machte früher als sonst Mittagspause, geriet aber in einen Stau und traf erst um viertel nach zwölf am *Pilot House* ein. Als sie über den vollen Parkplatz hastete, sah sie Arthur mit einem großen braunen Umschlag in der Hand vor der Tür stehen. Als er sie erblickte, lächelte er.
»Tut mir leid, ich bin zu spät dran.«
»Macht nichts.« Er nahm sie am Arm und führte sie hinein. »Ich habe einen Tisch reservieren lassen.«
Das mit Schiffsteilen und Fischernetzen dekorierte Restaurant bot einen weiten Blick aufs Meer. Lauren bestellte einen großen Salat, Arthur Thunfisch vom Grill. Als die Kellnerin sich entfernt hatte, zog Arthur ein Formular aus dem braunen Umschlag und gab es Lauren. »Richards Bewerbung«, sagte er. »Um ehrlich zu sein, ich sehe mir diese Dinge nie genau an. Der Eindruck, den ein Mensch auf mich macht, ist mir wichtiger als ein Fetzen Papier.«
Lauren überflog das vierseitige Dokument. Es enthielt die

üblichen Informationen: Angaben zur Person, bisherige Arbeitgeber, Referenzen, und war in Richards kerniger, sauberer Handschrift ausgefüllt. Am liebsten hätte sie es gleich gelesen, aber sie zwang sich, es zurück in den Umschlag zu schieben und beiseite zu legen.
Die Kellnerin kam mit dem Essen. Lauren stocherte in ihrem Salat.
»Dieses Formular erinnert mich an den Tag, an dem ich Richard zum ersten Mal begegnete«, meinte Arthur. »Er hat sich seitdem sehr verändert.«
Lauren schaute auf. »Inwiefern?«
»Nun, er war sehr schüchtern im Umgang mit den Kunden, schien ihnen zu mißtrauen. War es ein Fehler gewesen, ihn einzustellen? fragte ich mich damals. Natürlich nicht. Er ist ein erstklassiger Mann.«
Lauren nickte. »Wie kamst du eigentlich auf ihn?«
»Er kam einfach hereinmarschiert. Ich hatte in der Zeitung wegen eines Verkäufers inseriert, und es hatten sich auch mehrere Leute beworben, aber die interessierten sich mehr für Sozialleistungen und bezahlten Urlaub als für mein Geschäft. Richard war anders. Bei ihm hatte ich das Gefühl, daß ihm an der Stellung viel lag.
Wie auch immer, er hatte noch nie in einer Eisenwarenhandlung gearbeitet, war aber Buchhalter gewesen und lernwillig. Ich stellte ihn sofort ein.« Arthur zuckte die Achseln. »Vielleicht war ich zu impulsiv, aber manchmal muß man Entscheidungen aus dem Bauch heraus treffen. Entscheidend war, daß ich ihn mochte. Richard ist – das brauche ich dir wohl nicht zu sagen – ein sehr sympathischer Mann.«
Lauren nickte, aber dann fiel ihr Blick auf den braunen Umschlag. Sie runzelte die Stirn.

18

Als Lauren wieder an ihrem Arbeitsplatz war, lag ihr nichts ferner als Gedanken an den Park. Sie nahm sich Richards Bewerbung vor und überflog sie gespannt. Auf der letzten Seite hatte Richard unter »Referenzen« drei Personen aufgeführt und alle als »Freunde« bezeichnet. Jameson war nicht dabei. Alle drei Telefonnummern begannen mit der Vorwahl 215.
Lauren vermutete, daß sie für Philadelphia stand, wo Richard früher gewohnt hatte. Sicherheitshalber schlug sie im Telefonbuch nach und stellte fest, daß 215 für den Südostteil des Staates Pennsylvania stand und Philadelphia einschloß.
Vielleicht können Richards alte Freunde mir helfen, Jameson ausfindig zu machen, dachte sie, oder vielleicht kann *einer* mir sagen, was Richard verheimlicht. Lauren mußte sich beherrschen, um nicht sofort drauflozuwählen. Sie wußte, daß alle Ferngespräche über die Vermittlung liefen und von einem Vorgesetzten genehmigt werden mußten. Sie nahm sich vor, die Gespräche zu Hause zu erledigen, ehe Richard heimkam.
Die Seiten 2 und 3 enthielten den Lebenslauf. Das Formular verlangte die Aufführung dreier früherer Arbeitgeber, aber Richard hatte nur einen genannt: Die Darnell Corporation in Philadelphia, bei der er fünf Jahre lang als Buchhalter beschäftigt gewesen war. Sein Vorgesetzter hatte Fenwick geheißen.
Der Name kam Lauren irgendwie bekannt vor – hatte Richard ihn einmal erwähnt? Von der Firma Darnell wußte sie nur wenig – abgesehen von der Tatsache, daß sie Aufträge des Verteidigungsministeriums übernommen hatte. »Alles hochgeheime Projekte«, hatte Richard einmal erklärt. »Ich wußte selbst nicht, worum es ging. Laser und Satelliten vielleicht. Ich arbeitete dort nur in der Lohnbuchhaltung.
Richard hatte vor dreieinhalb Jahren am 17. November bei Darnell aufgehört. Lauren verglich das Datum der Bewerbung bei Arthur und stellte fest, daß Richard fünf Monate lang arbeitslos gewesen war. Hatte Darnell ihn etwa entlassen oder seinen Arbeitsplatz gestrichen?
Sie schaute unter »Kündigungsgrund« nach. Richard hatte

angegeben, er wolle nach einer Beschäftigung suchen, die ihn mehr ausfüllte.
Das mußte sie erst einmal verdauen.
Richard hatte nach fünf Jahren eine Stellung aufgegeben und war Tausende von Kilometern weit weggezogen, um Verkäufer in einer Eisenwarenhandlung zu werden. Eine Beschäftigung, die ihn »mehr ausfüllte«? Seltsam.
Noch etwas: Warum war Richard nach San Miguel gezogen? Eine angenehme, aber etwas verschlafene Stadt. In Südkalifornien, in Los Angeles oder San Diego hätten sich bessere Chancen geboten. Warum also ausgerechnet San Miguel?
»Das warme Wetter und die lockere Atmosphäre«, hatte er ihr einmal erklärt und auf ihre Frage: »Warum nun gerade San Miguel?« geantwortet: »Na, irgendwo mußte ich ja hin.« Sie hatte gelacht und es dabei bewenden lassen.
Lauren fragte sich, ob Richards alte Freunde ihr eine Antwort auf alle diese Fragen geben konnten. Hatte vielleicht seine Entscheidung, bei Darnell zu kündigen, etwas mit den derzeitigen Vorgängen zu tun?
Im Lauf der nächsten Stunde versuchte Lauren, sich auf den Entwurf des Parks zu konzentrieren, aber dann hielt sie es nicht mehr aus. Sie ging zu ihrem Chef und sagte, sie wollte früher nach Hause; es ginge ihr nicht besonders gut. Er bot ihr fürsorglich an, sie nach Hause zu fahren oder Richard anzurufen.
»Nein, das ist nicht nötig. Fahren kann ich schon. Ich muß mich nur ein bißchen hinlegen, das ist alles.«
Auf der Heimfahrt schaute sie erst nach einer längeren Strecke in den Rückspiegel und erkannte dann, daß sie fast erwartet hatte, den dunkelblauen Wagen hinter sich zu sehen – doch keine Spur von ihm.
Kurz nach drei betrat sie ihr Haus, legte ihre Handtasche und den braunen Umschlag neben das Telefon in der Küche und kochte sich erst einmal zur Beruhigung einen Tee. Am Morgen war es nur ihre Absicht gewesen, Jameson ausfindig zu machen. Nun aber erkannte sie, daß sie mehr wollte. Sie glaubte, daß der Schlüssel zu den augenblicklichen Proble-

men in Richards Vergangenheit lag. Wenn sie also mit Leuten aus dieser Zeit sprach, würde sie nach mehr fragen müssen als einfach nach dem Verbleib von Jameson.
Lauren trank einen Schluck Tee, holte die Bewerbung aus dem Umschlag, griff zögernd nach dem Telefon und wählte 1-215 und die siebenstellige Nummer der ersten Referenz, Joseph Adderly.
Es läutete durch.
Nun ging ihr auf, daß Richard einen Beleg zu sehen bekommen würde, wenn die Telefonrechnung, auf der alle Ferngespräche mit Datum, Zeit und Länge aufgeführt waren, kam. Er erfuhr dann also, was sie getan hatte. Macht nichts, dachte sie, bis dahin ist die Sache sowieso geregelt.
Es läutete immer noch. Lauren zählte bis zehn und legte dann auf, wählte die zweite Nummer. Es meldete sich sofort eine Frau.
»Ja?«
»Guten Tag, ich hätte gern...« Lauren las den Namen ab, »Robert Traverner gesprochen.«
»Gibt's hier nicht«, versetzte die Frau und legte auf.
Lauren starrte einen Augenblick das Telefon an und wählte dann noch einmal. Wieder meldete sich die Frau auf der Stelle. Lauren hörte ihre barsche Stimme und versuchte, sie sich vorzustellen: Lockenwickler, einen Aschenbecher voller Kippen. »Bedaure, Sie zu stören. Ich rief gerade an. Ich versuche, Robert Traverner ausfindig zu machen.«
»Gute Frau, den kenne ich nicht. Und jetzt machen Sie gefälligst meine Leitung frei. Ich warte nämlich auf einen Anruf vom Gewinnspiel; diesmal hab' ich alle Nummern richtig.«
Es wurde aufgelegt.
Na schön, dachte Lauren, Robert Traverner ist also weggezogen. Und wenn er mit dieser Frau gelebt hat, kann ich ihm auch keinen Vorwurf machen. Als Lauren die dritte Nummer gewählt hatte, hörte sie nur eine Ansage: »Kein Anschluß unter dieser Nummer.« Lauren wählte noch einmal – mit demselben Resultat.
Nun, dachte sie, Matthew Harris ist also auch weggezogen.

Sie fragte bei der Auskunft nach der Nummer von Matthew Harris in Philadelphia.
»Moment, bitte«, sagte die Frau. »Welche Adresse?«
»Weiß ich leider nicht.«
»Unter diesem Namen habe ich zwei Eintragungen.«
»Aha. Würden Sie mir bitte beide Nummern geben?« Lauren schrieb sie auf und wählte sie dann an. Beide Männer meldeten sich, aber keiner hatte von Richard Caylor gehört.
Sie erkundigte sich bei der Auskunft nach Robert Traverner und Joseph Adderly – ergebnislos. Lauren schaute auf die letzte Seite des Formulars. Alle Namen und Telefonnummern von Richards Referenzen waren klar und deutlich aufgeschrieben – und, wie sie nun glaubte, frei erfunden.
Warum? Hatte es denn in Philadelphia niemanden gegeben, der sich für ihn verbürgen wollte? Nahe Verwandte gab es, wie sie wußte, nicht. Er war ein Einzelkind gewesen, und seine Eltern waren tot.
Sie wählte die Nummer der Darnell Corporation, doch auch hier meldete sich niemand. Merkwürdig, dachte sie, eine Firma, bei der um vier Uhr nachmittags niemand an den Apparat geht? Sie ließ es fünfzehnmal durchläuten, ehe sie auflegte. Dann mußte sie lächeln, denn sie erkannte, daß es in Philadelphia schon neunzehn Uhr war. Kein Wunder, daß sich niemand meldete. Lauren beschloß, es am nächsten Morgen noch einmal zu versuchen.

19

In Los Angeles war es Donnerstag nachmittag, und Albert Novek saß mit einem jungen Latino namens Julio im Laderaum eines Lieferwagens. Zwischen ihnen lag ein offener Koffer voller Feuerwaffen.
Novek hatte den ganzen gestrigen Tag und die Nacht damit verbracht, sich bei diversen Barkeepern diskret nach Waffen zu erkundigen, was schwieriger gewesen war, als er erwartet

hatte. Ärgerlich fand er, daß jeder Normalbürger einfach in ein Geschäft gehen und eine Knarre kaufen konnte. Novek hingegen konnte sich weder die dreiwöchige Wartezeit noch die Überprüfung seines gefälschten Führerscheins leisten.
Endlich aber, in den frühen Morgenstunden war er benebelt in einem schäbigen Lokal auf einen hilfsbereiten Barmann gestoßen, der sich einen gefalteten Zwanziger in die Hand drücken ließ und ans Münztelefon ging. Als der Mann zurück auf seinen Posten hinter der Theke ging, stellte Novek fest, daß der Hörer an seiner Schnur baumelte.
»Telefon für Sie«, sagte er.
Novek griff nach dem Hörer und sagte mehrmals »Hallo?« Nach einer Weile meldete sich eine Stimme. »Wollen Sie die Funkgeräte kaufen?«
»Wie bitte?«
»Radios, Mann, Radios.«
Erst jetzt verstand Novek, daß der Mann nur vorsichtig war. Man kann niemandem trauen.
»Stimmt«, sagte Novek.
»Welche Sorte? Tragbare, oder die großen Tischmodelle?«
»Kleinere.«
»Mit automatischer Frequenzwahl oder ohne?«
»Weiß ich noch nicht«, versetzte Novek. »Ich muß mir erst mal ansehen, was Sie haben. An Schrott bin ich nicht interessiert. Wann können wir uns treffen?«
Nach einer kurzen Pause sagte der Mann: »Kommen Sie morgen mittag um zwei wieder an dieses Telefon. Dann sehen wir weiter.«
»Moment, ich will –«
Als Novek merkte, daß der Mann aufgelegt hatte, knallte er den Hörer so heftig auf die Gabel, daß sich ein paar Gäste nach ihm umdrehten. Dann stürmte er unterdrückt fluchend hinaus.
Am folgenden Tag aber kehrte er in die Bar zurück. Ein paar Biere später telefonierte er wieder mit dem Mann, der

ihm eine Adresse nannte und dann auflegte. Novek mußte sich beim Barkeeper nach dem Weg erkundigen.
Endlich hielt er vor dem Tor eines unbebauten Grundstücks und mußte eine halbe Stunde lang in seinem Mietwagen warten, bis ein schwarzer Lieferwagen mit getönten Scheiben hinter ihm anhielt. Ein hagerer Latino mit Haarnetz und Ziegenbart stieg aus, schätzte Novek kurz ab und wies ihn dann an, ihm hinterherzufahren.
Nach einer langen Fahrt vorbei an verlassenen, mit Graffiti bedeckten Häusern hielt der Lieferwagen endlich am Straßenrand an. Novek stieg aus, ging an der fensterlosen Seite des Lieferwagens entlang und öffnete die Beifahrertür.
»Steigen Sie ein. Ich bin Julio.«
Und nun saß Novek im Schneidersitz auf einem Teppich im Laderaum des Fahrzeugs.
Der Koffer enthielt verkratzte und angerostete 22er Revolver und 25er Automatics und zwei billige Magnums vom Kaliber 357, die so aussahen, als würden sie beim nächsten Versuch, sie abzufeuern, auseinanderfliegen. Novek vermutete, daß Julio vorwiegend Straßenbanden belieferte. Er sortierte den Haufen Schrott und fand zwei ordentliche Stücke, einen 38er Special Ruger mit zwanzig Zentimeter langem Lauf und eine 45er Colt Automatic.
»Ich nehme diese beiden«, sagte er und erhob sich auf die Knie. »Und Munition dazu.«
»Munition verkauf' ich keine. Die gibt's im Laden.«
Novek biß die Zähne zusammen und stopfte sich die Waffen in die Jackentaschen. »Wieviel?« fragte er dann.
Julio klappte den Koffer zu. »Achthundert.«
Das war fast die Hälfte von Noveks Barschaft. »Das ist ein Haufen Geld für diese Dinger.«
»Moment, achthundert *das Stück*«, erwiderte Julio.
Novek schaute ihn an. Der kleinere Mann mußte in seinem Blick etwas wahrgenommen haben, denn er schluckte und zog sein Jackett auf, um Novek eine Automatic mit Perlmuttknauf, die er unterm Hosenbund trug, zu zeigen.
Eine Zuhälterknarre, dachte Novek angewidert.

»Die ist geladen, Mann«, warnte Julio. »Ich will keinen Ärger. Wenn Sie sie haben wollen, tun Sie die Kohle raus. Wenn nicht, hauen Sie ab.«
Novek machte schmale Augen, musterte ihn und nickte, schien die Bedingungen zu akzeptieren. »Sechzehnhundert, ich weiß nicht, ob ich das habe.«
»Was haben Sie denn?« fragte Julio.
»Eher um die fünfzehn.« Novek holte ein zusammengerolltes Bündel Scheine aus der Tasche und warf es auf den Koffer – Hunderter und Zwanziger. Nun hatte er nur noch Kleingeld übrig. »Zählen Sie.«
Julios Blick glitt von Novek zu dem Geld. »Das reicht wohl.«
Noveks Hand an seiner Kehle schnitt ihm das Wort ab. Und dann kniete er über Julio, klemmte mit dem Schenkel seine Waffe ein und schlug seinen Kopf gegen die Blechwand des Lieferwagens.
Julio wehrte sich schwach und wurde dann schlaff, er blutete aus Nase und Ohren. Novek sammelte das Geld ein, das während des kurzen Kampfes verstreut worden war, faltete es und steckte es ein. Dann fuhr er sich mit der Hand übers Haar und stieg aus.
Julio blieb regungslos liegen. Ob er tot oder nur bewußtlos war, wußte Novek nicht. Er hatte an wichtigere Dinge zu denken. Bald traf Grummund ein, bereit für die Fahrt nach San Miguel. Bis dahin mußte Novek noch Munition besorgen.

20

Später an diesem Nachmittag holte Lauren ihre Tochter von der Kindertagesstätte ab. Als sie Hand in Hand hinausgingen, fragte Lauren: »Nun, Emily, wie war's heute?«
»Toll. Wir sollten von unserem schönsten Erlebnis erzählen. Ich hab' mir die Sea World ausgesucht.«
»Da fällt mir ein, daß unser Film inzwischen entwickelt sein muß«, meinte Lauren.

Der Parkplatz vor dem Supermarkt war um diese Tageszeit voll, aber Lauren fand noch eine Lücke. Drinnen holte sie den Film ab und ließ Emily den Umschlag mit den Abzügen zurück zum Honda tragen. Sie hatten schon die Mitte des Parkplatzes erreicht, als Lauren feststellte, daß sie an ihrem Auto vorbeigelaufen waren. Sie blieb stehen und schaute sich um, bis sie es zwei Reihen weiter entdeckte. Nun zwängten sie sich zwischen zwei abgestellten Wagen hindurch und hielten auf den Honda zu.

Lauren zögerte und blieb dann hinter einem Auto links von ihr stehen.

Sie erkannte es wieder. Es war der braune Wagen, den sie in der Einfahrt der Ipswichs gesehen hatte. Sie beugte sich vor und spähte durch die Rückscheibe.

Monica saß am Steuer.

Lauren konnte sie teilweise sehen – das zu einem Knoten geschlungene Haar, das markante Kinn. Nun wandte Monica den Kopf und schaute zum Supermarkt.

Sie wartet bestimmt auf Hal, dachte Lauren.

Inzwischen hatte sich Monica wieder umgedreht und schaute nun in eine andere Richtung, und zwar nicht müßig, sondern aufmerksam, wie Lauren fand. Lauren richtete sich auf und stellte fest, daß Monica auf das Heck ihres Honda starrte. Beobachtete sie ihn etwa?

»Mama, worauf warten wir?«

Lauren hielt den Atem an. Dann faßte sie einen Entschluß und ging mit Emily an das offene Seitenfenster des braunen Wagens. »Na so was!« rief sie heiter. »Tag, Monica.« Die Frau reagierte verblüfft. »Dacht' ich mir's doch, daß Sie das sind.«

»Ah – hallo«, erwiderte Monica unsicher und rang sich ein schwaches Lächeln ab.

»Sie haben also den günstigsten Supermarkt gefunden.«

»Ja.« Monica schaute nervös zwischen Lauren und Emily hin und her.

»Und das ist meine Tochter Emily. Emily, das ist Monica Ipswich, die bei uns gegenüber eingezogen ist.«

Emily war etwas verwirrt. »So?«

»Ich wollte gerade weiter.«
Lauren warf einen Blick in das Auto. Keine Einkaufstüten auf den Sitzen. Waren sie vielleicht im Kofferraum?
»Ist das nicht Hals Wagen?« fragte Lauren und klopfte auf das Dach. Sie hatte das Gefühl, Monica am Kanthaken zu haben, und wollte sie vorerst nicht freigeben. »Warten Sie auf Hal?«
»Nein.«
»Ah, also läßt er Sie alle Einkäufe allein erledigen?«
Monica zog die Stirn kraus. »Ja, so ist das wohl.« Sie klang nun ungeduldig, als wollte sie Lauren zu verstehen geben, daß das Gespräch ein Ende finden sollte. »Nun, er hat daheim bestimmt viel zu tun. Woran arbeitet er denn im Augenblick?«
»Wie bitte?« Monicas Ton war nun fast feindselig.
»Was schreibt er denn gerade?« fragte Lauren und lächelte breit. »Einen Roman? Einen Zeitschriftenartikel?«
»Äh, er sitzt an einem Buch.«
»Wie interessant. Was ist das Thema?«
»Ich, das kann ich nicht genau sagen. Er spricht nicht gerne über seine Projekte.« Monica trommelte mit den Fingern aufs Lenkrad. »So, ich muß jetzt fort«, sagte sie und ließ den Motor an.
Lauren lächelte sie ein letztes Mal an. »Wir müssen uns bald einmal treffen.«
Monica nickte knapp. »Klar, sicher.«
Lauren führte Emily zu ihrem Honda. Als sie eingestiegen waren, schaute Lauren in den Rückspiegel. Monica hatte ihren Wagen nicht bewegt. Lauren fuhr langsam vom Parkplatz und behielt den braunen Wagen im Auge. Er blieb in seiner Parklücke stehen.
Zu Hause legte Lauren den Umschlag mit den Fotos auf die Arbeitsplatte in der Küche und schickte Emily mit Amos in den Garten. Dann ging sie ins Wohnzimmer und schaute aus dem Fenster. Das Haus gegenüber schien leer zu sein. Eine Minute später kam Monicas Auto die Straße entlang und bog in die Einfahrt ein. Lauren zog die Vorhänge zu.
Im Schlafzimmer zog sie sich um und ging dann in die Küche,

um das Abendessen zuzubereiten. Sie fuhr zusammen, als sie Richards Bewerbung auf der Arbeitsplatte liegen sah. Normalerweise kam er zwar donnerstags spät nach Hause, aber wenn er nun früher zurückgekehrt und das Dokument gefunden hätte?
Emily kam in die Küche, als Lauren die Bewerbung zurück in den Umschlag steckte. Sie mußte nun ein gutes Versteck finden.
»Essen wir bald, Mama?«
»Ja, mein Herz.« Lauren legte den Umschlag beiseite und begann zu kochen. Es gab braunen Reis mit Gemüse auf chinesische Art.
Nach dem Essen holte Emily ihr Malbuch. Zusammen trugen sie das Buch und die Buntstifte ins Wohnzimmer und waren bald in das Ausmalen des Bildes mit der Prinzessin, der Burg und dem Einhorn vertieft. Dabei dachte Lauren wehmütig, wie anders ihr Leben vor kurzer Zeit noch gewesen war. Wir drei waren eine glückliche, liebevolle Familie, sagte sie sich, die nun von externen Einflüssen auseinandergerissen zu werden drohte. Schlimmer noch, Richard hintergeht mich, er verschweigt mir etwas. Das tat weh. Sie hatte immer geglaubt, sie seien füreinander bestimmt. An eine Zukunft ohne ihn wollte sie noch nicht einmal denken.
Emily gähnte. Lauren schaute auf die Uhr – fast neun. Bald würde Richard nach Hause kommen. »He, Kleine, du gehörst ins Bett.« Sie zog Emily ihren Schlafanzug an und deckte sie zu. Amos rollte sich an seinem Platz neben dem Bett zusammen. »Schlaf gut, mein Herz.«
Lauren machte das Licht aus und trat hinaus in den Korridor. Richard schloß gerade die Hintertür auf. Nun durchfuhr es sie eiskalt: Richards Bewerbung lag noch auf dem Unterschrank. Sie kam in die Küche geeilt, als Richard eintrat. Er sah erschöpfter als sonst aus, sogar ein wenig verhärmt, aber er rang sich ein Lächeln ab.
Der braune Umschlag lag links von Lauren und in Reichweite auf der Arbeitsplatte. Sie ging schuldbewußt daran vorbei auf Richard zu und umarmte ihn. Sie küßten sich.

»Schön, daß du da bist.« Sie stellte sich zwischen Richard und den Umschlag.
»Ich freu mich auch. Jetzt könnte ich ein Glas – he, was ist denn das?« Er streckte den linken Arm aus. Lauren hielt den Atem an. »Sind das etwa die Fotos von der Sea World?« fragte er und ergriff den Umschlag.
»Ja.« Lauren sah, daß der braune Umschlag zum Teil vom Mixer verdeckt wurde.
»Sind sie was geworden?«
»Ich habe sie mir noch nicht angesehen. Komm, mach es dir im Wohnzimmer bequem. Ich bringe dir ein Glas Wein, und dann schauen wir sie uns zusammen an.«
»Gut, aber ich sehe erst noch mal nach Emily.« Richard ging mit den Fotos aus der Küche. Sowie er verschwunden war, schnappte sich Lauren den braunen Umschlag und ließ ihn in einer Küchenschublade verschwinden. Dann atmete sie erleichtert auf, schenkte zwei Glas Weißwein ein, ging ins Wohnzimmer und setzte sich zu Richard auf die Couch. Er hatte die Bilder bereits aus dem Umschlag geholt und hielt sie nun nacheinander hoch. Hin und wieder machte er eine Bemerkung – »das ist ja gut geworden«, oder: »Sieht Emily nicht süß aus?«
Ein Bild schien ihn in Unruhe zu versetzen, aber als Lauren ihn nach dem Grund fragte, lächelte er nur und griff nach dem nächsten Abzug. Zuletzt steckte er alle Fotos zurück in den Umschlag und meinte: »Das hast du gut gemacht.«
»Danke für das Kompliment.« Sie lächelte schwach.
»Ist was?«
»Ach, heute ist etwas Seltsames passiert.« Sie wußte, daß sie Richard irgendwann mit den falschen Angaben in seiner Bewerbung konfrontieren mußte. Aber nicht heute. »Ich glaube, Monica Ipswich hat mich heute verfolgt.«
Richard grinste. »Das ist wohl nicht dein Ernst.«
Lauren hatte erwartet, daß er besorgt reagierte. Aber nun starrte er sie nur kurz an.
»Das ist mein Ernst«, erwiderte sie und berichtete von der Begegnung.

Richard zuckte die Achseln. »Vielleicht war sie nur einkaufen.«
»Sie hatte aber keine Tasche bei sich.«
»War sie vielleicht im Kofferraum?«
»Möglich«, räumte Lauren ein, »aber das bezweifle ich. An diesen beiden kommt mir etwas komisch vor, das hast du ja selbst gesagt.«
»Sie sind Einzelgänger, das ist alles.« Richard wirkte zu Laurens Erstaunen plötzlich ganz unbesorgt.
»Da steckt doch mehr dahinter, das weißt du ganz genau«, wandte Lauren ein. »Sie haben kaum Möbel mitgebracht und im Garten nur eine Hecke gestutzt, damit sie uns besser beobachten können.«
»Na schön, dann sind sie eben schlampig.«
»Sie haben eine Lücke in ihren Zaun gebrochen, damit sie von hinten aufs Grundstück fahren können. Und bei der Post sind sie überhaupt nicht bekannt.«
Richard schaute sich im Raum um, als suchte er nach einer Erklärung. »Mal sehen.«
Lauren wollte ihren Ohren nicht trauen. »Verteidigst du sie etwa?«
»Wieso?«
Lauren verdrehte die Augen. »Natürlich, du suchst nach Ausreden. Gestern warst du noch entsetzlich mißtrauisch und hast durch die Vorhänge gespäht, als wären die Leute Terroristen. Und jetzt sprichst du von ihnen, als seien sie ganz normal.«
Richard lachte hohl. »Komm schon, Lauren, ich gebe ja zu, daß sie etwas seltsam sind, aber wer will da richten? Vielleicht finden die Ipswichs *uns* komisch.«
Lauren schüttelte ungläubig den Kopf. »Soll das heißen, daß dir diese Leute keinen Kummer machen? Daß auf einmal alles in Ordnung ist?«
Richard zuckte lässig die Achseln.
Lauren stand kurz vor einer Explosion. »Nichts ist in Ordnung, Richard. Früher konnten wir uns aussprechen. Wir waren auf der gleichen Wellenlänge oder sahen zumindest

den Standpunkt des anderen. Jetzt aber –« Sie wartete auf eine Antwort, eine Erklärung, aber Richard schaute weg und blieb stumm. »Richard, ich – habe Angst.«
Er wandte sich ihr zu und legte ihr die Hand aufs Knie. »Lauren, du brauchst keine Angst zu haben. Ich bin bei dir.«
Lauren zögerte, wich dann zurück und erhob sich steif. Sie ging in die Küche, blieb dort stehen und starrte vor sich hin. Richard trat so leise hinter sie, daß sie zusammenfuhr, als er sie berührte.
»Gehen wir schlafen«, sagte er sanft.
»Ich bleibe noch ein bißchen auf.«
Er zog seine Hand zurück. Lauren hatte nun das Gefühl, daß *sie* diejenige war, die einen Keil zwischen sie trieb. Ein Gefühl der Einsamkeit bohrte sich in ihr Herz wie kalter Stahl. Sie drehte sich zu ihm um.
Er war schon verschwunden.

21

Lauren stand allein in der Küche und spürte, wie eine Depression sie einzuhüllen begann.
Nein, das nicht, sagte sie sich. Nur um sich Bewegung zu verschaffen, ging sie ins Wohnzimmer, trat ans Fenster und öffnete die Vorhänge einen Spalt, bis sie das Haus gegenüber sehen konnte. Es war dunkel, abgesehen von einem Lichtstrahl, der aus einem Seitenfenster auf den Einstellplatz fiel. Monicas Auto war verschwunden.
Vielleicht hat Richard recht, dachte sie. Die beiden sind nur harmlose Spinner. Lauren ließ den Vorhang wieder zufallen. Mag sein, daß ich in das Verhalten der Ipswichs zu viel hineininterpretiert habe, sagte sie sich. Gewiß, Richard hatte am Montag im Restaurant merkwürdig auf den Fremden in der Windjacke reagiert, aber vielleicht hatte es sich wirklich nur um einen eifersüchtigen Ehemann gehandelt, den Richards Freund von der Polizei nun verwarnen würde.

Und ihre Vermutung, daß Hal und Monica etwas damit zu tun hatten? Da ist wohl meine Phantasie mit mir durchgegangen, dachte Lauren.
Auf dem Weg zurück in die Küche fiel ihr Blick auf den Umschlag mit den Fotos. Sie setzte sich auf die Couch, schlug die Beine unter, zog die Abzüge heraus und sah sie sich aufmerksam an.
Das erste Bild zeigte Richard und Emily, wie sie sich Hand in Hand von der Kamera entfernten. Sie waren gerade durch das Tor der Sea World gegangen, und Emily zeigte auf den linken Bildrand. Offenbar hatte sie etwas Neues, Aufregendes entdeckt.
Mit einer Ausnahme zeigten die Schnappschüsse nur Richard und Emily, wenngleich hin und wieder vor einer Menschenmenge. Das letzte Foto war auf dem Parkplatz aufgenommen worden. Emily legte den Kopf schief und sah erschöpft, aber glücklich aus. Richard hatte ihr die Hand schützend auf die Schulter gelegt. Direkt hinter ihnen stand Richards Chevrolet, und im Hintergrund liefen Leute über den Parkplatz.
Ein Fremder aber starrte direkt in die Kamera. Er stand hinter einem Auto und schaute mißbilligend drein.
Lauren erinnerte sich an ihn und schaute ihn nun genauer an. Er war Mitte Dreißig, hatte eine Glatze, einen breiten schwarzen Haarkranz und trug dichte Koteletten. Laurens Lächeln verschwand. Irgendwo hatte sie diesen Mann schon einmal gesehen – nicht persönlich, aber auf einem Bild.
Nun schaute sie sich die Fotografien noch einmal an. Genau, da war er – auf einem Bild, das sie gleich nach dem Mittagessen aufgenommen hatte. Er saß im Hintergrund an einem Tisch und kehrte der Kamera den Rücken zu, war jedoch an seinem Haarkranz deutlich zu erkennen.
Und hier, am Delphinbecken, stand er in der Menge und schaute sie über die Schulter direkt an.
Lauren legte die drei Fotos nebeneinander, verglich sie und bekam eine Gänsehaut. Kein Zweifel, ein und derselbe Mann. Offenbar war er ihnen zur Sea World gefolgt und

hatte sie während ihres Aufenthaltes beschattet. Bedrückender noch war, daß es sich nicht um den Mann handelte, den sie bei *Tobey's* und im *Casa Grande* gesehen hatte. Ein neuer Teilnehmer an diesem seltsamen Spiel? Lauren entsann sich, daß Richard auf eines der Bilder betroffen reagiert hatte. War ihm der Mann etwa aufgefallen?
Lauren stand abrupt auf und ging ins Schlafzimmer, nun fest entschlossen, Richard die Bilder zu zeigen und ihn zur Rede zu stellen. Doch als sie den dunklen Raum betrat, hörte sie ihn regelmäßig atmen. Welchen Sinn hatte es nun, ihn mit den Beweisen zu konfrontieren? Sie konnte sich vorstellen, wie er sich die Augen rieb, schlaftrunken etwas murmelte und die Fotos am Ende als unerheblich abtat.
Nein, dachte sie, ich brauche keine Ausreden, sondern Fakten.
Sie steckte die Bilder zurück in den Umschlag, ging ins Bad, zog sich dort aus und holte dann ihr Nachthemd aus dem Schlafzimmer. Als sie es überzog, sah sie Richards Brieftasche auf der Kommode liegen. Sie warf einen Blick auf das Bett – Richard hatte sich nicht gerührt –, schnappte sich dann die Brieftasche, nahm sie mit ins Bad und schloß leise die Tür. Sie hoffte, einen Hinweis auf Jameson zu finden, eine Telefonnummer vielleicht oder irgend ein anderes Indiz, das sie weiterbrachte. Dennoch hatte sie ein schlechtes Gewissen, als sie die Brieftasche öffnete.
Das Stück bestand aus Leder und hatte Fächer für Bargeld, Kreditkarten und eingebundene Klarsichthüllen für Fotos.
Die Bilder sah sich Lauren zuerst an: Zwei von Emily, zwei von ihr und ihr Hochzeitsbild. Lauren strich versonnen über die Kunststoffhülle. Wie glücklich war sie damals gewesen, wie sehr hatte sie sich auf die gemeinsame Zukunft gefreut. Nun aber?
Sie biß die Zähne zusammen und suchte weiter nach einem Hinweis auf Jameson. Da fand sie Kreditkarten, die Mitgliedskarte einer Videothek, einen Ausweis für die Stadtbücherei, Richards Führerschein, Kfz-Versicherungsunterlagen und Geschäftskarten. Doch sonst nichts.

Lauren knipste das Licht aus und öffnete die Badtür, blieb stehen, überzeugte sich davon, daß Richard schlief, und legte dann die Brieftasche zurück auf die Kommode. Dann schlüpfte sie leise, um ihn nicht zu wecken, ins Bett. Ihre Seite war kalt, aber sie widerstand dem Impuls, sich wärmesuchend an ihn zu kuscheln.
Statt dessen streckte sie sich nahe der Bettkante aus und kehrte ihm den Rücken zu.

Am Freitag vormittag rief Lauren ihren Vorgesetzten Geoffrey Leiderhaus an, meldete sich mit schwacher Stimme krank und stellte dabei überrascht und entsetzt zugleich fest, daß ihr das Lügen immer leichter fiel. Dann holte sie Richards Bewerbungsformular aus der Schublade und schlug es auf. Den Angaben zufolge hatte Richard an der Universität von Pennsylvania Betriebswirtschaft studiert und anschließend fünf Jahre lang bei Darnell gearbeitet.
Lauren runzelte die Stirn. Sie fand es sonderbar, daß ein Mann, der seinen Magister gemacht und so viel Berufserfahrung hatte, ausgerechnet als Verkäufer in einer Eisenwarenhandlung arbeiten wollte.
Vielleicht kann mich Jameson auch darüber aufklären, sagte sie sich – vorausgesetzt, ich finde ihn.
Ihr fiel etwas ein. Sie schlug das Telefonbuch von San Miguel auf, doch ihre Hoffnung wurde bald zunichte gemacht, als sie zwischen James und Jammett keine Eintragung fand.
Nun wandte sie ihre Aufmerksamkeit Richard zu. Er hatte zwar weder Großeltern noch Onkel oder Tanten erwähnt, sie ließ sich trotzdem von der Auskunft die Nummern der sieben Caylors in Philadelphia geben. Vier gingen an den Apparat, aber niemand hatte je von Richard Caylor gehört. Sie nahm sich vor, die drei anderen später noch einmal anzuwählen, hatte aber das Gefühl, auch von ihnen ähnliche Antworten zu bekommen.
Sie tastete die Nummer der Darnell Corporation ein und ließ zwölfmal durchläuten, ehe sie auflegte und wieder die Auskunft anrief.

»Bedaure«, bekam sie beschieden, »eine Firma Darnell ist nicht eingetragen.«
Lauren legte auf und fragte sich, ob Darnell vielleicht aus Philadelphia weggezogen oder in Konkurs gegangen war. Die andere Möglichkeit: Richards ganze Bewerbung war erstunken und erlogen.
Anschließend rief sie die Universität an und ließ sich mit der Kanzlei verbinden. Es meldete sich eine recht jung klingende Frau.
»Stadtverwaltung San Miguel, Johnson«, stellte sich Lauren vor. »Uns liegt die Bewerbung eines Richard Caylor vor, der vorgibt, bei Ihnen einen Magistergrad erworben zu haben. Ich wollte Sie bitten, das – «
»Bedaure«, unterbrach die Frau, »solche Auskünfte können wir nur auf eine schriftliche Anforderung geben.«
»Ich möchte nur wissen, ob er die Universität besucht hat.«
»Auch das kann Ihnen nur auf eine schriftliche Anforderung hin mitgeteilt werden«, beharrte die junge Frau.
»Dazu ist keine Zeit – « Lauren unterbrach, holte tief Luft und beherrschte sich. »Bitte verbinden Sie mich mit Ihrem Vorgesetzten.«
Nun vergingen fünf Minuten, die sie damit verbrachte, ihre Lüge plausibler auszugestalten. Schließlich kam eine andere Frau an den Apparat.
»Hier Mrs. Eads. Was kann ich für Sie tun?« fragte sie geschäftsmäßig.
Lauren wiederholte ihre Bitte. »Tut mir leid, Mrs. Johnson, aber unsere Vorgaben sind eindeutig. Informationen dieser Art müssen Sie schriftlich anfordern.«
»Das kann ich verstehen«, erwiderte Lauren und blieb ruhig. »Unter normalen Umständen hätte ich Sie auch gar nicht angerufen. Wir stehen unter Zeitdruck. Meine Sekretärin schreibt im Augenblick einen Brief an Sie. Die Stadt San Miguel beginnt ein großes, überwiegend aus Bundesmitteln finanziertes Projekt. Und wenn ich Mr. Caylors Angaben nicht heute bestätigen kann, läuft das Projekt an, aber Mr. Caylor kann nicht eingestellt werden. Bedauerlich, denn wir wollen

ihn haben. Ich bitte um Ihr Verständnis. Mr. Caylor zog mit seiner Familie hierher, weil ich ihm die Stelle fest versprochen hatte. Soll das nun an Formalitäten scheitern? Es geht doch hier um Menschen, nicht um Vorschriften auf einem Stück Papier. Bitte seien Sie flexibel.« Lauren hielt den Atem an und fragte sich bitter: Fällt Richard das Lügen auch so leicht?
Endlich sagte Mrs. Eads: »Na schön, aber das dauert eine Weile. Kann ich Sie zurückrufen?«
»Äh, sicher.« Beinahe hätte Lauren ihre Büronummer genannt.
Eine halbe Stunde später ging das Telefon. Lauren hatte schon befürchtet, Mrs. Eads könnte sich bei der Auskunft nach der Nummer der Stadtverwaltung erkundigt haben. »Stadtverwaltung San Miguel, Personalabteilung«, meldete sich Lauren und hoffte nur, daß es auch wirklich Mrs. Eads war und keine Arbeitskollegin, die sich nach ihrem Befinden erkundigen wollte. »Johnson.«
»Noch einmal Eads. Ich muß Ihnen mitteilen, daß Unterlagen über einen Richard Caylor bei uns nicht vorliegen. Das teile ich Ihnen natürlich inoffiziell mit. Eine offizielle Auskunft muß schriftlich –«
»Moment. Richard Caylor erwarb seinen Grad vor über neun Jahren.«
»Der einzige Caylor, der bei uns registriert ist, graduierte im Jahr 1906«, erwiderte Mrs. Eads ungerührt.
Lauren legte langsam auf. Sie empfand Übelkeit und Angst. Richards ganze Bewerbung war gefälscht. Sollte sie sie ihm heute abend unter die Nase halten und eine Erklärung verlangen? Gewiß, er würde ihr Antworten geben, aber was waren die dann wert? Konnte sie ihm denn überhaupt noch glauben?

22

Lauren fuhr auf dem Ocean Boulevard nach Norden. Der Morgen war noch kühl und bedeckt, das Meer traurig grau. Am Strand joggten nur ein paar Unermüdliche.
Nahe der Stadtgrenze wandte sie sich nach rechts. Sie war schon lange nicht mehr in dieser Gegend gewesen, kannte sich aber noch aus. Schließlich hielt sie vor einem Reihenhaus aus den sechziger Jahren. Den Eingang flankierten zwei schulterhohe Poinsettien. Lauren klingelte.
An die Tür kam ein alter, leicht gebeugter Mann mit kurzem grauem Haar und gebräuntem Gesicht. Er hatte tiefe Falten an Augen- und Mundwinkel und trug einen dünnen Pullover, blaue Baumwollhosen und Leinenschuhe.
»Guten Tag, Mr. Bennett«, sagte Lauren. »Erinnern Sie sich noch an mich? Als wir uns zuletzt sahen, hieß ich noch Lauren Webb. Inzwischen bin ich Lauren Caylor.«
»Aber natürlich! Ein hübsches Gesicht vergesse ich nie. Wie geht es Richard? Ich hatte immer gehofft, daß er einmal bei mir vorbeischaut. Er war einer unserer angenehmsten Mieter. Aber kommen Sie doch rein!« Er trat zur Seite und hielt ihr die Tür auf. Das Wohnzimmer war so vollgestellt, daß sie sich zwischen dem Sofa und einem riesigen Clubsessel hindurchzwängen mußten.
»Bitte nehme Sie Platz«, meinte Mr. Bennett und rief dann laut durch eine Tür: »Mutter, komm doch mal rein!«
Gleich darauf trat Mrs. Bennett ein, die das graue Haar zu einem Knoten gebunden trug. Sie war gekleidet wie ihr Mann und wirkte wie seine Schwester. Lauren fragte sich, ob sie sich im Lauf der Jahre einander angeglichen oder sich nur gefunden hatten, weil sie einander so ähnlich sahen.
»Erinnerst du dich noch an Lauren Webb?« fragte Mr. Bennett seine Frau. »Sie war mit Richard befreundet.«
Mrs. Bennett ging vorsichtig zwischen einem Fernsehsessel und einem Couchtisch hindurch, musterte Lauren kurz aber gründlich und wandte sich dann an ihren Mann. »Klar,

ich erinnere mich an sie. Sie kam einmal in der Woche zu Besuch und war geschieden«, erklärte die Frau, als wäre Lauren überhaupt nicht anwesend. »Und ein Kind hatte sie. Moment, Amelia, Amanda?«
»Emily«, half Lauren nach und fragte sich, ob die Bennetts alle ihre Mieter so unter die Lupe nahmen.
»Ja, und nun ist sie mit Richard verheiratet«, verkündete Mr. Bennett.
»Wirklich?« Mrs. Bennett sprach Lauren zum ersten Mal an. »Ich gratuliere. Möchten Sie eine Tasse Kaffee?«
»Danke, aber ich wollte nur ganz kurz vorbeischauen und Sie nach seinen alten Freunden fragen. Ich plane nämlich zu seinem Geburtstag als Überraschung eine Party und stelle gerade die Gästeliste zusammen.«
»Was für eine nette Idee«, meinte Mr. Bennett. »Findest du nicht auch, Mutter?« Dann wandte er sich an Lauren. »Aber soviel ich weiß, hatte Richard keine Freunde, als er hier wohnte. Außer Ihnen kam ihn niemand besuchen.«
»Abgesehen von diesem Mann, den du für einen Polizisten hieltst«, ließ sich Mrs. Bennett vernehmen.
»Der Mann war bestimmt von der Polizei«, sagte Mr. Bennett mit Überzeugung. »Er tauchte kurz nach Richards Einzug auf und trug keine Uniform, aber ich schnitt gerade draußen die Hecke zurück, und als ich sein Auto sah, dachte ich sofort: Polizei. Ein Standardmodell ohne Chrom und Extras, aber mit Suchscheinwerfer an der Beifahrerseite und einer Funkantenne am Heck. Dem Mann, der ausstieg, sah ich den Polizisten sofort an. Die Dienstwaffe an seiner Hüfte beulte sein Jackett aus. Als er sich nach Nr. 10 erkundigte, fragte ich ihn, ob Richard etwas angestellt hätte. Nein, sagte er höflich, Richard sei ein Freund von ihm.« Mr. Bennett hielt inne. »Das scheint Sie zu überraschen.«
»Ich bin nur über Ihr Gedächtnis erstaunt. Immerhin ist das schon fast vier Jahre her.«
»Mein Mann hat ein vorzügliches Gedächtnis«, erklärte Mrs. Bennett.

»Wie auch immer«, fuhr Mr. Bennett fort, »dieser Mann von der Polizei besuchte Richard in den ersten Wochen mehrere Male und ließ sich dann nicht mehr sehen.«
»Können Sie ihn beschreiben?« Lauren fragte sich, ob dies der Mann war, den sie im Restaurant gesehen hatten, oder der Mann in der Sea World.
Mr. Bennett zupfte an seiner Lippe. »Vierzig bis fünfundvierzig, sehr kräftig gebaut, kurzes schwarzes Haar, graue Schläfen. Ein Schwarzer übrigens.«
»Nannte er seinen Namen?« fragte Lauren.
Die Bennetts schauten sich an und schüttelten langsam die Köpfe.
»Hieß er vielleicht Jameson?«
Wieder Kopfschütteln. »Seinen Namen erfuhren wir nie«, meinte Mr. Bennett.
Zeit zu verschwinden, dachte Lauren und schaute demonstrativ auf die Armbanduhr. »So, ich muß nun weiter. Herzlichen Dank für Ihre Hilfe.«
»Gern geschehen«, erwiderte Mr. Bennett. »Wann ist es?«
»Wie bitte?«
»Die Geburtstagsfeier.«
»Ah, hm, das genaue Datum steht noch nicht fest. Ich bin immer noch dabei, Richards alte Freunde aufzuspüren.«
»Wie süß«, meinte Mrs. Bennett.
Draußen nieselte es. Lauren ging über die Straße, setzte sich in ihr Auto und erwog, mit den anderen Mietern zu reden, bezweifelte aber, daß die aufmerksamer oder neugieriger sein würden als die Bennetts. Außerdem erwog sie, in Wohnung Nr. 10 nach Gegenständen zu suchen, die Richard zurückgelassen haben mochte.
Sie zog die Stirn kraus, denn ihr war etwas eingefallen.
Unter den wenigen Sachen, die Richard, der aus einer möblierten Wohnung kam, mitgebracht hatte, als er bei ihr einzog, war ein alter Koffer gewesen, der, wie Richard gesagt hatte, alten Familienkram enthielt.
Den Inhalt hatte Lauren nie gesehen und bislang auch noch keinen Gedanken an ihn verschwendet. Sie war sicher, daß

der Koffer noch im Haus war und vielleicht einen Hinweis auf Jameson enthielt.

Als sie zu Hause in ihre Garage fuhr, fiel ihr wie zum ersten Mal ein Stapel Kartons in einer Ecke neben den Gartengeräten auf. Er hatte schon so lange dort gestanden, daß sie ihn gar nicht mehr wahrnahm. Nun aber, da ihr der Sinn nach Suchen und Finden stand, öffnete sie den obersten Karton. Er enthielt alte Lappen, die nach Verdünner rochen. Im zweiten fand sie Farbdosen, Pinsel und Spachtel. Der dritte war mit Blumentöpfen gefüllt.

Lauren stapelte sie wieder auf, ging ins Haus und gab Amos in der Küche etwas zu essen. Sie selbst hatte keinen Hunger, obwohl es fast Mittag war. Nun machte sie sich auf die Suche nach dem Koffer.

Erst schaute sie in alle Wandschränke im Haus, zog Mäntel und Hosen beiseite und spähte in dunkle Ecken. Kein Koffer. Gewiß, sie fand Gepäckstücke, aber eben nicht *den* Koffer. Sie begann schon zu befürchten, Richard könnte ihn dem Roten Kreuz gespendet haben. Aber dann fiel ihr etwas ein.

Sie ging durch die Glasschiebetür hinaus auf die Terrasse und die drei Stufen hinunter in den Garten. An der Südwestecke des Hauses befand sich eine quadratische Abdeckung aus weiß gestrichenem Holz. Lauren hob sie an und lehnte sie an die Hauswand.

Die viereckige, nicht sehr tiefe Grube hatte einen Lehmfußboden und drei Betonwände. Hinten gähnte eine dunkle Öffnung, durch die man den niedrigen Raum zwischen Fundament und Fußboden, in dem man sich nur kriechend fortbewegen konnte, erreichte.

Lauren wollte schon hinunter in die Grube steigen, aber dann fiel ihr ein, daß sie Rock, Bluse und Schuhe mit niedrigen Absätzen trug. So ging sie ins Haus und zog alte Jeans, ein Sweatshirt und Tennisschuhe an; dann kramte sie in den Küchenschubladen, bis sie eine Taschenlampe fand.

Draußen starrte sie beklommen in die Grube. Sie hatte im Grunde keine Angst vor Krabbeltieren, die sie jetzt sah, aber sympathisch waren sie ihr auch nicht.

23

Lauren ging in der Grube in die Hocke und spähte in die Öffnung unter dem Haus. Sie knipste die Taschenlampe an, leuchtete hinein und sah schwarze Müllsäcke, aber keinen Koffer.
Sie entfernte ein Spinnennetz, kroch auf Händen und Knien durch die Öffnung, machte am ersten Müllsack halt und drehte den Drahtverschluß auf. Als sie mit der Taschenlampe hineinleuchtete, sah sie erleichtert einen zwischen zwei gefaltete Decken gepackten Koffer. Sie legte die Lampe auf den Boden und holte erst die Decken und dann den Koffer aus dem Sack. Das Gepäckstück war verschrammt und nicht zu schwer, aber offenbar nicht leer.
Nachdem sie die Decken zurück in den Kunststoffsack gesteckt hatte, griff sie nach der Lampe und schleppte den Koffer nach draußen. Dort wuchtete sie ihn auf den Rasen, kletterte aus der Grube, wischte sich den Schmutz von Händen und Knien und streifte sich die Spinnweben von der Stirn.
Im Wohnzimmer legte Lauren den Koffer zwischen den Polstermöbeln auf den Boden und versuchte ihn zu öffnen. Er war verschlossen. Da sie keine Zeit mit der Suche nach dem Schlüssel vergeuden wollte, holte sie einen großen Schraubenzieher aus der Küche und hebelte die Verschlüsse auf.
Das Innere des Koffers war in zwei Hälften unterteilt. Lauren öffnete ein Fach und fand zwei Bücher und einen ordentlich gefalteten Kaschmirmantel. Sie stand auf und hielt sich den Mantel an. Ein wunderschönes Stück, das ihr bis unter die Knie reichte und allerhand gekostet haben mußte. In das subtropische Klima von Südkalifornien paßte es allerdings nicht. Seltsam, daß Richard, der sich eher salopp kleidete, ein so teures Stück besessen hatte. Hatte er sich als Buchhalter so etwas leisten können?
Ehe Lauren den Mantel wieder zusammenfaltete, schaute sie

in die Taschen. Die linke war leer, aber in der rechten fand sie zwei vier Jahre alte Karten für die Chicagoer Sinfonie.
Lauren spekulierte müßig, wen Richard wohl zu diesem Konzert eingeladen hatte. Eine Freundin? War er geschäftlich in Chicago gewesen?
Sie legte den Mantel beiseite und nahm sich die Bücher vor, zwei große Paperbacks: *Kalifornien, der Goldene Staat* und ein Reiseführer »Südkalifornien«. Als sie letzteren Band durchblätterte, stellte sie fest, daß ein Kapitel mit einem Eselsohr markiert war: »Die heiligen Strände: San Clemente und San Miguel.«
Ist Richard so auf San Miguel verfallen? fragte sie sich. Bei der Lektüre eines Reiseführers?
Doch als sie sich die Rückseite des Bandes betrachtete, empfand sie einen milden Schock, denn das Preisetikett verriet, daß Richard den Führer in San Miguel erstanden hatte.
Also nach seiner Ankunft hier. Warum war er ausgerechnet nach San Miguel gezogen? war nun die Frage.
Im zweiten Fach fand Lauren eine kleine Holzkiste und einen gediegenen Aktenkoffer aus Leder. Sie stellte sich vor, wie beeindruckend – und attraktiv – Richard in seinem Kaschmirmantel und mit diesem Stück ausgesehen haben mußte, ehe er nach San Miguel zog, um sich in einer Eisenwarenhandlung als Verkäufer zu verdingen. Über den Grund für diese Veränderung wollte sie nicht einmal Vermutungen anstellen. Sie klappte den Aktenkoffer auf in der Hoffnung, auf eine Goldmine zu stoßen, ein Adreßbuch vielleicht. Doch alle Fächer waren leer.
Als Lauren den Deckel der kleinen Holzkiste hob, erstarrte sie.
Die Kiste enthielt einen Revolver und eine Schachtel Munition. Lauren starrte die Waffe an, als sei sie ein totes Reptil, das reglos dalag, aber noch vor Gift triefte. Der Revolver bestand aus bläulichem Stahl und hatte einen Holzknauf mit Rautenmuster und einen kurzen Lauf. Sein Kaliber konnte Lauren nicht bestimmen, wußte aber, daß es keine 22er war.

In ihrer Kindheit, als sie gerade zehn gewesen war und in Nebraska gelebt hatte, hatte sie einmal unter Aufsicht ihres Vaters ein Gewehr und eine Pistole abgefeuert, beide Waffen vom Kaliber 22. Obwohl Lauren die Idee, auf etwas Lebendiges zu schießen, grauenhaft fand, beharrte ihr Vater darauf, sie müsse Feuerwaffen gebrauchen lernen. Er war mit ihr auf ein gepflügtes Feld gefahren und hatte ihr beigebracht, wie man Kimme, Korn und Ziel in eine Linie bringt, wie man die Waffe hält und wie man sanft abdrückt.

»So, nun brauchst du nicht mehr zu schießen«, hatte ihr Vater gesagt, als sie auf der Heimfahrt nur wenig Begeisterung gezeigt hatte. »Aber nur für den Notfall weißt du nun, wie man eine Waffe gebraucht.«

Nun, als sie sich den Revolver betrachtete, war ihr ganz klar, daß diese Waffe nicht für Zielübungen bestimmt war. Sie hatte nur einen Zweck: Menschen zu töten.

Lauren war entsetzt darüber, daß Richard ein solches Tötungsinstrument besaß, denn er war ein sensibler Mann und beileibe kein Waffennarr. *Wann* hatte er die Waffe gekauft? Sie konnte nur hoffen, daß der Revolver in seine Vergangenheit gehörte, denn bei der Vorstellung, er könnte ihn in San Miguel erstanden haben, bekam sie Angst.

Sie klappte den Deckel wieder zu, und da fiel ihr ein Gegenstand auf, der unter der Kiste lag. Sie hätte ihn fast übersehen, denn er war flach und nicht breiter als die Kiste, es war ein silberner Bilderrahmen. Sie hob ihn hoch und betrachtete das Farbfoto: ein Mann und eine Frau in einem verschneiten Park. Sie trugen lange Mäntel und Schals und hatten die Arme umeinander geschlungen.

Die Frau war jung und hübsch, hatte feine Züge und schwarzes, schulterlanges Haar.

Der Mann war ein paar Jahre älter und trug eine getönte Brille und einen sorgfältig gestutzten schwarzen Vollbart. Lauren hielt ihn für einen Verwandten von Richard, einen Vetter vielleicht. Ein Bruder schied aus, denn Richard war, wie sie wußte, ein Einzelkind gewesen.

In der unteren rechten Ecke des Bildes stand:

Meinem geliebten Donald Rassitter
von seiner zukünftigen Frau

Das Datum darunter lag fünf Jahre zurück.
Lauren betrachtete das Bild noch einmal. Die beiden waren offensichtlich verliebt und der Inschrift zufolge verlobt. Warum bewahrte Richard dieses Bild, eindeutig das Geschenk der Braut in spe an ihren zukünftigen Mann, auf? Und wie war er überhaupt daran gekommen?
Sie wollte das Foto zurück in den Koffer legen, zögerte aber und legte es dann auf den Couchtisch. Nun machte sie den Koffer wieder zu und trug ihn zurück an seinen Platz unterm Haus.
Im Wohnzimmer nahm sie das Bild noch einmal zur Hand. Der junge Mann mußte mit Richard verwandt sein, denn die Ähnlichkeit war unübersehbar.
Es gibt nur eine Möglichkeit, darauf eine Antwort zu finden, sagte sie sich, trug das Bild ins Schlafzimmer und legte es in eine Schublade.

Nach dem Abendessen setzte sich Emily vor den Fernseher und schaute Zeichentrickfilme an. Richard half Lauren beim Abräumen. Seit er nach Hause gekommen war, hatten sie kaum ein Wort gewechselt. Richard wirkte erschöpft und war still, fast verschlossen. Lauren hatte den Koffer noch nicht zur Sprache gebracht, weil sie vermeiden wollte, daß es vor Emily zu der unvermeidlichen Konfrontation kam.
Sie schenkte Kaffee ein und wartete, bis er umgerührt und einen Schluck getrunken hatte. Dann fragte sie: »Warum bist du hierhergezogen?«
Er lächelte verwirrt. »Was?«
»Ich habe mich gefragt, warum du von Philadelphia nach San Miguel gegangen bist. Erklärt hast du mir das nämlich nie.«
Seine Augen wurden kaum wahrnehmbar schmäler, und er fragte zurück: »Warum willst du das ausgerechnet jetzt wissen?«
»Weil ich neugierig bin.«

Richard wandte den Blick und schien nichts sagen zu wollen.
Lauren ließ nicht locker. »Eine Stellung hattest du hier nicht, dein Beruf scheidet als Grund also aus. Du hattest an der Westküste weder Freunde noch Verwandte. Soweit ich weiß, warst du vorher noch nie in Kalifornien. Warum also gerade San Miguel?«
»Ich hatte einen Klimawechsel nötig«, versetzte er gelassen.
»Bitte, Richard, sag mir warum.«
»Es war eine Empfehlung.«
»Von wem?« Lauren verhörte ihn nun regelrecht.
Richard trank langsam einen kleinen Schluck Kaffee und stellte dann die Tasse bedächtig ab. »Von einem Freund.«
»Von Jameson etwa?« Lauren hoffte nur, daß das Fernsehgerät nebenan laut genug war, um ihr Gespräch zu übertönen.
Richard zog einen Mundwinkel hoch, grinste. »Stimmt, es war Jameson.«
»Warum habe ich ihn noch nicht kennengelernt, wenn er dein Freund ist? Ich weiß ja noch nicht einmal, wie er mit Vornamen heißt.«
»Du meine Güte«, sagte Richard und schien sich nun auf festerem Boden zu wähnen, »du hast so viele Fragen!«
Sie wartete ab.
»Na gut.« Er schien nachzugeben. »Vorgestellt oder eingeladen habe ich ihn bisher noch nicht, weil er sehr scheu ist.« Richard machte eine Pause. »Und er heißt Felix. Zufrieden?«
»Nicht ganz. Du hast mir erzählt, er arbeite bei der Polizei von San Miguel. Stimmt nicht, ich habe mich nämlich erkundigt.«
»Was hast du?« Er sah beleidigt aus.
»Wie du weißt, sitzt die Polizei in der Stadtverwaltung bei mir im Haus. Ich habe nach Jameson gefragt. Man hat nie von ihm gehört.«
Richard schnaubte. »Natürlich nicht, er ist ja auch pensioniert. So, und warum gehen wir jetzt nicht mit unserem Kaffee ins Wohnzimmer und sehen fern?«
Lauren spürte, daß er log, ließ aber nicht locker. »Eine Frage noch.«

Er schob streitlustig den Unterkiefer vor. »Ja?«
»Wer ist Donald Rassitter?«
Richard wurde leichenblaß.

24

Lauren hatte nicht gewußt, mit welcher Reaktion sie zu rechnen hatte. Erstaunen, daß sie auf einen Namen aus seiner Vergangenheit gestoßen war? Jedenfalls nicht mit nackter Furcht. Er umklammerte die Tischkante so fest, daß seine Knöchel weiß hervortraten.
»Woher kennst du Donald Rassitter?« flüsterte er heiser.
»Ich kenne ihn nicht.«
»Woher weißt du dann seinen Namen?«
In sein Gesicht war wieder etwas Farbe zurückgekehrt. Lauren sah, daß er versuchte, seine Angst zu verbergen. Sie hatte ihn noch nie so erlebt und fragte sich nun, ob es ein Fehler gewesen war, diesen Namen zu erwähnen.
»Ich habe ein Bild gefunden.«
»*Was*?«
»Ich geh' es holen«, sagte sie, stand abrupt auf und eilte ins Schlafzimmer. Kurz darauf kam sie mit dem Bilderrahmen zurück und stellte ihn vor Richard auf den Tisch.
Er starrte ihn an und streckte die Hand aus, berührte ihn aber nicht. »Wo hast du das her?« Seine Stimme klang nun sanfter, und er sah geschlagen aus.
Lauren glitt langsam wieder auf ihren Stuhl. »Ich kam heute früher von der Arbeit heim«, log sie, »und wollte ein paar alte Sachen fürs Rote Kreuz aussortieren. Da fand ich unter dem Haus einen Koffer.«
»Einen Koffer?« Richard schaute sie stumpf an und senkte dann den Blick auf das Foto des Paares im Winter.
»Sind das Freunde aus Philadelphia? Oder Verwandte?«
Richard runzelte die Stirn und schüttelte langsam den Kopf.
»Nein, verwandt sind wir nicht«, meinte er leise.

»Der Mann sieht dir aber ähnlich.«
»Ach wo«, sagte er und wirkte nun entspannter. »Das liegt nur an Donnys Brille und dem Bart, der den Unterschied zwischen uns verdeckt.«
»Wer ist der Mann?«
»Er war ein guter Freund.«
»*War* ein guter Freund?«
Richard schaute sie an und berührte das Bild nun zum ersten Mal, hielt es in beiden Händen wie ein Buch. »Donny ist tot. Er und Francine – das ist die Frau – kamen bei einem tragischen Unfall vor der Hochzeit ums Leben.« In seiner Stimme schwang eine tiefe Trauer mit. »Donny vermachte mir ein paar Sachen, und ich kam irgendwie an dieses Foto. Ich weiß nicht, warum ich es aufbewahrt habe, vielleicht als Erinnerungsstück.«
»Ihr müßt sehr eng befreundet gewesen sein.«
»Ja, das waren wir.«
»War er ein Arbeitskollege?« Nun, da Richard anscheinend die Fassung wiedergewonnen hatte, war Lauren entschlossen, nicht lockerzulassen.
»Ein Kollege? Ja.«
»Wo? Bei der Darnell Corporation?«
»Bei Darnell? Sicher!«
»Und waren Joseph Adderly, Matthew Harris und Robert Traverner Kollegen von dir?«
Richard schien wieder ziemlich verwirrt. »Wer?«
»Kennst du diese Namen denn nicht?«
»Nein«, erwiderte er, und seine Miene verhärtete sich. »Wer sind diese Leute?«
Lauren holte tief Luft und kam sich vor wie auf dem Sprungbrett. »Du hast sie in deiner Bewerbung bei McFadden als Referenzen angegeben.«
Richard schien die Fassung zu verlieren.
Lauren machte weiter Druck, gab ihm keine Gelegenheit zu einer Reaktion. »Ich habe mir das Formular unter einem Vorwand bei Arthur beschafft, weil ich jemanden aus deiner Vergangenheit ausfindig machen wollte, irgendeine belie-

bige Person, die mich über Jameson und den Grund für deine Art von Verfolgungswahn aufklären könnte. Richard, es geht etwas vor, und du bist nicht ehrlich. Du bist in letzter Zeit irgendwie anders, und ich will wissen, warum.«
Er legte das Bild flach auf den Tisch, lehnte sich zurück und verschränkte die Arme. Seine Wangen waren rot angelaufen, ob nun vor Zorn oder Verlegenheit, konnte Lauren nicht beurteilen.
»Was hast du in meiner Bewerbung sonst noch gefunden?« fragte er ruhig.
»Festgestellt habe ich nur, daß es diese Männer laut Telefonauskunft in Philadelphia nicht gibt.«
Richard hob die Schultern. »Es soll ja vorkommen, daß Leute umziehen.«
»Und was ist mit Darnell?« fragte Lauren sarkastisch. »Auch die Firma ist bei der Auskunft nicht bekannt. Ist die etwa auch umgezogen?«
»Nein«, antwortete er gepreßt. »Sie wurde vor ein paar Jahren von General Electric übernommen, wohl im Zusammenhang mit einem Star-Wars-Projekt. So, ist das alles, was bei deinen Recherchen herausgekommen ist?«
»Nein. Die Universität von Pennsylvania hat keine Unterlagen –«
»Akten können verlorengehen.«
»Verdammt, Richard, verkauf mich nicht für dumm!« schrie Lauren und rechnete nun jeden Augenblick damit, daß Emily hereinkam. Doch aus dem Nebenzimmer drang nur der Fernsehton. Sie holte tief Luft und versuchte, sich zu beruhigen.
»Außerdem habe ich im Koffer einen Revolver gefunden«, sprach sie weiter. »Hast du dafür eine Erklärung?«
Richard zuckte nonchalant die Achseln, wich ihrem Blick aber aus. »Viele Leute haben Waffen«, erwiderte er schwach.
»Das ist doch keine Antwort!«
Richard schwieg.
»Wenn das kein Pharisäertum ist! Richard, ich habe genug von deinen Lügen und Halbwahrheiten. Ich will jetzt endlich die Wahrheit hören, wissen, wer du wirklich bist. Und wenn

das zuviel verlangt ist, gehören wir vielleicht nicht mehr zusammen.« So drastisch hatte sie es nicht ausdrücken wollen, aber nun war es heraus.
»Lauren, ich bitte dich.«
Sie biß die Zähne zusammen und zwang sich, seinen flehenden Ton zu ignorieren. »Erzähle mir mal, wie du an den Revolver gekommen bist.«
Richard konnte ihrem Blick nicht standhalten und starrte auf den Tisch. »Na gut«, meinte er leise, »ich habe ihn zu meinem Schutz gekauft.«
»Was soll das heißen?«
»Das ist kompliziert.« Er schwieg, um sich zu sammeln. Lauren konnte sich des Verdachts nicht erwehren, daß er sich nun wieder eine Lügengeschichte zusammenreimte.
»Es hängt mit dem Paar auf diesem Bild zusammen«, sagte er und berührte den Rahmen. »Ehe Francine sich mit Donny verlobte, war sie mit einem Mann namens Charles Dent befreundet. Dieser Dent war ein Bekannter von mir und unglaublich eifersüchtig. An einem Samstagnachmittag trafen Donny und ich in der Stadt Francine mit einer ihrer Freundinnen. Ich stellte Donny und Francine einander vor, und dann gingen wir vier essen. Alles ganz unschuldig, doch bei Donny und Francine war es Liebe auf den ersten Blick. Sie begannen, miteinander auszugehen, hinter Charles' Rücken zuerst, und schließlich schenkte Francine Charles reinen Wein ein: Sie habe vor, zu Donny zu ziehen.«
Richard schaute Lauren fragend an, als wollte er ausloten, ob sie ihm glaubte.
»Tja, und Charles drehte durch«, fuhr er fort. »Er brach bei ihnen ein, verprügelte Francine und fing eine Schlägerei mit Donny an. Donny ließ Charles verhaften und ein Unterlassungsurteil erwirken, demzufolge Charles die beiden in Ruhe zu lassen hatte. Kurz darauf gaben Francine und Donny ihre Verlobung bekannt.« Richard machte eine Pause und holte gequält Luft. »Zwei Tage später kamen sie bei einem merkwürdigen Verkehrsunfall ums Leben.«
»Was soll das heißen, – ein ›merkwürdiger‹ Verkehrsunfall?«

»Ihr Wagen prallte gegen einen Brückenpfeiler, und Spuren wiesen auf die Möglichkeit hin, daß er abgedrängt worden war.«
»Willst du damit sagen, daß sie *ermordet* wurden?«
»Die Möglichkeit ist nicht auszuschließen«, meinte Richard, »und dieser Auffassung war auch die Polizei. Charles war der Hauptverdächtige, aber man konnte ihm nichts beweisen. Das hätte das Ende der Geschichte sein sollen, aber nun begann Charles, mir zu drohen.«
»Wieso dir?«
»Weil ich Donny und Francine miteinander bekannt gemacht hatte. Seiner Auffassung nach war ich an allem schuld.«
»Das ist doch lächerlich!«
Richard nickte grimmig. »Richtig. Aber mehr noch, er gab mir die Schuld an Francines Tod. Wäre ich nicht gewesen, hätte sie nicht mit Donny im Wagen gesessen.«
Richard schüttelte den Kopf. »Das war natürlich Unsinn, und ich nahm seine Drohungen auch nicht ernst, bis eines Nachts jemand in mein Wohnzimmerfenster schoß.«
Lauren atmete scharf ein.
»Da begann ich um mein Leben zu fürchten«, fuhr Richard fort. »Ich verständigte die Polizei, die konnte nicht viel tun, nur mein Haus und Charles im Auge behalten, doch nicht rund um die Uhr. Also besorgte ich mir den Revolver, den du gefunden hast, und begann ihn zu tragen, selbst tagsüber, illegal natürlich, denn ich hatte keinen Waffenschein. Ich hatte Angst und fühlte mich verfolgt. Eines Tages merkte ich, daß Charles mir auf der Straße folgte, und stellte entsetzt fest, daß ich ernsthaft mit dem Gedanken spielte, ihn zu erschießen.« Richard schüttelte den Kopf. »Tja, so weit war es mit mir gekommen. Mir war klar, daß früher oder später einer von uns Opfer eines Mordes würde. Ich sah nur einen Ausweg: verschwinden.« Richard seufzte tief. »Ich kündigte, verließ Philadelphia und zog hierher. Und als ich dich kennengelernt hatte, wußte ich, daß ich nie wieder fortgehen würde.« Er lächelte ihr schwach zu. »Und das wäre alles. Den Revolver packte ich weg, als ich bei dir einzog.«

Lauren zog die Stirn kraus. »Und alles, was sich in den letzten Tagen abgespielt hat, hängt mit diesem Charles Dent zusammen?«
Richard nickte und preßte die Lippen zusammen.
»Ist Dent der Mann, den du im Restaurant gesehen hast?«
»Nein, ich hatte mich geirrt, das steht nun fest. Jameson versicherte mir, es sei alles in Ordnung. Charles Dent habe mich vergessen, meinte er, und sei inzwischen in Philadelphia verheiratet. Es sähe auch so aus, als hätte er mit dem Tod von Donny und Francine nichts zu tun gehabt.«
Lauren schwieg eine Zeitlang. Dann fragte sie: »Wer genau ist dieser Jameson eigentlich?«
»Wie ich schon sagte, ein alter Freund von mir, ein ehemaliger Polizist. Ich bat ihn, Charles Dent einmal unter die Lupe zu nehmen, und das tat er auch.« Richard kehrte die Handflächen nach oben, um ihr zu bedeuten, daß er nichts verheimlichte.
»Und die faulen Referenzen?«
»In meiner Bewerbung? Die erfand ich. Meine Freunde in Philadelphia wollte ich nicht nennen, weil ich verhindern wollte, daß Dent mich über sie ausfindig machte.« Richard lachte gezwungen. »Dumm, nicht wahr? Ich machte mir umsonst Sorgen. Ich bin dem Kerl inzwischen ganz egal.« Er stand auf, trat hinter Lauren und massierte ihr sanft die Schultern. Sie verkrampfte sich unter seiner Berührung.
»Es tut mir sehr leid, dich in die Irre geführt zu haben, Lauren. Ich hatte Angst, du könntest dich über die Wahrheit zu sehr aufregen, und hielt ein paar harmlose Lügen für besser. Das war ein Fehler; dafür entschuldige ich mich.« Er beugte sich vor und gab ihr einen Kuß auf die Wange. Als sie keine Reaktion zeigte, nahm er den Bilderrahmen vom Tisch. »So, der kommt jetzt zurück an seinen Platz.«
Lauren sah ihm nach und hörte ihn im Wohnzimmer etwas zu Emily sagen. Sie stand steif da, fühlte sich wie nach einer Auseinandersetzung, wußte nicht, ob sie gewonnen oder verloren hatte. Frustrierend, sie wollte Richard glauben, doch irgendwie konnte sie es nicht.

Das Telefon ging. Sie stellte die Tassen in die Spüle und nahm den Hörer ab, hoffte insgeheim, es wäre ein Fremder, an dem sie sich abreagieren konnte.
Doch es war Paul, der Emily übers Wochenende sehen wollte. Lauren hatte ganz vergessen, daß es »sein« Wochenende war. Sie machte mit Paul einen Termin aus, legte auf und gab sich wieder ihren Gedanken hin. Ob sie die letzte Version von Richards Geschichte glaubte, lag bei ihr. Hatte sie ihre Zweifel, gab es nur einen Weg, an die Wahrheit heranzukommen, sie mußte Richard die Tür weisen. Und wenn er sich weigerte, auszuziehen? Dann mußte sie mit Emily weg.
Verzweiflungsmaßnahmen.

25

Als sie im Bett lag, fand sich Lauren bereit zu glauben, daß Richards Erklärung der Wahrheit entsprach. In ihrem Herzen spürte sie, daß Richard ein guter Mensch war, gut für sie und für Emily. Sie wußte, daß er sie beide liebte. Das war nicht gespielt. Und seine Halbwahrheiten? Nur fehlgeleitete Versuche, ihr unnötige Sorgen zu ersparen.
»Schlaf gut«, sagte Richard, berührte sie an der Schulter und ließ seine Hand dort liegen.
»Du auch, Richard.«
Er drehte sich zu ihr um, stützte den Kopf in die Hand. Seine Gesichtszüge sahen im Dunkeln weich und verschwommen aus. »Es tut mir leid, was ich dir angetan habe«, sagte er.
»Schon gut, vergessen wir es«, erwiderte Lauren. »Es liegt ja jetzt hinter uns.«
Richard schwieg. Er lag dicht neben ihr, berührte sie aber nicht. »Ich hab' dich lieb«, sagte er dann. »Mehr als alles andere.«
»Ich weiß. Und ich liebe dich auch.«
Er küßte ihre Wange, ihre Lippen. Sie erwiderte seine Küsse, zögernd erst, dann mit Leidenschaft.

Später lagen sie eng umschlungen in der Dunkelheit, spürten, wie ihr Herzschlag wieder langsamer wurde, zogen die Decke hoch, als der Raum abkühlte, und schliefen schließlich ein.

Am Samstag vormittag, nachdem Paul seine Tochter abgeholt hatte, machte Richard sich an die Gartenarbeit, und Lauren reinigte das Haus. Es war schon fast zwölf, als sie mit dem Abstauben und Staubsaugen fertig war. Sie ging in den Garten. Dort hatte Richard schon die Blumenbeete gejätet; nun mähte er den Rasen. Amos lag im Schatten eines Baumes. Lauren schüttelte den Kopf, als sie daran dachte, daß sie früher, mit Paul, Haus *und* Garten hatte in Ordnung halten müssen. Als Richard sie sah, stellte er den Rasenmäher ab. Sie ging zu ihm hinüber. »Sieht schön aus«, meinte sie. »Hast du Lust auf einen Bissen?«
»Klar, ich hab' einen Bärenhunger. Wenn ich hier fertig bin, komme ich.«
In der Küche schnitt Lauren Jarlsberg und Münsterkäse in Scheiben und arrangierte eine Platte mit Schinken und Putenbrust. Sie hörte, wie der Mäher abgestellt wurde, und sah Richard zur Garage gehen.
Sie schnitt Roggenbrot und stellte Senf und Mayonnaise auf den Tisch. Dann wusch sie Erdbeeren, deckte den Tisch und begann sich zu fragen, wo Richard blieb.
Lauren ging ins Wohnzimmer und schaute aus dem Fenster zur Straße. Richard stand auf dem Gehweg gegenüber und sprach mit Monica Ipswich.
Er kehrte Lauren den Rücken zu, aber sie sah dennoch, daß er keinen gutnachbarlichen Schwatz hielt. Er gestikulierte heftig, als sei er böse auf Monica oder wollte einer Sache Nachdruck verleihen. Soweit Lauren wußte, hatte er noch nie mit Hal oder Monica gesprochen. Oder nichts davon erzählt. Denn dies sah nicht nach einer ersten Begegnung aus.
Lauren trat näher ans Fenster. Monica schaute betroffen aus. Sie nickte und sagte etwas.
Lauren sann über die Veränderung von Richards Haltung

den Ipswichs gegenüber nach. Anfangs war er sehr mißtrauisch gewesen, hatte ihr Haus durch einen Spalt im Vorhang argwöhnisch beobachtet und war blaß geworden, wenn Lauren ihm von weiteren seltsamen Eigenheiten der neuen Nachbarn berichtete. Dann aber hatte er eine komplette Kehrtwendung gemacht und die Ipswichs zu verteidigen begonnen, wenn Lauren sie kritisierte. Nun schien er mit Monica auf vertrautem Fuß zu stehen.
Richard drehte sich abrupt um, machte eine letzte ärgerliche Geste und ging zurück zum Haus.
Lauren kehrte in die Küche zurück und war entschlossen, ihn zur Rede zu stellen.

26

Richard kam in die Küche. Als er Lauren sah, rang er sich ein Lächeln ab und machte eine Kopfbewegung zu dem Essen auf dem Tisch hin. »Sieht lecker aus.« Dann trat er an die Spüle und wusch sich die Hände.
»Worüber hast du mit Monica gesprochen?« fragte Lauren.
Richards Wangenmuskeln spannten sich, als er sich zu ihr umdrehte, zog er ganz unschuldig die Brauen hoch. »Wieso?«
»Ich sah dich mit ihr reden. Du wirktest aufgebracht.«
»Aufgebracht?« Er lächelte gezwungen. »Unsinn.« Er drehte sich zum Kühlschrank um. »Ich habe Durst. Haben wir Eistee?« Er öffnete die Tür, ohne auf eine Antwort zu warten, nahm einen Krug aus dem Eisschrank und trug ihn zum Tisch. Dann setzte er sich und schaute zu Lauren auf. »Lauren, das war ganz harmlos. Sie winkte mich rüber und erkundigte sich nach unserem Rasenmäher.«
Lauren starrte ihn ungläubig an. »Nach unserem Rasenmäher?«
»Ja, sie brauchen nämlich einen – deshalb sieht es in ihrem Garten so wüst aus –, und da ich bei McFadden arbeite, bat

sie mich, ihr ein gutes Modell zu empfehlen.« Er zuckte die Achseln. »Willst du dich nicht setzen?«
Lauren nahm nach kurzem Zögern Platz. »Es sah aber so aus, als wärest du böse auf sie.«
»Kann sein. Sie ist nicht sehr umgänglich, irgendwie kratzbürstig. Na ja, ihr Mann ist ja auch ein bißchen merkwürdig.« Richard nahm sich zwei Scheiben Brot und belegte sie.
Lauren trank ihren Eistee und stellte sich vor, wie Richard bei seinem Gespräch mit Monica ausgesehen hatte. »Hast du schon einmal mit ihr gesprochen?«
Richard hatte gerade in sein Brot beißen wollen. Nun hielt er inne und sagte: »Mit Monica? Nein, wir haben uns nur gegrüßt.«
»Woher weiß sie, daß du bei McFadden arbeitest?«
Darüber schien Richard nachzusinnen, als er kaute und schluckte. »Von einer Nachbarin wohl. Ehrlich, Lauren, wo liegt das Problem? Worauf willst du hinaus?«
»Das weiß ich selbst nicht. Es sah nur so aus, als hättest du etwas Ernsthaftes mit Monica besprochen, und das machte mich neugierig.«
»Wenn das dein einziger Kummer ist –« Er ließ den Satz unvollendet und wartete auf ihre Reaktion.
Lauren schüttelte den Kopf, um ihm zu bedeuten, daß sie nichts weiter zu sagen hatte. Doch dann fragte sie: »Die Ipswichs machen dir also keinen Kummer mehr?«
Er lächelte sie aufrichtig an und griff nach ihrer Hand. »Nein, Schatz, und auch du brauchst dir keine Gedanken mehr zu machen.«
Aber gerade die Tatsache, daß Richard nun auf einmal so nonchalant reagierte, machte ihr Kummer.
Nach dem Mittagessen schlug Richard vor, den kinderfreien Nachmittag zu nutzen und zu einem Baseballspiel zu gehen. »Wenn wir uns beeilen, kommen wir noch zum Anspiel hin«, meinte er mit einem Blick auf die Uhr.
»Ach, ich weiß nicht, ob ich in Laune bin«, erwiderte Lauren.

Er legte ihr den Arm um die Schultern und drückte sie an sich. »Komm schon, wollen wir den ganzen Nachmittag nur rumsitzen?«
»Na gut.« Sie hatte das unbehagliche Gefühl, an diesem Tag ihr Haus nicht verlassen zu sollen. Andererseits hatte sie die Abwechslung vielleicht nötig. Sie lächelte gezwungen. »Klar, warum nicht?«
Sie zogen sich um und nahmen Richards Auto. Als sie rückwärts auf die Straße fuhren, warf Lauren einen Blick zum Haus der Ipswichs in der Erwartung, Monica zu sehen. Vor dem Haus aber stand Hal mit einem Schlauch in der Hand und sprengte offenbar die Blumen. Richard starrte geradeaus und nahm den Mann nicht zur Kenntnis. Hal indessen schaute unentwegt zu ihnen herüber und ließ währenddessen den Wasserstrahl auf ein und dieselbe Stelle fallen.
Lauren hatte das Gefühl, daß etwas nicht stimmte. Sie hatte Hals Garten aus der Nähe gesehen, nichts als kahle Stellen und Unkraut. Lauren drehte sich um und schaute durch das Rückfenster. Hal Ipswich goß weiterhin seinen »Garten« und schaute ihnen nach, bis sie um die Ecke bogen.

Bis sie nach Los Angeles gefahren und vor dem Stadion der Dodgers geparkt hatten, war der erste Spielabschnitt schon vorbei, und die Gäste, die New York Mets, führten 3:0. Richard besorgte Getränke und feuerte dann die heimische Mannschaft an. Bald stimmte auch Lauren, die Hal Ipswich aus ihren Gedanken verdrängt hatte, mit ein.
Lauren mochte Baseball. Sie genoß die Spannung auf dem Feld, die Konzentration der Innenfeldspieler, die den Schlagmann fixierten, der hinwiederum auf den Werfer starrte, der Herr der Situation war und sich Zeit nahm.
Das Ganze erinnerte sie an ihre Kindheit. Ihr Bruder hatte in der Schulmannschaft gespielt und ihr die Feinheiten der Regeln beigebracht. Sie wußte sogar noch die Anzahl der Schläge, die er in der zwölften Klasse geschafft hatte: 347.
Im siebten Spielabschnitt, die Dodgers waren nun Schlagpartei, stand es 5:5.

»Ich geh' mal zur Toilette«, sagte Richard. »Bin gleich wieder da.«
Lauren sah, wie er sich durch den Mittelgang entfernte, und wandte ihre Aufmerksamkeit wieder dem Spiel zu.
Auf einmal schien das Glück den Los Angeles Dodgers hold zu sein. Die Menge spürte eine Punktchance und brüllte begeistert. Lauren drehte sich um und hielt nach Richard Ausschau. Das durfte er nicht versäumen. Der erste Ball des Werfers ging ins Aus, den zweiten aber traf der Schlagmann. Die Menge begann zu toben. Lauren drehte sich noch einmal nach Richard um und hatte nun weniger Überblick, weil viele Zuschauer aufgesprungen waren.
Da entdeckte sie ihn. Plötzlich war das Spiel ganz vergessen.
Richard stand im Mittelgang, vielleicht zwanzig Sitzreihen über ihr, und sprach mit einem Mann. Der Fremde war über dreißig, kahl und trug dichte schwarze Koteletts. Lauren hatte ihn schon einmal gesehen: auf den Fotos aus der Sea World.
Lauren hörte einen Knall, als der Schläger den Ball traf. Richard und der Mann kamen außer Sicht, als die Menge jubelnd aufsprang. Bis auch Lauren sich erhoben hatte, sah sie nur noch Richard in dem Meer grinsender Gesichter. Der Kahlköpfige war verschwunden.
Richard kam strahlend an seinen Platz zurück.
»Wer war das?« fragte sie gepreßt.
Er legte den Kopf schief. »Was?«
»Der Glatzkopf mit den Koteletts.«
»Wer?«
»Verdammt noch mal, Richard! Der Mann, mit dem du gerade geredet hast!«
Mehrere Leute drehten sich um und starrten sie an. Richard sah verwirrt aus. »Lauren? Ach, *der*! Jemand rempelte mich im Gang an und fragte nach der Uhrzeit.«
Sie sah Richard forschend an. »Du kennst ihn also nicht?«
»Natürlich nicht! Was ist eigentlich los? Du siehst aus, als hättest du ein Gespenst gesehen.«

»Kein Gespenst, Richard, aber diesen Mann. Er verfolgte, *beobachtete* uns in der Sea World.«
»Das kann doch nicht sein!«
»Ich merkte es erst später, als die Fotos entwickelt waren. Auf einigen ist er nämlich drauf.«
»Auf den Bildern, die du mir gezeigt hast? Warum hast du mich dann nicht auf ihn hingewiesen?«
Lauren entsann sich, zu diesem Zeitpunkt mehr mit Richards Bewerbung beschäftigt gewesen zu sein, am nächsten Morgen hatte sie mit der Universität von Pennsylvania telefoniert, anschließend mit Richards ehemaligen Vermietern gesprochen, später das gerahmte Bild und den Revolver gefunden, und da waren die Fotos in Vergessenheit geraten. Lauren drehte sich noch einmal um und griff dann nach Richards Hand. »Bitte laß uns gehen«, bat sie. »Der Kerl ist bestimmt noch hier und beobachtet uns.«
Richard nickte nüchtern. »Sicher, wie du willst.«
Sie standen auf und gingen durch den Mittelgang nach oben. Unterdessen sendete die Menge Beifall, als die Dodgers als Ballpartei aufs Feld kamen.
Zu Hause holte Lauren die Bilder hervor und zeigte sie Richard. »Hier«, sagte sie, »diese Aufnahme fiel mir zuerst auf. Das war das letzte Bild, das ich auf dem Parkplatz knipste. Und da steht er und schaut über die Autodächer hinweg zu uns herüber. Siehst du nun, was ich meine?«
»Ja, ich sehe einen Mann, der in die Kamera schaut.«
»Am Delphinbecken schaut er uns über die Schulter an.«
Richard sagte nichts.
»Und hier«, fuhr sie fort, »sitzt er am Tisch hinter uns.«
Richard nahm ihr das Bild ab, machte schmale Augen und musterte es. »Moment, er ist nur von hinten zu sehen.«
»Man erkennt ihn an seinen Haaren«, meinte sie. »Und an seinem Hemd.« Sie hielt Richard ein anderes Foto hin. »Siehst du? Er trägt es auch hier.«
Richard hob die Schultern. »Na ja, es hat dieselbe Farbe.«
Lauren schaute ihn an. »Richard, dieser Mann lief uns die ganze Zeit in der Sea World hinterher.«

»Na schön, er war zweifellos dort, zusammen mit ein paar tausend Menschen. Muß er uns deswegen ›verfolgt‹ haben? Das ist doch kein Grund zur Aufregung.«
»Ich rege mich aber auf«, versetzte sie hitzig. »Du tust, als wärst du blind. Bitte, da ist er gleich auf drei Bildern.«
Richard seufzte. »Na gut. Wenn wir uns die Fotos einmal genauer ansehen, stoßen wir bestimmt auch auf andere Gesichter, die mehr als einmal auftauchen. Verstehst du, worauf ich hinauswill? Das Ganze ist nur ein Zufall.«
Lauren funkelte ihn an und konnte sich kaum noch beherrschen. Sie holte tief Luft, ehe sie weitersprach. »Er ist also nur aus Zufall heute bei diesem Spiel. Und er hat sich auch nur aus Zufall ausgerechnet bei dir nach der Uhrzeit erkundigt?«
Richard hielt ihrem Blick kurz stand, schaute sich dann das Bild in seiner Hand noch einmal an. »Weißt du, Lauren, ich bin noch nicht einmal sicher, daß es derselbe Mann ist.« Dann legte er das Foto auf den Tisch. »So, und ich stelle jetzt besser den Rasenmäher weg«, fügte er schwach hinzu, drehte sich um und ging aus der Küche.
Lauren versuchte, ihren Zorn unter Kontrolle zu bekommen, aber ihre Hände zitterten so, daß sie Mühe hatte, die Bilder zurück in den Umschlag zu stecken. Richard hatte abgestritten, den Glatzkopf zu erkennen, und sie also wieder belogen. Mehr noch, sie war nun überzeugt, daß er den Mann kannte, so wie er Monica Ipswich kannte.
Sie trug den Umschlag ins Schlafzimmer und versteckte ihn in einer Schublade unter ihrer Unterwäsche. Dann hielt sie vor der Kommode, die sie beide benutzten, inne und fragte sich, ob Richard wohl auf die Idee kommen könnte, dort etwas zu verstecken. Sie zog eine von Richards Schubladen auf und kramte sie durch, ohne eigentlich zu wissen, wonach sie suchte. Als sie nichts fand, knallte sie die Schublade zu und zog eine andere auf.
Und dort, halb versteckt unter aufgerollten Socken, stand der kleine Holzkasten, den sie in Richards Koffer gefunden hatte.

Sie klappte den Deckel auf, und da lag der Revolver mit der Schachtel Munition. Lauren zögerte, griff dann nach der überraschend schweren Waffe und schwenkte die Trommel heraus. Der Revolver war geladen. Sie schloß ihn wieder.

Jetzt ist es aus, dachte sie und trat mit dem Revolver in der Hand in den Gang. Er kann heute nachmittag noch ausziehen und seine geladene Knarre mitnehmen.

Lauren machte sich auf den Weg zur Garage und dachte: Ich will das Teufelsding nicht im Haus haben, und Richard auch nicht. Sie hatte vor, ihm zu sagen, er solle auf der Stelle seine Sachen packen und verschwinden. Seine Lügen und faulen Ausreden konnte er einer anderen erzählen. Und sie dankte Gott, daß Emily das nicht miterleben mußte.

Doch Richard war nicht in der Garage.

Das breite Tor war offen. Lauren sah Richard, der sich von ihr fortbewegte, die Straße überquerte. Sie blieb in der Garage und sah ihn grüßend winken.

Monica Ipswich, die lange Hosen, Sandalen und ein ärmelloses Baumwollhemd trug, kam ihm entgegen. Richard wirkte erregt. Die beiden tauschten ein paar Worte, und dann nahm Monica ihn beim Arm und führte ihn über die Einfahrt zum Haus.

Laurens Magen krampfte sich zusammen, als sie die beiden verschwinden sah. Um was geht es hier eigentlich? dachte sie und fragte sich: Warum hat mich Richard von Anfang an belogen, warum hat er vorgegeben, mich und Emily zu lieben? Und woran hatte er wirklich gedacht, wenn er mit ihr im Bett gelegen hatte?

Lauren empfand Übelkeit. Und eine rasende Wut.

War Monica etwa die verheiratete Frau, von der Richard gesprochen hatte? Ganz gleich, was gespielt werden mochte, die beiden hatten etwas miteinander zu tun.

Lauren trat aus der Garage in die Einfahrt und merkte plötzlich, daß sie den Revolver noch in der Hand hielt. Sie zögerte, warf einen Blick auf das Haus gegenüber, ging dann zurück in die Garage und legte die Waffe in eine Ecke.

Dann marschierte sie über die Straße auf das Haus der Ipswichs zu, entschlossen, sich der Wahrheit zu stellen, wie gräßlich sie auch sein mochte.

27

Lauren schritt rasch durch die Einfahrt und zögerte dann, denn ihr Wagemut hatte sich etwas gelegt. Doch sie nahm sich zusammen und ging um die Ecke des Hauses. Der braune Wagen stand auf dem Einstellplatz. Die Haustür war nur angelehnt. Sie hob die Hand, um anzuklopfen, hielt inne, stieß dann die Tür langsam auf und trat ins Haus.
Dort blieb sie stehen und lauschte. Von rechts kam Murmeln, aus der Küche wohl. Es sprachen ein Mann und eine Frau. Was sie sagten, war nicht zu verstehen.
Lauren wägte ihre Alternativen: Entweder einfach hereinplatzen und von Richard und Monica eine Erklärung zu verlangen oder sich an die Tür zu schleichen und zu lauschen. Verlockend war auch die dritte Alternative: Auf der Stelle dieses Haus verlassen, zurück in ihr eigenes fliehen, die Türen verrammeln und vielleicht zum Schutz Richards Revolver mitnehmen.
Zum Schutz gegen was?
Lauren schlich leise und verstohlen ins Wohnzimmer.
Dort blieb sie wie angewurzelt stehen und versuchte zu begreifen, was sich ihr darbot.
Der mit Teppichboden ausgelegte Raum war so gut wie leer und dunkel, da alle Vorhänge zugezogen waren. Licht fiel durch die zur Küche führende Tür. Auf einem langen Klapptisch an der Wand standen vier Videorekorder mit Fernsehgeräten darauf. Am Ende des Tisches, nicht weit von einem Bürosessel, sah sie ein Telefon und ein Tonbandgerät.
Das einzige andere Objekt im Zimmer war auf einem Stativ vor dem Spalt in den Vorhängen angebracht, eine Videokamera!
Lauren betrat benommen den Raum.

Sie warf einen Blick zur Küche, konnte aber nur die Ecke eines Tisches und das Ende eines Unterschranks sehen. Richard und Monica hatten entweder ihre Unterhaltung unterbrochen oder sich in einen anderen Raum begeben.
Lauren trat vor die TV-Monitoren, die schwarzweiße Standbilder zeigten. Auf den ersten drei Bildschirmen sah sie eine Straße, eine Einfahrt auf die Rückseite eines Hauses. Bewegung auf dem ersten Monitor: Ein Auto fuhr vorbei. Gleichzeitig hörte Lauren von draußen Motorengeräusch.
Dann erkannte sie entsetzt, daß die Bildschirme ihre Straße, ihr Haus zeigten. Ein Blick auf den vierten Monitor bestätigte diesen Verdacht: Dort sah sie Möbel, die ihr bekannt vorkamen, und eine Wand, an der Kunstdrucke hingen, ihr eigenes Wohnzimmer. Die Kamera am Fenster war offenbar mit einem Teleobjektiv ausgerüstet.
»Was tun Sie hier?«
Lauren fuhr herum, und ihr stand fast das Herz still, als sie den Mann sah, der sie aus der Küchentür anfunkelte. Es war der Kahlkopf mit den Koteletten, der Unbekannte, der beim Baseballspiel mit Richard gesprochen hatte.
»Mrs. Caylor, Sie haben hier nichts verloren«, sagte er ärgerlich und ging auf sie zu.
Lauren wollte schon zur Tür fliehen, aber dann wurden Richard und Monica hinter dem Glatzkopf sichtbar. Richard wurde blaß und drängte sich an dem Mann vorbei.
»Um Himmels willen, Lauren, was tust du hier?«
Lauren wich langsam zurück und behielt die Tür zu ihrer Rechten im Auge. »Was *ich* hier tue, Richard?« fragte sie zurück und hörte die Panik in ihrer Stimme. »Was treibst *du* hier? Was hat das alles zu bedeuten?« forderte sie mit einer Geste zu den Monitoren hin. »*Und wer sind diese Leute?*«
Richard hob die Hände, als wollte er ein verängstigtes Tier beruhigen, aber Lauren sah ihm an, daß auch er Angst hatte. »Beruhige dich, Lauren, alles ist in Ordnung. Diese Leute wollen uns nur beschützen.«
»*Beschützen?*« Lauren sah erst Monica und dann den kahlen Kerl an. »*Wovor*, wenn ich fragen darf?«

»Das ist eine lange Geschichte«, antwortete Richard, der nun dicht neben sie getreten war. »Darf ich vorstellen? Agent Howard Zale, Agentin Monica Sherwood vom FBI.«
Lauren schüttelte ungläubig den Kopf.
»Das stimmt, Mrs. Caylor«, erklärte Monica, kam auf Lauren zu und hielt ihr eine dünne Brieftasche hin. Lauren schaute erst die Frau und dann ihr in Kunststoff eingeschweißtes Bild an. Unter dem Foto stand: *Monica Sherwood, Federal Bureau of Investigation.*
»Jetzt können Sie sie ruhig ganz einweihen«, meinte Zale lässig und warf einen Blick auf die Monitore.
»Tja.« Richard berührte Laurens Arm, aber sie zuckte zurück. Seine Miene war schmerzlich. »Ich wollte dir das schon lange sagen, Lauren, schon von Anfang an. Aber –«
»*Was* wolltest du mir sagen?«
Richard leckte sich die Lippen und schien nicht zu wissen, wo er anfangen sollte.
»Besprechen wir das in der Küche«, meinte Agent Zale mit Bestimmtheit und schloß die Haustür ab.
In der Küche sah es so kahl aus wie im Wohnzimmer; sie enthielt nur einen Resopaltisch und vier Stühle. Abgesehen von Kühlschrank und Herd, die die Greys zurückgelassen hatten, waren keine Geräte zu sehen, keine Mikrowelle, kein Mixer, noch nicht einmal ein Toaster.
Zale war eingetreten. »Machen Sie Mrs. Caylor einen Kaffee«, sagte er zu Monica.
»Setz dich doch bitte«, sagte Richard und wies auf einen Stuhl. Lauren zögerte, folgte aber dann. Richard nahm mit geschlagener Miene Platz, und Zale nahm am Ende des Tisches einen Stuhl zwischen die Beine.
»Ihr Ehemann steht seit einiger Zeit unter unserem Schutz«, erklärte Zale, »und zwar –«
»Moment«, unterbrach Richard. »Lassen Sie mich das machen.«
Zale zog die Stirn kraus und warf ihm dann einen amüsierten Blick zu. »Wie Sie wollen«, meinte er sarkastisch.
Richard wandte sich Lauren zu und ergriff ihre Hand, räus-

perte sich, und als er begann, klang seine Stimme ruhig und klar. »Ich hieß nicht immer Richard Caylor. Meinen Namen änderte ich im Zuge der Kronzeugenregelung. Vor vier Jahren sagte ich vor Gericht gegen einen Mann namens Peter Grummund aus, der in illegale Aktivitäten in Chicago verwickelt war. Ich war sein Buchhalter, und meine Aussage brachte ihn ins Gefängnis. Damals hieß ich Donald Rassitter.«

Lauren blinzelte. »Rassitter, *du* warst also auf dem Bild, das ich fand. Der Bart, die getönte Brille, das hätte mir auffallen sollen.«

»Tja, so sah ich vor fünf Jahren aus.«

»Und wer ist die Frau auf dem Bild?«

»Meine Verlobte Francine, Peter Grummunds Tochter.«

Der Wasserkessel begann zu pfeifen. Monica nahm ihn vom Herd.

»Schenken Sie mir auch eine Tasse ein«, meinte Zale.

Monica nickte. »Richard?«

»Gerne. Schwarz bitte. Lauren nimmt Milch . . .« Er ließ den Satz unvollendet, als sie ihn gequält und verwirrt anstarrte.

Dann hörte Lauren einen Wagen hinter dem Haus. Durchs Küchenfenster sah sie drei recht neue dunkle Fahrzeuge zwischen dem abgedeckten Schwimmbecken und der Lücke im Zaun parken. Die Türen eines Autos schwangen auf, und zwei Männer stiegen aus. Einer war Hal Ipswich, der andere ein hochgewachsener, kräftiger Schwarzer in mittleren Jahren. Die beiden kamen durch die Hintertür in die Küche und blieben verdutzt stehen, als sie Lauren sahen.

»Agent Hal Ipswich kennst du schon«, meinte Richard. »Und dieser Herr ist Felix Jameson, ein Bundesvollzugsbeamter.«

»Wir sind gerade dabei, Mrs. Caylor zu informieren«, sagte Zale zu den Männern. »Ipswich, halten Sie die Monitore im Auge.«

Hal Ipswich verließ den Raum, und Jameson stellte sich neben Monica. Lauren stellte betroffen fest, daß sie sich wie ein Kind unter Erwachsenen vorkam. Richard trank einen Schluck Kaffee, ehe er begann: »Am besten fangen wir ganz von vorne an.«

Donald Rassitter wuchs in Chicago auf, und sein bester Freund war James Grummund. Die beiden spielten miteinander und gingen zusammen zur Schule. Donald hörte Gerüchte über Peter Grummund, den Vater seines Freundes: Er sei in organisierte Kriminalität verwickelt, sein kleines Lebensmittelgeschäft und sein bescheidenes Äußeres seien nur Fassade; in Wirklichkeit verdiene er insgeheim mit kriminellen Handlungen ein Vermögen. Donald wollte diese Geschichten nie ganz glauben. Für ihn war Peter Grummund ein gütiger, großzügiger Mann, der Vater seines besten Freundes James und dessen kleiner Schwester Francine.

Nach Abschluß der Oberschule wurden Donald und James von der Universität von Chicago angenommen. Als Donalds Eltern die Studiengebühren nicht aufbringen konnten, gab Peter Grummund ihnen das Geld, als Geschenk, nicht als Kredit. James machte sein Diplom in Betriebswirtschaft und trat in die Firma seines Vaters ein; Donald studierte noch zwei Jahre lang weiter. Während dieser Zeit kamen seine Eltern bei einem Verkehrsunfall ums Leben, und die Grummunds wurden für Donald zu einer Art Ersatzfamilie.

Als Donald seinen Magister in Betriebswirtschaft gemacht hatte, bot ihm Peter Grummund, der inzwischen Inhaber mehrerer Firmen war und in einer herrschaftlichen Villa wohnte, eine Stellung an. Im vergangenen Jahr war gegen Grummund das Hauptverfahren wegen organisierter Kriminalität eröffnet worden. Nach seinem Freispruch ging die Rede, die Jury sei beeinflußt worden, aber beweisen ließ sich nichts.

Donald wußte das und war nicht so naiv, Peter Grummund für völlig unschuldig zu halten, beileibe nicht. Im Gegenteil, er war sicher, daß der Alte Beziehungen zur Unterwelt unterhielt. Doch da nichts Illegales von Richard verlangt wurde und man ihn wesentlich besser als anderswo bezahlte, nahm er an und wurde stellvertretender Geschäftsführer einer Immobilienfirma, die Peter Grummund und seinem Sohn James gehörte.

Donald führte die Bücher und die Gehaltskonten, ein Job,

bei dem er nicht besonders gefordert wurde. Peter Grummund versprach ihm größere Aufgaben, wenn er sich nur an die Maxime hielt: »Tu deine Arbeit, bleib sauber, und stelle keine dummen Fragen.«
Im Lauf der ersten Monate war Donald an Grummunds frisierten Steuererklärungen beteiligt. Es ging um aufgeblähte Spesenkonten und nicht deklarierte Bargeld-Transaktionen, im allgemeinen aber um geringe Summen. Donald wußte natürlich, daß das illegal war, akzeptierte es aber. Wer außer dem Finanzamt nahm dabei schon Schaden? Und wer hatte Mitleid mit dem Finanzamt?
Sechs Monate später wurde Donald angewiesen, falsche Eintragungen in Höhe von mehreren hunderttausend Dollar zu machen. Woher das Geld kam, wußte er nicht, doch er war klug genug, zu erkennen, daß es nicht aus legalen Quellen stammte.
Nun hatte er eine hochwichtige Entscheidung zu treffen und wußte, daß James und Peter ihn scharf im Auge behielten. Würde er der Familie Grummund treu bleiben oder sich gegen sie stellen?
Donald erledigte die Buchungen und hielt den Mund. Warum er das tat, wußte er selbst nicht, denn er spürte, daß es unrecht war, und hatte ein schlechtes Gewissen. Andererseits wollte er die einzige Familie, die er hatte, nicht verlieren.
Und so geriet er in die Sache hinein.
Im Lauf der nächsten zwei Jahre wurde Donald der Stellvertreter von Grummunds Hauptbuchhalter und bekam Zugang zu den Konten aller Grummundschen Unternehmen. Dabei bekam er schließlich heraus, daß es sich bei Grummunds »Geschäften« unter anderem um Schutzgelderpressung, Diebstahl und Hehlerei handelte.
Donald wollte aus diesem Sumpf heraus, doch da kam Francine Grummund, die auswärts studiert hatte, wieder nach Hause. Donald hatte sie nur als süßes kleines Mädchen in Erinnerung gehabt und während seiner Studienzeit aus den Augen verloren. Nun aber war aus Francine eine schöne

junge Frau geworden. Die beiden verliebten sich fast sofort ineinander, und die Gedanken an eine Kündigung waren vergessen. Zudem, sagte sich Donald, war er ja nur ein Buchhalter, der mit Zahlen jonglierte.

Donald und Francine verlobten sich. Kurz darauf ging der Hauptbuchhalter in Pension, und Grummund machte Donald zu seinem Nachfolger.

Jetzt wurde Donald in Peters Geheimnisse eingeweiht und erfuhr unter anderem von der scharfen Konkurrenz mit anderen Gangsterbossen. Es gab dauernd »Grenzstreitigkeiten«, auch mit Gewalt verbundene; davon hatte Donald bislang nichts gewußt. Er versuchte, seine Gedanken auf Francine und ihr zukünftiges gemeinsames Glück zu konzentrieren, konnte aber vor dem, was um ihn herum vorging, nicht länger die Augen verschließen.

Dann begann das Unheil.

Peter Grummunds Frau erlag einem Schlaganfall. Peter war tieftraurig und ging wochenlang nicht aus dem Haus. Einer seiner Rivalen spürte seine Schwäche und begann, auf das Grummundsche Territorium vorzudringen. Grummund schickte seine Männer los, und es gab Tote. Die Gegenseite konterte mit einer Bombe in James Grummunds Auto. Als sie hochging, kam nicht nur James ums Leben, sondern auch seine Schwester Francine.

Nach dem Mord an Francine brach Donalds Welt zusammen. Mehr noch, er war über Grummunds Reaktion auf den grauenhaften Vorfall entsetzt. Grummund trauerte zwar, wurde aber zunehmend verhärtet und bitter und sann nur noch auf Rache. Daß er am Tod seiner Kinder schuld sein könnte, kam ihm nicht in den Sinn. Im Gegenteil, er war der Ansicht, sie hätten sich für die Familienehre geopfert.

Donald Rassitter hielt es nicht mehr aus. Er machte Peter Grummund für den Mord an James und Francine verantwortlich. Eine Zeitlang erwog er sogar, Peter Grummund umzubringen, um die beiden zu rächen. Doch Donald wußte, daß er kein Killer war. Er konnte nur eines tun, um Grummund zu schaden: Er ging mit seinen Büchern zum FBI.

Sein eigenes Leben war ihm an diesem Punkt ziemlich gleichgültig. Das FBI aber wollte ihn gegen Peter Grummund aussagen lassen und nahm ihn deshalb in Schutzhaft. Grummund wurde festgenommen. Seine Anwälte begannen Verhandlungen mit der Staatsanwaltschaft und kamen zu einer Übereinkunft: Grummund erklärte sich der Steuerhinterziehung schuldig, und die anderen Anklagepunkte wurden im Gegenzug fallengelassen. Er kam in ein Bundesgefängnis.
Einige seiner Männer aber entkamen dem Zugriff des Gesetzes, und man mußte davon ausgehen, daß sie versuchen würden, Donald Rassitter zu töten.
Donald ließ sich bereitwillig vom FBI eine neue Identität und einen neuen Lebenslauf verpassen. Er bekam einen kalifornischen Führerschein, ausgestellt auf seinen neuen Namen Richard Caylor, und ein wenig Geld zum Leben. Dann zog er in seine neue, vom FBI ausgesuchte Heimatstadt – San Miguel, Kalifornien. Man schärfte ihm ein, im Interesse seiner Sicherheit seine alte Identität niemals preiszugeben.
Und von diesem Punkt an war er so ziemlich auf sich gestellt.
»Ja, und so wurde ich Richard Caylor«, sagte Richard zu Lauren. Seine Stimme klang nun heiser. »Und der *bin* ich auch. Ganz gleich, was in der Vergangenheit geschehen sein mag, Lauren, ich liebe dich und Emily mehr als mein Leben.«
Lauren war wie betäubt. Sie stieß sich vom Tisch ab. Die Stuhlbeine quietschten. Sie stand ungelenk auf.
»Ich weiß nicht mehr, wer du bist«, preßte sie hervor und verließ fluchtartig das Haus.

28

Lauren hastete über die Straße und brachte sich in ihrem Haus in Sicherheit. Aber als sie durch die Garage und Hintertür gehetzt war und zitternd in der Küche stand, erkannte sie, daß sie auch hier nicht sicher war. Immerhin wohnte Richard ebenfalls hier.
Nein, nicht Richard – Donald Rassitter.
»Mein Gott!« stöhnte sie, taumelte ins Wohnzimmer und ließ sich auf die Couch fallen.
Amos kam ins Zimmer getrottet und winselte. Sie kraulte ihm geistesabwesend die Ohren und befahl ihm, sich hinzulegen.
Vor einer Stunde war sie wütend auf Richard gewesen und bereit, ihn hinauszuwerfen. Nun hatte ihr Zorn sich gelegt, nun empfand sie nur noch Angst und fühlte sich verraten. Von Anfang an hatte er eine Rolle gespielt, vorgegeben, ein anderer zu sein. Sie schlug die Hände vors Gesicht und kämpfte mit den Tränen. War alles, was er mit ihr und Emily erlebt hatte, auch nur vorgetäuscht gewesen?
»Verdammt noch mal!« rief sie und stand abrupt auf. Amos hob den Kopf und spitzte die Ohren. Wäre Emily hier, dachte Lauren, packte ich auf der Stelle die Koffer, ginge in ein Motel oder würde heim nach Nebraska fliegen. Emily aber war mit Paul irgendwo in Los Angeles. Lauren mußte also bleiben. Na gut, sagte sie sich, dann muß Richard eben ausziehen.
Und wenn er sich weigerte?
Lauren trat an die Glastür zur Terrasse und empfand Angst, Hilflosigkeit. Man verfolgte sie, richtete Überwachungskameras auf sie.
Lauren zuckte zusammen, als ihr das Tonbandgerät neben dem Telefon im Haus gegenüber einfiel. Das konnte nur bedeuten, daß man ihre Leitung angezapft hatte. Sie versuchte, sich an die Gespräche zu erinnern, die sie in den letzten Tagen geführt hatte, und fragte sich, was »sie« gehört hatten. Der Anruf nach Philadelphia. Richard mußte also gewußt ha-

ben, daß sie ihm nachspionierte. Aber seit wann wurden sie belauscht?

Sie schaute hinaus in den dunkler werdenden Garten und dachte an den Mann, der laut Connie an den Telegraphenmasten hochgeklettert war. Hatte er zu dem Zeitpunkt die Videokamera installiert und auf die Rückseite ihres Hauses ausgerichtet?

»Lauren.«

Sie fuhr herum. Richard stand in der Küchentür und hatte den Revolver in der Hand. »Entschuldige, den habe ich in der Garage gefunden«, sagte er, als er ihre entsetzte Miene sah. Dann legte er die Waffe auf den Küchentisch und ging zögernd auf Lauren zu. »Lauren, ich –« begann er und streckte die Hand nach ihr aus. Als sie zurückwich, ließ er sie wieder sinken. »Ich weiß, wie schwer das für dich ist.«

»Wirklich?«

Er sah ihr kurz in die Augen und wandte dann den Blick ab. »Nein, vermutlich nicht.« Er setzte sich auf die Couch und senkte den Kopf. »Ich kann alles erklären.«

»Richard, du hast mich von Anfang an belogen.«

Richard schüttelte langsam den Kopf. »Vielleicht über meine Vergangenheit, Lauren, aber was ich für dich und Emily empfinde, war und ist echt.«

Sie starrte ihn schweigend an.

»Ich weiß, daß ich dich hinters Licht geführt habe, und kann es dir nicht verdenken, wenn du mir nie verzeihst. Aber du mußt verstehen, daß ich seit Chicago nicht nur dich, sondern alle Welt belügen mußte. Ich mußte meine Vergangenheit verbergen, um am Leben zu bleiben.«

Lauren verschränkte die Arme. Sie hatte sich nicht von der Stelle gerührt, seit er hereingekommen war.

»An meiner Vergangenheit kann ich nichts ändern, Lauren. Ich habe Unrecht getan und dafür gebüßt.«

»Warst du im Gefängnis?«

»Nun, hinter Gittern nicht, aber ich mußte trotzdem bitter bezahlen. Sie haben mir alles abgenommen, Lauren, mein ganzes Leben.« Richard schaute zu Boden und schüttelte den

Kopf. »Alles, was mit Donald Rassitter zu tun hatte, was mich identifizieren konnte, mußte ich abgeben. Papiere, Policen, sogar Manschettenknöpfe mit Monogramm.«
»Und das gerahmte Bild, das ich fand?«
»Auch das hätte ich zurücklassen sollen. Aber ich versteckte es und nahm es mit, weil ich ein Bindeglied zu meiner Vergangenheit haben wollte, etwas, an dem ich mich festhalten konnte.«
Lauren nickte.
»Man nahm mir nicht nur Gegenstände weg, sondern meinen ganzen Lebenslauf. Auf einmal hatte ich keine Freunde mehr, keine Referenzen, noch nicht einmal einen Oberschulabschluß. Ich war ein unbeschriebenes Blatt und mußte ganz von vorne anfangen – in San Miguel, als Fremder. Jameson brachte mich hierher, besorgte mir eine kleine Wohnung, gab mir ein bißchen Geld. Und dann mußte ich zusehen, wie ich zurechtkam.
Lauren versuchte, sich mit seinem Dilemma zu identifizieren, es gelang ihr nicht.
»In Chicago war ich eine real existierende Person, kreditwürdig, Akademiker, Hausbesitzer. Hier war ich eine Unperson, die nie auf die High-School gegangen war, nie gearbeitet hatte und auch keine frühere Adresse oder Telefonnummer angeben konnte. In Gegenwart anderer mußte ich immer auf der Hut sein, durfte mich nie entspannen. Ich wurde zum Einsiedler und verließ das Haus nur, um einkaufen oder arbeiten zu gehen.«
»Bei McFadden?«
»Nein, erst fand ich eine Stelle in der Buchhaltung eines großen Betriebes in Los Angeles. Nach zwei Wochen aber hatte man die Angaben in meiner Bewerbung überprüft und warf mich wieder hinaus. So ging es mir noch zweimal, und am Ende fuhr ich Taxi, bis ich Arthurs Inserat sah. Und der nahm mich zum Glück, ohne meinen Lebenslauf nachzuprüfen. Wie auch immer, im Lauf der Monate und Jahre wurde ›Richard Caylor‹ zu mehr als einer Rolle. Die Legende wurde Realität. Und als ich dich kennenlernte, war

ich wirklich Richard Caylor. Donald Rassitter ist tot, Lauren.«
Nach langem Schweigen fragte Lauren: »Warum hast du mir das nicht früher gesagt?«
»Das durfte ich nicht. Als ich meine neue Identität erhielt, kannte ich dich noch nicht. Ehefrauen dürfen nur eingeweiht werden, wenn sie schon vor dem Identitätswechsel mit dem Kronzeugen verheiratet waren.«
Lauren schüttelte langsam den Kopf. »Du hättest es mir trotzdem sagen sollen.«
»Ich hatte Angst, du könntest mich verlassen. Als wir heirateten, wäre ich beinahe damit herausgeplatzt. Weißt du noch, daß ich nicht nach Las Vegas wollte? Dort war ich früher öfter mit Grummund und Konsorten und befürchtete, jemand könnte mich erkennen.«
»Richard, du hättest mir trotzdem die Wahrheit sagen sollen. Du hattest kein Recht, mich in diese Geschichte –, mich dieser Gefahr auszusetzen.« Sie sah ihn scharf an. »Und wir sind in Gefahr, nicht wahr? Wir alle.«
»Nun, so schlimm ist es nicht –«
»Moment, hast du diesen Mann nicht ins Gefängnis gebracht?«
Richard hob hilflos die Schultern. »Als ich dich kennenlernte, saß Grummund schon seit Jahren. Seine Organisation war zerschlagen, seine Komplizen entweder auf der Flucht oder in Haft. Selbst seine legalen Unternehmen waren vom Fiskus versteigert worden. Er hatte alles verloren, seine Macht, seine Leute. Nach einiger Zeit wurde mir klar, daß keine Gefahr mehr drohte. Inzwischen war ich natürlich Richard Caylor.«
Sie setzte zu einer Entgegnung an, schürzte aber die Lippen und schüttelte den Kopf. »Ach, ich weiß nicht . . .«
»Lauren, ich wollte nur mit dir zusammenbleiben.«
»Tut mir leid«, versetzte sie bitter. »Du hättest mich wenigstens einweihen können, als überall FBI-Agenten auftauchten, uns in Lokalen beobachteten, uns hinterherfuhren, sogar gegenüber einzogen.«

»Anfangs wußte ich nicht, wer diese Leute waren. Erst, als ich mich am letzten Mittwoch mit Jameson traf, erfuhr ich, was tatsächlich vor sich geht. Und Zale befahl mir, dir nichts zu verraten.«
»Was?«
Er seufzte schwer. »Nur deiner Sicherheit zuliebe. Du solltest nicht in Panik geraten und fliehen. Hier bist du viel einfacher zu beschützen. Zale meinte –«
»Moment, Emily ist nicht hier!«
»Emily ist bei Paul in Los Angeles und wird von einem Agenten auf Schritt und Tritt bewacht.«
Lauren schüttelte verzweifelt den Kopf. »Mein Gott, Richard.«
»Wenn diese Sache ausgestanden ist, ziehe ich aus, wenn du es willst. Auch gegen eine Scheidung erhebe ich keine Einwände.« Er stand langsam auf. »Und ich schlafe ab jetzt im Gästezimmer. Vergiß aber eines nicht: Ich liebe dich, und das wird sich nicht ändern.« Er legte seine Hand auf ihre Brust. »Schau mich an. Du hast dich nicht in einen Namen verliebt, nicht in Richard Caylor oder Donald Rassitter, sondern in mich.«
Dann ging er aus dem Zimmer.

29

Am späten Samstagabend landete Peter Grummunds Maschine in Los Angeles. Er fuhr mit dem Taxi zu dem heruntergekommenen Motel, in dem Novek abgestiegen war. Als die Zimmertür geöffnet wurde, glaubte er erst, sich in der Nummer geirrt zu haben. Vor ihm stand ein Mann, der zu gebräunt und zu athletisch für Novek war. Auch seine Stirn sah zu hoch aus.
»Komm rein, Peter.«
Die Stimme war, wie Grummund fand, unverwechselbar: Basso profundo mit Halsentzündung.

Grummund trat ein, Novek schloß die Tür ab. Sie gaben sich kurz die Hand. Grummund nickte. Novek grinste schief.
»Ehrlich, Novek, ich hätte dich beinahe nicht erkannt.«
»Hab ich's nicht gesagt?«
Grummund warf Mantel und Reisetasche auf einen Sessel und setzte sich auf das zweite Bett. »Ich bin total fertig. Hast du was zu trinken?«
Novek ging an die Kommode und schenkte ihm aus einer offenen Flasche Whisky ein.
»Hast du die Knarren?« fragte Grummund, nachdem er einen Schluck getrunken hatte.
»Da drin.« Novek nickte zum Nachttisch.
Grummund zog die Schublade auf und holte den Revolver und die Automatic heraus. Nachdem er sich davon überzeugt hatte, daß sie sauber, geölt und geladen waren, legte er sie wieder zurück. »Probleme bei der Beschaffung?«
»So gut wie keine«, erwiderte Novek. »So, und wann stoßen wir zu?«
»Morgen oder übermorgen. Ich bin seit sechs Uhr früh unterwegs und schlafe mich jetzt erst mal aus.«
»Wurdest du beschattet?«
»Nein, aber ich hielt trotzdem die Augen offen.« Grummund hatte am Vortag seinen wöchentlichen Besuch beim Bewährungshelfer absolviert und wußte, daß dieser Mann viel zu sehr mit dem Papierkrieg beschäftigt war, um ihm hinterherzulaufen. Die Tatsache, daß Rassitter so rasch ausfindig gemacht worden war, bereitete ihm Unbehagen, doch er sagte nichts.
Novek saß seinem alten Chef auf dem ungemachten Bett gegenüber. »Ich habe mir Gedanken über die Aktion gemacht«, meinte er.
»Aha.« Grummund trank seinen Scotch. Er wußte schon, wie die Sache zu laufen hatte, ließ Novek aber weiterreden.
»Wir fangen ihn am Montag auf seinem Weg zur Arbeit ab, stopfen ihn in meinen Kofferraum, schaffen ihn hierher und bringen ihn dann in Ruhe zum Reden. Was meinst du dazu?«
»Du hast zu lange in der Sonne gesessen.«

Novek zog eine finstere Miene, die Grummund ignorierte.
»Wenn seine Frau erfährt, daß er vermißt wird, wimmelt es binnen zwanzig Minuten vor Bullen«, sagte Grummund.
»Na und? Bis dahin sind wir hier und sicher.«
»Und was, wenn Rassitter uns sagt, das Geld läge in seinem Haus oder irgendwo in einem Bankfach? Wie kommen wir dann ran, wenn die Bullen alarmiert sind?« Grummund schnaubte und leerte sein Glas. Dann zog er sich die Schuhe aus.
»Na schön«, meinte Novek, »dann schnappen wir uns eben die Kleine, rufen Rassitter an und sagen ihm: Rück die Kohle raus, wenn du das Kind wiedersehen willst.«
Grummund schüttelte den Kopf. »Und wenn er das FBI verständigt? Dann wird unser Telefon angezapft, dann gibt es an der Übergabestelle einen Hinterhalt, von Hubschraubern, Nachtsichtgeräten und versteckten Sendern ganz zu schweigen. Nein, das muß eleganter geregelt werden.«
»Und wie, wenn ich fragen darf?« versetzte Novek gereizt und stand auf.
»Ganz einfach«, meinte Grummund und hob sein leeres Glas. Novek schenkte nach. »Wir schnappen uns die ganze Familie.«

30

Als Lauren am Sonntag erwachte, war sie vorübergehend desorientiert und hatte das Gefühl, allein in einem fremden Bett zu liegen. Sie drehte sich zu Richards Seite um und erkannte, daß sie in der Tat allein war. Dann kehrte mit einem Schlag die Erinnerung an den Vortag zurück. Sie setzte sich auf. Ihr Magen krampfte sich zusammen.
Gestern hatte sie sich vor dem Einschlafen einen Plan zurechtgelegt. Sie wollte auf der Stelle ihre und Emilys Sachen packen, Emily bei Paul abholen und dann sofort zum Flughafen fahren, eine Maschine nach Lincoln nehmen. In Ne-

braska kam Emily dann in eine neue Schule, und Lauren selbst konnte sich eine Stelle suchen, vielleicht sogar bei der Stadtverwaltung.

Lauren verdrängte diese Gedanken. Das war kein Plan, sondern eine Verzweiflungsmaßnahme. Warum ihr Leben in San Miguel aufgeben? Und ihr eigenes Haus? Wenn es Probleme gab, mußten sie gelöst werden – irgendwie.

Und Richard? War sie bereit, ihre Ehe zu beenden?

An diesem Punkt wußte Lauren wirklich nicht, ob sie mit Richard zusammenbleiben konnte. Andererseits sagte ihr Herz, daß sie ihn nach wie vor liebte. Mehr noch, gestern hatte sie gemerkt, daß sie Mitgefühl empfand. Sie verstand nun, warum er gelogen hatte. Und sie konnte ihm das fast verzeihen.

Aber nur fast.

Eine entscheidende Frage hatte sie noch zu stellen, und von der hing ihre gemeinsame Zukunft ab.

Lauren traf Richard in der Küche beim Kaffeekochen an. Die Sonntagszeitung lag unberührt auf der Arbeitsplatte.

»Morgen«, sagte er unsicher.

»Guten Morgen.« Sie zog einen Stuhl heran.

»Soll ich dir etwas zum Frühstück machen?«

»Ich habe keinen Hunger.«

»Eine Scheibe Toast vielleicht?«

Sie nickte. »Gut.« Dann drehte sie sich nach dem Unterschrank um, auf dem gestern der Revolver gelegen hatte. Aber die Waffe war verschwunden.

»Ich habe ihn wieder unter dem Haus versteckt.« Richard hatte ihre jähe Bewegung wahrgenommen. »Du hast recht«, fuhr er mit Überzeugung fort, »in diesem Haus hat eine geladene Waffe nichts zu suchen.«

»Sag mal, Richard, wie ernst ist eigentlich die Gefahr, die uns droht?«

Er sah ihr fest in die Augen und antwortete langsam: »Es besteht so gut wie keine Gefahr.«

»Warum werden wir dann vom FBI auf Schritt und Tritt überwacht?«

»Nur sicherheitshalber.« Der Toaster hatte die Scheiben ausgeworfen. Richard bestrich sie mit Erdnußbutter und schenkte zwei Tassen Kaffee ein. Dann setzte er sich zu Lauren und sprach weiter. »Lauren, Peter Grummund wurde vor einem Monat auf Bewährung entlassen.«
Lauren stockte der Atem. »Mein Gott, und jetzt kommt er möglicherweise hierher?«
»Langsam«, sagte Richard und hob die Hand. »Er mag versuchen, mich ausfindig zu machen, oder auch nicht. Und selbst, wenn er es versuchen sollte, wären seine Aussichten auf Erfolg gering. Abgesehen von ein paar FBI-Agenten bist du der einzige Mensch, der meinen früheren Namen kennt.« Er zuckte die Achseln. »Übrigens wußte ich, daß mit seiner vorzeitigen Entlassung zu rechnen war.«
»Und das beunruhigte dich nicht?«
»Nein, nicht besonders. Es stand ja fest, daß er vier Jahre sitzen mußte und bei der Entlassung dreiundsechzig sein würde – nach vier Jahren hinter Gittern in schlechter körperlicher Verfassung und ohne einen Pfennig Geld; dafür hatte ich gesorgt. Ich hatte die Behörden auf seine Geheimkonten hingewiesen, die dann alle beschlagnahmt wurden. Zudem sollte es ihm schwerfallen, nach vier Jahren seine alten Kumpane wieder zusammenzutrommeln.«
»Es ist ihm doch gelungen?« fragte Lauren.
»Ganz im Gegenteil. Jameson versicherte mir, diese Leute seien entweder im Gefängnis oder auf der Flucht. Es ist also nicht anzunehmen, daß sie die Zeit haben oder die Neigung verspüren, Grummunds Befehle zu befolgen oder ihm bei der Jagd auf mich zu helfen.«
»Wozu dann der ganze Aufwand?« fragte Lauren.
Richard spielte mit seiner Tasse, drehte sie, bis der Henkel auf ihn wies. »Letzte Woche, bei *Tobey's*, sah ich einen Mann, von dem ich glaubte, er könnte zu Grummund gehören. Ich hatte sogar den Verdacht, Hal und Monica könnten etwas mit Grummund zu tun haben. Nachdem wir auf dem Heimweg von Arthurs Haus verfolgt worden waren, ging ich zu Jameson und erfuhr, daß die beiden FBI-Agenten sind. Man

mußte mich bewachen, weil man nicht wußte, wann oder wo Grummund auftauchen könnte.«

»Und *da* hättest du mich einweihen sollen«, sagte Lauren vorwurfsvoll.

»Richtig. Aber Agent Zale riet ab. Es sollte vermieden werden, daß du mit Emily die Flucht ergriffst. ›Hier, unter den Augen des FBI sind sie sicherer‹, sagte Zale. Inzwischen aber weiß ich, daß es falsch war, dir nichts zu sagen. Das tut mir jetzt leid. Außerdem hoffte ich, das Ganze könnte ein rasches Ende finden.«

»Wie denn?«

»Das wollte ich dir gerade sagen. Nach seiner Entlassung zog Grummund zu seinem Vetter nach Chicago, und das FBI zapfte sofort dessen Leitung an. Mit mir hatte das nichts zu tun, man hoffte, er würde Kontakt mit einem gewissen Albert Novek aufnehmen. Novek war Grummunds Fahrer und Leibwächter.« Richard fuhr sich über den Mund. »Ein unangenehmer Mensch, fast ein Psychopath. Als Grummund festgenommen wurde, entkam Novek und erschoß dabei zwei Agenten. Seitdem fahndet das FBI nach ihm.«

Lauren fröstelte. »Und meldete er sich bei Grummund?«

»Ja, wenn auch nur ganz kurz. Aber mein Name – Donald Rassitter – fiel. Kurz darauf tauchte Grummund unter, und das FBI glaubt, er könnte sich mit Novek zusammengetan haben.«

Laurens Mund war trocken. »Und jetzt suchen die beiden nach dir.«

»Nicht notwendigerweise, aber das FBI will kein Risiko eingehen. Aus diesem Grund überwacht es uns für den wenig wahrscheinlichen Fall, daß die beiden uns finden, ehe das FBI sie findet.«

»Für den *wenig wahrscheinlichen* Fall«, erwiderte Lauren. »Ganz ausgeschlossen ist es also nicht. Man hat deinen Namen geändert, deine Vergangenheit ausradiert. Wozu der Aufwand, wenn das Programm doch nicht perfekt ist?«

»Du hast ja recht, aber kein System ist perfekt.«

»Willst du damit sagen, es ist möglich, daß die beiden dich

finden?« Die Antwort auf diese Frage kannte sie schon; das FBI-Aufgebot sprach Bände.
Richard schüttelte den Kopf. »Nun, es ist gerade eben noch möglich, aber das FBI hat alle Vorsichtsmaßnahmen getroffen.« Er nahm ihre Hand. »Lauren, wir sind hier sicher«, sagte er mit Überzeugung. »In ein, zwei Tagen, spätestens in einer Woche wird das FBI die beiden schnappen, und dann haben wir Ruhe.«
Das Telefon ging, ehe sie antworten konnte. Connie Pickering war am Apparat und lud Lauren zu einem Schwatz ein.
»Geh ruhig rüber«, meinte Richard und griff nach der Zeitung. »Später können wir vielleicht etwas zusammen unternehmen, einen kleinen Ausflug machen.«
Lauren hörte sich eine Zeitlang Connies neuesten Klatsch an und ging dann über den Rasen wieder nach Hause. Es war ihr eine Erleichterung, die Tür hinter sich zuzumachen und zumindest vorübergehend die Welt zu vergessen.
Doch als sie ins Wohnzimmer trat, verflüchtigte sich das Gefühl der Erleichterung. Richard hatte Gesellschaft – Felix Jameson.

31

Felix Jameson erhob sich und nickte. »Guten Tag, Mrs. Caylor.«
»Tag«, erwiderte Lauren knapp. »Verzeihung, ich wollte nicht stören.« Sie machte Anstalten, das Zimmer zu verlassen.
»Moment«, sagte Richard und stand von der Couch auf. »Felix wollte mit dir reden.«
»Setzen Sie sich doch, Mrs. Caylor«, sagte Jameson so sanft wie möglich, er hatte eine volltönende Stimme, und seine Bitte klang wie ein Befehl.
Lauren setzte sich neben Richard auf die Couch, Jameson ließ sich ihnen gegenüber auf einen Polstersessel nieder. Er

lächelte und räusperte sich dann. »Ich kann mir vorstellen, wie schockiert Sie waren, als Sie gestern das Haus gegenüber betraten.«
Er legte eine Pause ein. Lauren blieb stumm.
»Und Sie müssen entsetzt gewesen sein, als Richard Sie über seine Vergangenheit aufklärte.«
»Allerdings«, erwiderte Lauren gepreßt.
»Mrs. Caylor, wenn wir jemanden unter unser Zeugenschutzprogramm stellen und diese Person verheiratet ist, informieren wir von Anfang an den Ehepartner und auch die Kinder, sollten welche vorhanden sein. Jeder muß die Risiken und notwendigen Vorsichtsmaßnahmen kennen.«
Lauren nickte. »Ich verstehe nun, weshalb mir die Sache vorenthalten wurde.«
»Dann ist Ihnen wohl auch klar, daß Sie keinem Dritten etwas darüber sagen dürfen«, sprach Jameson weiter.
»Selbstverständlich.«
Jameson schaute Lauren an und fragte: »Sie haben doch hoffentlich niemandem etwas gesagt?«
»Wie sollte ich? Ich erfuhr es ja erst gestern.«
»Eben waren Sie bei Ihrer Nachbarin, Connie Pickering –«
»Ich habe nichts verlauten lassen, klar?«
»Tut mir leid, Mrs. Caylor, ich wollte nicht unterstellen –«
»Wirklich nicht?« Lauren gab sich keine Mühe, ihren Zorn zu verheimlichen.
Richard griff nach ihrem Arm, zog seine Hand dann wieder zurück. »Schon gut, Lauren, Felix muß ganz sichergehen. Er tut nur seine Pflicht.«
Lauren wandte sich an Jameson. »Sind Sie jetzt zufrieden? Wenn ja, dann verlassen Sie bitte mein Haus, unser Haus, und gehen zurück auf Ihren Lauschposten.«
Jameson nickte und lächelte schwach. »Daß unsere Gegenwart Sie stört, kann ich Ihnen nicht verdenken. Und glauben Sie mir, wenn sich die Sache anders regeln ließe –«
»Sie hätten uns früher informieren sollen«, meinte Lauren vorwurfsvoll, »anstatt uns mit mysteriösen Verfolgern fast zum Wahnsinn zu treiben.«

»Es war nicht seine Schuld«, warf Richard sanft ein.
»Ihr Mann hat recht, Mrs. Caylor. Ich wollte Sie sofort aufklären, als wir erfuhren, daß es Probleme mit Grummund und Novek geben könnte. Die Entscheidung aber lag nicht bei mir, sondern bei Special Agent Howard Zale.«
»Zale war von Anfang an mit dem Fall Grummund befaßt«, warf Richard ein. »Er gehörte zu den Leuten, die mich damals, als ich mich gestellt hatte, verhörten.«
»Ist Zale Ihr Vorgesetzter?« fragte Lauren Jameson.
»Mehr oder weniger. Ich bin Beamter der Vollzugsbehörde, der der Zeugenschutz obliegt. Zale ist vom FBI. Beide Behörden unterstehen dem Justizministerium, aber bis Grummund und Novek gefaßt sind, führt das FBI die Ermittlungen. Außerdem hat Zale ein spezielles Interesse an diesem Fall.«
»Wieso?« fragte Lauren.
»Novek entzog sich der Festnahme, indem er zwei FBI-Agenten erschoß. Einer von ihnen war Zales bester Freund.«
Lauren nickte grimmig. »Und nun ist der Mörder zu uns unterwegs.«
»Mit Sicherheit können wir das nicht sagen.«
»Die Möglichkeit besteht aber, nicht wahr? Was bedeutet, daß Richard, Emily und ich in Gefahr sind.«
»Von dem Befehlsposten gegenüber wird jeder von Ihnen von einem FBI-Agenten bewacht.«
Lauren stand auf. »Das reicht mir nicht. Ich nehme meine Tochter und gehe weg.«
»Lauren –«
»Mrs. Caylor, falls Sie vorhaben, die Stadt zu verlassen –«
»Genau das habe ich vor.«
»Davon würde ich abraten.«
»Ihr Rat ist mir egal.« Sie wandte sich an Richard. »*Du* verstehst doch, daß Emilys Sicherheit Vorrang hat. Wir zwei fliegen nach Lincoln, morgen früh oder heute abend noch, und bleiben bei meinen Eltern, bis –«
»Das wäre unklug«, warf Jameson ein.
»Halten Sie sich da raus!« schrie Lauren ihn an.

Er schaute leidenschaftslos zurück. Richard stand auf und legte die Hände auf Laurens Schultern. »Lauren, die Entscheidung liegt bei dir, und ich unterstütze dich hundertprozentig.«
»Moment mal«, sagte Jameson und begann sich zu erheben. Doch als Richard ihn scharf ansah, seufzte er und ließ sich wieder nieder.
»Doch es erhebt sich die Frage der Sicherheit«, sprach Richard weiter. »Und am sichersten sind wir drei eben hier.«
»Aber –«
»Bitte höre mir einen Augenblick lang zu. Wenn du mit Emily nach Lincoln fliegst, müssen FBI-Agenten mitkommen.«
»Warum?«
»Zale meint, Grummund könnte dich dort ausfindig machen«, erklärte Richard. »Und dort wärst du nicht so leicht zu beschützen wie hier. Mehr noch, auch deine Eltern müßten bewacht werden, denn schon deine Anwesenheit brächte sie mit in Gefahr.«
Lauren spürte, daß er recht hatte, das brachte sie nur noch mehr in Rage. »Und was sollen wir dann tun?« fragte sie leise und gepreßt.
»Ganz normal weiterleben«, meinte Jameson und stand auf. »Den Rest erledigen wir. Sie werden vom FBI rund um die Uhr bewacht, und überall im Land wird nach Grummund und Novek gefahndet. Früher oder später müssen die beiden irgendwo auftauchen, und dann gehen sie dem FBI ins Netz. So, und falls Sie uns brauchen«, ergänzte Jameson, »nehmen Sie einfach den Hörer ab. Wählen ist überflüssig.« Dann ging er hinaus und schloß vernehmlich die Tür hinter sich.
»Phantastisch«, meinte Lauren sarkastisch. »Wir werden abgehört und brauchen noch nicht mal zu wählen.«
Richard schwieg.
Lauren seufzte. »Verzeih mir. Ich weiß, daß du nichts dafür kannst.«
»Falsch. Ich habe mir das selbst zuzuschreiben, und wenn ich meine Vergangenheit ändern könnte, würde ich es liebend gern tun. Aber geschehen ist geschehen.«

Lauren streckte die Hand aus, und dann lagen sie sich in den Armen.
»Wir stehen das durch«, sagte Richard leise.
Lauren schwieg kurz und fragte dann: »Hast du Vertrauen zu diesen Leuten?«
»Zu Jameson bestimmt. Mit ihm bin ich seit vier Jahren befreundet.«
»Und Zale und die anderen? Traust du ihnen?«
Richard antwortete nicht sofort. Er strich mit den Lippen über ihr Haar und sagte dann: »Was bleibt uns anderes übrig?«

Später am Abend, nachdem sie Emily, die von ihrem Vater zurückgebracht worden war, ins Bett gesteckt hatte, setzte Lauren sich zu Richard auf die Couch. Er hatte bereits ein Band mit leiser Musik aufgelegt. Sie ließ sich in seine Arme sinken und erkannte, daß sie ihm völlig verziehen hatte, ohne eine besondere Anstrengung gemacht zu haben. Sollte sie ihn denn wegen seiner Vergangenheit hassen? Oder lieber dankbar sein, weil es mit den Lügen und Geheimnissen nun vorbei war? Die Antwort kannte sie. Aber sie hatte noch weitere Fragen. »Wie wahrscheinlich ist es denn, daß dieser Peter Grummund uns findet?«
Richard zog sie fester an sich. »Die Chance ist sehr gering.«
»Warum hat das FBI dann so – umfassende Vorkehrungen getroffen?«
»Weil Grummund mich umbringen würde, wenn er mich fände. Oder das von Novek erledigen lassen würde, der ihm treu ergeben und rücksichtslos ist.«
»Gut, das verstehe ich. Aber wozu die ganzen Täuschungsmanöver? Und war das Haus gegenüber nur aus Zufall verfügbar?«
»Ja. Ein Glücksfall, sagte Zale, daß es zu vermieten war; andernfalls hätte man eine mobile Befehlszentrale auf die Straße stellen müssen, und die wäre auffälliger gewesen.«
»Du meinst, Grummund oder Novek hätten sie leichter entdeckt? Na und? Beim Anblick von FBI-Agenten hätten sie sich doch sofort verzogen und uns in Ruhe gelassen.«

»Aber nur vorübergehend, um irgendwann zurückzukommen, und wer weiß wann? Nächste Woche? Nächstes Jahr?«
Lauren war zwar mit der Logik des FBI nicht einverstanden, fand sie aber überzeugend. Grummund und Novek waren am einfachsten zu schnappen, wenn man ihnen auflauerte – vorausgesetzt natürlich, sie tauchten überhaupt auf. Etwas an dieser Strategie beunruhigte sie tief. »Zale leitet die Aktion, nicht wahr?«
»Ja, leider.«
Lauren drehte sich zu ihm um. »Du magst ihn auch nicht, stimmt's?«
»Zale ist ein ausgemachtes Arschloch. Aber er ist der Chef, und daran können wir nichts ändern.«
»Leitete er den Einsatz damals in Chicago?«
»Ja. Später wurde er befördert und hat nun so viel Einfluß, daß er diesen Fall an sich ziehen konnte.«
»Soll das heißen, daß er nicht auf eine Anweisung hin, sondern auf eigenen Wunsch hier ist?«
»Richtig. Jameson sagt, er hätte Druck gemacht.«
»Das gefällt mir überhaupt nicht«, sagte Lauren.
Richard schaute sie fragend an. »Wieso nicht? Kommt es denn darauf an, wer den Einsatz leitet?«
»Novek erschoß vor vier Jahren bei der Flucht zwei FBI-Agenten. Einer davon war Zales bester Freund. Ist es nicht möglich, daß Zales Motive nicht rein beruflicher Natur sind?«
»Da könntest du recht haben.«
»Zale will Novek unbedingt erwischen, nicht wahr?«
»Richtig.«
Lauren nickte. »Nun stellt sich die Frage, was Zale wichtiger ist, unsere Sicherheit oder Noveks Festnahme?«
Richard runzelte die Stirn. »Worauf willst du hinaus?«
»Vielleicht will Zale seinen Freund rächen. Er ergreift zwar Maßnahmen zu unserem Schutz, ist aber vorwiegend daran interessiert, daß Novek hier auftaucht.«
Richard starrte sie an.
»Richard, kann es sein, daß Zale uns als – Köder benutzt?«

32

»Vielleicht sollten wir unsere Sachen packen und verschwinden«, meinte Lauren.
Nach einer Pause antwortete Richard: »Ja, das wäre vielleicht am besten.«
»Ist das dein Ernst?« Laurens Herz schlug schneller. Jameson hatte gesagt, zu fliehen sei gefährlicher als hierzubleiben. Das glaubte sie inzwischen nicht mehr. Die Frage war nur: Wohin? Und für wie lange? Und vor allem: Sollten sie jemandem Bescheid sagen? Sie besprach diese Erwägungen mit Richard.
»Ehe wir etwas unternehmen«, meinte er, »möchte ich mit Jameson sprechen.«
»Können wir ihm trauen?«
»Ja, ich glaube schon. Er ist Zale nicht direkt unterstellt, und unsere Interessen liegen ihm am Herzen.«
»Und wenn er sagt, wir müßten hierbleiben?«
Richard wandte sich ab und schaute ihr dann in die Augen. »Wenn wir beide uns für die Flucht entscheiden, gehen wir auch. Aber laß mich erst mit ihm reden. Vielleicht ist er noch im Haus gegenüber. Ich gehe mal rasch –«
»Holen wir ihn lieber hierher«, riet Lauren. Richard folgte ihr in die Küche, wo sie das Telefon abnahm. »Wir brauchen ja noch nicht einmal zu wählen«, erinnerte sie und sprach dann in die Muschel: »Hallo, hier Lauren Caylor. Ich möchte Felix Jameson sprechen.« Sie hielt inne, lauschte dem Wählton. »Hallo! Ich weiß, daß jemand abhört. Bitte geben Sie mir Jameson.«
Der Wählton wurde unterbrochen. »Was kann ich für Sie tun, Mrs. Caylor?« sagte eine Männerstimme.
»Sind Sie Jameson?« fragte Lauren.
»Nein, ich bin Special Agent Zale. Was gibt's?«
Lauren schaute Richard an und formte Zales Namen stumm mit den Lippen. Dann sagte sie: »Ich möchte Felix Jameson sprechen.«
»Der ist schon nach Hause gegangen«, erwiderte Zale. »Was wollen Sie von ihm?«

»Nichts«, gab Lauren zurück und legte auf. »Er sagt, Jameson habe schon Feierabend gemacht.«
Richard nahm ihr den Hörer ab und wählte Jamesons Privatnummer. »Ich bitte ihn, hier vorbeizukommen.« Dann schüttelte er den Kopf. »Er meldet sich nicht. Ich rufe ihn morgen früh an.«
In dieser Nacht schliefen sie wieder zusammen. Lauren fühlte sich ihm nun näher, näher vielleicht als je zuvor.
Am frühen Montag morgen, es wurde der Heldengedenktag begangen, rief Richard erneut bei Jameson an. Es meldete sich wieder niemand. »Ich nehme später Kontakt mit ihm auf«, meinte er. »In der Zwischenzeit sollten wir uns verhalten, als sei nichts geschehen. Zale und die anderen dürfen nicht merken, daß wir etwas vorhaben.«
»Könnten sie denn versuchen, uns aufzuhalten?«
»Ausgeschlossen ist das nicht.«
»Mein Gott, Richard, sind denn alle gegen uns?«
Er zog sie an sich. »Wir sind zusammen, nur darauf kommt es an. Keine Angst, wir stehen das schon durch.«
Nach dem Frühstück ging Richard zum Dienst. Da an diesem Feiertag die Schulen und die Stadtverwaltung geschlossen waren, hatten sie und Emily den Tag für sich. Normalerweise hätte Lauren einen Ausflug geplant, war aber mit anderen Dingen beschäftigt gewesen. Nun erwog sie, mit ihrer Tochter in den Zoo oder ins Disneyland zu gehen, doch die Vorstellung, auf Schritt und Tritt von FBI-Agenten begleitet zu werden, mißfiel ihr. Andererseits hatte sie keine Lust, den ganzen Tag im Haus zu verbringen.
Ein Anruf rettete sie aus dem Dilemma. Connie Pickering lud sie zur nächsten Grillparty ein. Lauren nahm dankbar an und versprach, am Nachmittag vorbeizukommen.
Anschließend erledigte sie die unvermeidbare Hausarbeit, immer wieder geplagt von der Vorstellung, zwei Männer könnten über den Zaun springen und Emily aus dem Garten entführen. War das FBI denn überhaupt in der Lage, rasch genug zu reagieren?
Lauren trat ans Wohnzimmerfenster. Gegenüber sprengte

Hal Ipswich mit dem Schlauch den toten Rasen. Sein Blick war nicht auf den Wasserstrahl, sondern auf die Straße gerichtet. Lauren lächelte grimmig und fragte sich, ob er wohl in einer großen Pfütze stand.

Er tut so, als sei er ein Nachbar, dachte sie, und wir geben vor, als sei alles in Ordnung. *Nichts ist in Ordnung!*

Sie ging in die Küche und rief Richard im Geschäft an. »Hast du mit Jameson gesprochen?« fragte sie.

»Ja.« Er hielt inne. »Von wo aus rufst du an?«

»Ich bin daheim. Warum, ach.« Nun verschlug es ihr die Sprache. »Ich rufe später noch mal an.«

Sie legte auf. Lauren hatte vergessen, daß ihre Gespräche abgehört wurden. Wenn sie ohne Zales Wissen San Miguel verlassen wollten, mußten sie vorsichtig sein.

Lauren versuchte, die Zeit totzuschlagen, indem sie gründlich das Bad reinigte, als sie fertig war, stellte sie fest, daß es erst kurz nach elf war. Nun hielt sie es nicht mehr aus. Sie spülte das Geschirr, zog sich um, nahm Emily an der Hand und ging zu ihrer Nachbarin. Benjamin Pickering, der Jeans und ein schmutziges T-Shirt trug und einen Schraubenzieher in der Hand hielt, kam an die Tür.

»Wir sind bestimmt viel zu früh«, meinte Lauren.

»Kein Problem«, erwiderte Benjamin. »Connie ist im Bad und stellt etwas mit ihrem Haar an.«

»Hoffentlich störe ich nicht. Ich bin gekommen, weil unser Telefon nicht funktioniert und ich einen wichtigen Anruf erledigen muß. Hast du etwas dagegen, wenn ich von euch aus telefoniere?«

»Natürlich nicht. Die Kinder sind am Schwimmbecken, und wenn Emily mit mir gehen will –«

»Ich danke dir, Benjamin.«

Lauren setzte sich in Benjamins Arbeitszimmer an den Schreibtisch und rief Richard an. »Ich bin bei Connie«, sagte sie.

»Gut«, erwiderte Richard. »Als du vorhin anriefst, glaubte ich schon, du hättest vergessen, daß unsere Leitung abgehört wird. So, paß auf, ich habe mit Jameson gesprochen. Er

glaubt nicht, daß Zale Hintergedanken hat oder seine Kompetenzen überschreitet. Etwas aber überraschte ihn. Zale sagte ihm offenbar, er habe uns alles erklärt, und wir seien beide bereit, hierzubleiben, und fühlten uns dabei wohl.«
»Dieser unverschämte –«
»Genau, so ähnlich habe ich mich auch ausgedrückt. Jameson war aufgebracht, weil Zale ihn angelogen hatte, meinte aber, Grummund und Novek hätten so gut wie keine Chance, uns ausfindig zu machen, und darauf käme es schließlich an. Er versprach mir, sich an Zales Vorgesetzten zu wenden. Außerdem versicherte er mir, er könne uns helfen, falls wir uns nicht mehr sicher fühlten.«
»Gott sei Dank.«
»Die Kehrseite ist, daß es wahrscheinlich ein Ermittlungsverfahren gibt, nachdem Jameson mit Zales Vorgesetzten gesprochen hat. Und dann muß man natürlich einen neuen Unterschlupf für uns finden.« Richard machte eine Pause. »Und das wird eine Weile dauern.«
»Wie lange?«
»Ein paar Tage, vielleicht sogar eine Woche.«
»Nein«, sagte sie. »Ich will mit Emily sofort hier raus, noch heute, wenn es geht. Ich habe das unangenehme Gefühl, daß jeden Augenblick etwas passieren kann.«
»Keine Panik, Lauren, ich bespreche das mit Jameson –«
»Zum Teufel mit Jameson!« schrie sie und fuhr leiser fort: »Mich interessiert nur eines: Emily in Sicherheit zu bringen.«
»Wo willst du hin?«
»Zu meinen Eltern.«
»Findest du es klug, sie da mit hineinzuziehen?«
Lauren hielt sich die Augen zu. »Ich kann nicht einfach dasitzen und abwarten, bis etwas passiert. Ausgeschlossen.«
»Moment mal.« Lauren hörte undeutliche Stimmen im Hintergrund. Dann kam Richard wieder an den Apparat. »Hier gibt es Probleme, um die ich mich kümmern muß. Ich rede noch einmal mit Jameson und rufe dann zurück. Bist du später noch bei Connie?«

»Ja«, sagte sie dumpf.
»Gut, bis später dann.« Er legte auf.
Lauren starrte einen Moment lang das Telefon an. Dann biß sie die Zähne zusammen, griff nach dem Telefonbuch und suchte sich die Nummer von United Airlines heraus. Nachdem sie die Fluggesellschaft erreicht hatte, mußte sie erst einmal warten; dabei fiel ihr ein, daß sie sich noch nicht bei ihren Eltern angemeldet hatte. Sie legte also auf und rief in Nebraska an. Ihre Mutter schien zu spüren, daß etwas nicht stimmte, und erkundigte sich besorgt nach ihrem Befinden, versicherte ihr dann, sie könnten bleiben, solange sie wollten.
Lauren versprach, zurückzurufen und ihr mitzuteilen, wann die Maschine landete. Dann wählte sie noch einmal die Nummer von United, kam durch und buchte drei Plätze.
Nachdem sie ihrer Mutter die Ankunftszeit genannt hatte, rief sie Richard an. »Wir fliegen morgen früh um zwanzig vor neun. Meinen Eltern habe ich schon Bescheid gesagt.«
Als Richard erst einmal schwieg, befürchtete sie schon, er könnte nicht einverstanden sein. Sie konnte natürlich auch allein fliegen, wußte jedoch, daß sie gemeinsam stärker waren.
»Na gut«, meinte er schließlich. »Unentdeckt kommen wir hier allerdings nicht weg. Zale und seine Leute werden uns zum Flughafen folgen und unser Ziel bald feststellen.«
»Stimmt, aber aufhalten können sie uns auch nicht. Und zumindest Zale kann uns nicht nach Nebraska folgen; der muß in San Miguel bleiben und nach Grummund und Novek Ausschau halten, wenn er sie erwischen will. Dort werden sie nämlich zuerst auftauchen.«
»Da hast du absolut recht. Paß auf, Lauren, hier ist heute so viel los, daß ich wahrscheinlich erst nach acht heimkomme. Dann wird gleich gepackt, und morgen fliegen wir. So, ich muß jetzt aufhören. Bis heute abend. Und ich hab dich lieb.«
»Ich dich auch.«
Zum ersten Mal seit Beginn der Krise hatte Lauren das Gefühl, zusammen mit Richard die Situation unter Kontrolle zu

haben. Ausweichen nach Nebraska war zwar keine Lösung, aber ein Ansatzpunkt. Dort waren sie alle sicherer.
Lauren verbrachte den Rest des Nachmittags mit Connies Freunden im Garten und ging mit Emily um sieben nach Hause. Die Kleine hatte mit Connies Jungs im Wasser getobt, war müde und erhob keine Einwände, als sie früher als sonst ins Bett gebracht wurde. Von der bevorstehenden Reise zu den Großeltern war sie begeistert und hatte nur ein Problem: Welche Puppe durfte mit?
Lauren löschte das Licht im Kinderzimmer, goß sich in der Küche ein Glas Wein ein und ging ins Wohnzimmer. Gerade als sie sich setzen wollte, hörte sie eine Stimme vor dem Haus, einen unterdrückten Schrei.
Sie runzelte die Stirn und trat zur Tür.
Wieder ein Schrei, deutlicher diesmal, und dann knallte es mehrmals.
Im nächsten Augenblick flog die Haustür mit einem gewaltigen Krach auf, und zwei Männer kamen hereingestolpert. Lauren war vor Schreck erstarrt, hielt die Hand vor den Mund, konnte sich nicht rühren, noch nicht einmal schreien. Ein Mann ging am Türpfosten in die Hocke, zielte mit einer großen automatischen Pistole nach draußen und drückte mehrmals ab. Die Schüsse hallten in der Diele wider und taten Lauren in den Ohren weh. Der andere Mann ging ebenfalls in die Hocke, aber dem Raum zugewandt. Er starrte Lauren finster an.
Sie hatte diese Männer noch nie gesehen, wußte aber genau, wer sie waren. Nun erkannte sie entsetzt, daß sie zu spät gehandelt hatte, daß aus dem Flug morgen früh nun nichts wurde. Lauren machte kehrt und rannte zu Emilys Zimmer.

33

Lauren stürzte ins Zimmer ihrer Tochter.
Das Licht aus dem Gang fiel aufs Bett und beleuchtete Emily, die hellwach war und sich aufgesetzt hatte.
Lauren kämpfte gegen lähmende Panik und konnte nur an Flucht oder Verstecken denken. Wenn sie fliehen wollte, mußte sie das Fliegengitter vom Fenster nehmen, Emily hochheben und in den Garten hinuntersetzen und ihr dann hinterherklettern. Doch war es draußen sicher? Oder schossen dort andere Männer aufeinander? Kam sie dann mit Emily in die Feuerlinie? Verstecken war auch nicht viel sicherer, denn es gab keinen Platz, an dem sie sich lange verborgen halten konnten.
Wir beide vielleicht nicht, dachte Lauren, aber Emily allein –.
Sie holte Emily aus dem Bett und hielt ihr den Mund zu. »Sei leise wie ein Mäuschen«, flüsterte sie. »Du mußt dich verstecken.« Dann trug sie die Kleine durch das dunkle Zimmer zum Wandschrank. »Du mußt ganz still bleiben«, flüsterte sie und setzte sie in eine Ecke. »Und komm nur raus, wenn ich dich rufe, klar?«
Das Mädchen zitterte so sehr, daß es kaum nicken konnte.
Lauren versuchte, das Versteck ihrer Tochter mit einer Decke und Kleidern zu tarnen. Sie wußte nicht, wie lange Emily es in dem Schrank aushalten konnte, aber für den Augenblick war sie sicher.
Lauren richtete sich auf und drehte sich um. In der Tür zeichnete sich der Umriß eines Mannes ab.
»Kommen Sie raus«, sagte er barsch.
Lauren zitterte vor Angst, zwang sich aber, nicht zurückzuweichen und damit auf den Schrank aufmerksam zu machen. Langsam ging sie auf den Fremden zu.
»Und bringen Sie das kleine Mädchen mit«, befahl der Mann.
Lauren schüttelte den Kopf. »Es ist sonst niemand –«
»Soll ich die Kleine selbst aus dem Schrank holen?« Er drehte sich zur Seite, und Lauren konnte ihn nun deutlicher sehen.

Er war über die Sechzig, korpulent und hatte einen dicken, runden Kopf und schütteres Haar. In der Linken hielt er einen Revolver.

»Novek«, rief er. »Sag ihnen, daß wir zwei Geiseln haben, eine Frau und ein Kind. Wenn sie noch mal schießen oder irgendwelche Tricks versuchen, schmeißen wir eine Leiche raus.«

»NEIN!«

Peter Grummund drehte sich zu ihr um und bellte: »Klappe!« Dann knipste er das Licht an. Sein Haar war so licht, daß Lauren den Schweiß auf seiner Kopfhaut perlen sehen konnte.

»Holen Sie Ihre Tochter aus dem Schrank«, befahl er scharf, aber nicht ganz so drohend wie zuvor. »Wenn Sie mitspielen, braucht keinem was zu passieren.«

Lauren hörte Gebrüll. Vermutlich gab Novek an der Haustür das Ultimatum bekannt. »Bitte tun Sie uns nichts«, flehte sie. »Wir haben nichts zu –«

Plötzlich hob Grummund die Waffe und zielte aufs Bett. Amos war aufgestanden und streckte sich. Der große Hund drehte sich mit gespitzten Ohren und glänzenden Augen zu Grummund um.

»*Nicht schießen!*« schrie Lauren. »Er ist harmlos und tut nichts.« Sie ging zu Amos, hob die Hand und versuchte, ihn zu beruhigen. »Platz, Amos.«

Amos winselte, streckte die Vorderpfoten aus und setzte sich dann. »Braver Hund«, lobte Lauren.

»Los, holen Sie das Kind raus«, fauchte Grummund. Dabei schaute er Lauren an, zielte aber weiter argwöhnisch auf Amos' Kopf. »Und zwar sofort.«

Lauren öffnete den Schrank. Die Kleine klammerte sich an das Bein ihrer Mutter und war zu verängstigt, um etwas sagen zu können. »Keine Angst, mein Herz«, sagte Lauren und versuchte, ruhig zu klingen. Sie fuhr Emily übers Haar und ließ dann ihre Hand auf ihre Schultern fallen. »Es wird alles –«

Als Novek in der Tür erschien, verstummte Lauren.

Novek war größer als Grummund, ein finster aussehender,

gebräunter Mann mit schwarzem, lockigem Haar und einer niedrigen Stirn. Sein schwarzes Sporthemd spannte sich über seiner breiten Brust. Er hatte haarige, muskulöse Arme und hielt eine große Automatic in der Hand. Lauren und Emily bedachte er mit einem flüchtigen Blick. »Die haben kapiert«, sagte er in einer tiefen, heiseren Stimme. »Scheinen ja direkt auf uns gewartet zu haben. Was läuft hier?«
»Weiß ich noch nicht.« Grummund wandte sich an Lauren. »Wo ist Donald?«
»Donald? Ich –«
»Ihr Mann, verflucht noch mal.« Dann lächelte er spöttisch. »Ach ja, der heißt ja jetzt Richard. Nun?«
»Er – arbeitet noch.« Lauren konnte sich vorstellen, daß das FBI ihn verständigt und ihm geraten hatte, sich von seinem Haus fernzuhalten.
»Was machen wir jetzt, Peter?« fragte Novek.
Grummund schaute Lauren noch einen Moment lang in die Augen und drehte sich dann zu seinem Partner um. »Keine Sorge, ich laß mir was einfallen. Mach alle Vorhänge zu und verbarrikadiere die Türen.«
Novek nickte und setzte sich in Bewegung.
»Moment«, rief ihm Grummund hinterher. »Du bist ja getroffen.«
Lauren sah, daß Noveks rechtes Hosenbein dunkel und naß war.
»Kleinigkeit«, versetzte Novek und verschwand ins Wohnzimmer. Kurz darauf hörte Lauren ihn Möbel rücken.
»Was – haben Sie vor?« fragte sie ängstlich.
Ehe Grummund antworten konnte, ging das Telefon. Er legte den Kopf schief, lauschte. »Haben Sie zwei Apparate?«
»Einer steht in der Küche, der andere im Elternschlafzimmer.«
»Dann mal los.« Er hob die Pistole, um dem Befehl Nachdruck zu verleihen. Nachdem Lauren und Emily sich an ihm vorbeigedrängt hatten, sperrte er den Hund ein und

folgte ihnen dann zum Schlafzimmer. Das Telefon läutete weiter. Grummund ging an den Nachttisch, schaute Lauren an und fragte mit gespielter Unschuld: »Könnte das für mich sein?«

Er nahm den Hörer, lauschte und sagte dann: »Am Apparat.« Nach einer vollen Minute, in deren Verlauf er Lauren und Novek anstarrte, der hinter ihnen ins Zimmer gekommen war, sagte er: »So, und jetzt hören Sie zu. Wir haben die Frau und das kleine Mädchen, und wenn Sie das Haus stürmen oder durch die Fenster schießen, müssen die beiden sterben, verstanden? Ich will einen vollgetankten Lieferwagen mit Hecktüren. Fahren Sie den rückwärts vor die Haustür, öffnen Sie die Hecktüren und verschwinden Sie dann. Und ich will Donald haben – Verzeihung, Richard Caylor. Wenn er auftaucht, können Sie anrufen und sich weitere Anweisungen geben lassen.« Er legte auf, ohne auf eine Antwort zu warten.

»Was ist los?« fragte Novek.

Er stand so dicht hinter Lauren, daß sie seinen Atem im Haar spürte. Sie trat weiter ins Zimmer, weg von ihm, und zog Emily mit. Bisher hatte das Kind noch keinen Laut von sich gegeben.

Grummund fuchtelte mit dem Revolver. »Das Haus ist umstellt, und wir sollen uns ergeben.« Er schaute Lauren an und fuhr sich über die Stirn. »So, gute Frau, und jetzt sagen Sie uns mal, was hier los ist. Kaum tauchen wir hier auf, da sind auch schon Bewaffnete da und brüllen: ›FBI!‹ Haben die auf uns gewartet?«

Lauren nickte.

»Und woher wußten sie, daß wir hierher unterwegs waren?«

Lauren versuchte, sich an das Gespräch mit Jameson zu erinnern. »Ihr Telefon wurde – abgehört.«

»*Mein* Telefon? Ach so, bei meinem Vetter?«

»Ich glaube schon. Man hoffte –« Lauren hielt inne und warf einen Blick zurück zu Novek. »Daß Novek Kontakt zu Ihnen aufnehmen würde.«

»Verdammter Mist«, murmelte Grummund. Novek grunzte.

Grummund schaute ihn an und sagte: »Die haben es wohl auf dich abgesehen. Na, egal.« Er drehte sich wieder zu Lauren um. »So, und wo hat er das Geld versteckt?«
»Geld? Wenn Sie meinen, was ich in der Handtasche habe –«
»Bloß nicht dumm stellen«, grollte Novek hinter ihr.
»Sie weiß wohl nichts davon«, meinte Grummund und machte eine Geste, die den Raum, das Haus einschloß. »Hier sieht es nicht so aus, als hätte er viel ausgegeben. So, und du gehst jetzt besser mit der Frau ins Bad und läßt dir dein Bein versorgen.«
Lauren spürte eine schwere Hand auf ihrer Schulter und zuckte zusammen, wich mit Emily zur Wand zurück. Die beiden Männer schauten sie gleichgültig an. Novek machte ein paar Schritte in Richtung Bad. Sein rechter Schuh machte ein schmatzendes Geräusch. »Die Kleine bleibt besser draußen«, sagte er. »Es sei denn, sie sieht gern Blut.«
Lauren kniete sich vor Emily hin und packte sie an den Schultern. »Du bleibst ein paar Minuten hier, ja?«
»Mama, ich hab' Angst.« Emily hatte Tränen in den Augen.
»Keine Sorge, dir passiert schon nichts.« Sie warf Grummund einen flehenden Blick zu, aber der starrte nur zurück. »Ich gehe nur mal kurz ins Bad. Und du setzt dich auf den Sessel und wartest auf mich, ja?«
»Ja«, sagte Emily ganz leise.
Lauren ging an Novek vorbei ins Bad und holte Watte, Verbandspäckchen, Leukoplast und Desinfektionsmittel aus dem Schrank. Novek klappte den Toilettendeckel herunter und legte seine Waffe auf den Spülkasten. Dann setzte er sich und zog das nasse Hosenbein hoch.
Lauren wurde es fast übel. So viel Blut hatte sie noch nie gesehen. Novek grinste sie finster an. »Tut nicht besonders weh«, brummte er.
»Sie müssen zum Arzt«, sagte Lauren.
»Quatsch. Machen Sie das sauber und tun Sie das Zeug in der Flasche drauf.«
Lauren biß die Zähne zusammen und begann, das Bein mit einem feuchten Handtuch zu reinigen. Nun konnte sie se-

hen, daß die Kugel Noveks Wade durchschlagen hatte. Die Haut an den Löchern, aus denen Blut sickerte, war runzlig und verfärbt.
Als Lauren das Desinfektionsmittel auf die Wunde goß, verzog Novek schmerzlich das Gesicht. Sie legte keimfreie Mullpäckchen auf die Wunden und wies Novek an, sie festzuhalten, während sie sie mit Band festklebte. Er beugte sich vor, inspizierte wortlos ihr Werk, stand dann auf, nahm seine Pistole und ging zurück ins Schlafzimmer.
Lauren warf das nasse Handtuch in den Abfalleimer und schrubbte sich die Hände fast wund, um die letzten Spuren von Noveks Blut zu tilgen. Als sie sich die Hände abtrocknete, fiel ihr Blick im Spiegel auf das Milchglasfenster. Sie erwog kurz, es zu öffnen und hinauszuklettern. Aber Emily war im Zimmer nebenan.
Lauren ging hinaus und sofort zu Emily. Die Kleine saß starr da. Ihr Mund stand halb offen, und ihre Augen waren schreckgeweitet.
»Mach überall das Licht aus«, befahl Grummund Novek. »Und schau mal aus den Fenstern, sieh nach, was sich draußen tut.« Novek nickte und verließ das Zimmer.
Zu Laurens Erstaunen fragte Grummund überhaupt nicht nach Noveks Wunde. Und war es nicht gefährlich, ihn an die Fenster zu schicken? »Sein Bein muß von einem Arzt versorgt werden«, meinte sie.
»Ach was, halb so schlimm«, erwiderte Grummund. »Gibt's hier einen Speicher oder Keller?«
»Nein, nur einen Raum unterm Haus, aber der ist nur von außen zugänglich.«
»Gut, dann kann also niemand unerwartet hereingeplatzt kommen.«
»Sie werden uns doch nichts – antun?« fragte Lauren.
Grummund schürzte die Lippen. »Nein, aber wenn es sein muß –«
»Und Richard, wenn er hier wäre?«
Er bedachte sie mit einem schwachen Lächeln. »Wenn ich den hätte, würde ich mit seiner Hilfe versuchen, hier rauszu-

kommen.« Dann verfinsterte sich seine Miene. »Aber wenn keine Bullen da wären, müßte er für das, was er mir angetan und gestohlen hat, mit dem Leben bezahlen.« Grummund atmete tief ein und zügelte seinen Zorn. »Erst müßte er mir natürlich mein Geld zurückgeben.«
»Welches Geld?«
»Die neunhunderttausend Dollar, die er mir gestohlen hat.«
»*Was?*« Lauren schüttelte den Kopf. »So viel Geld hat er nicht.«
»Na gut, dann wissen Sie nichts davon«, versetzte Grummund. »Aber glauben Sie mir, er hat es geklaut.«
Wieder schüttelte Lauren den Kopf. »Ausgeschlossen, das müßte ich wissen. Außerdem ist er kein Dieb.«
»Von wegen! Er ist ein hundsgemeiner –« brüllte Grummund los, verstummte dann aber und warf einen Blick zu Emily. Lauren fand das wider Willen rührend. Nun, immerhin hat er ja selbst eine Tochter aufgezogen, dachte sie – Francine, Richards Verlobte. »Er hat mich wohl bestohlen«, fuhr Grummund ruhiger fort. »Ich schaffte das Geld weg, ehe das FBI kam, und nur zwei Lebende kennen das Versteck: Ich und Ihr Mann, der ehemalige Donald Rassitter.«
»Sagte er nicht dem FBI, wo Ihr Geld war? Und wurde nicht alles beschlagnahmt?«
Grummund schüttelte langsam seinen runden Kopf. »*Dieses* Geld nicht. Mein Anwalt gab mir eine Liste aller konfiszierten Vermögenswerte. Donald war sehr gründlich, und das FBI auch. Aber meinen Notgroschen, eben die neunhunderttausend, fand man nicht.« Seine Miene verhärtete sich. »Und nur der Gedanke an das Geld verhinderte, daß ich im Bau durchdrehte. Und ohne es verlasse ich dieses Haus nicht.«
Lauren konnte sich kaum vorstellen, daß Richard fast eine Million gestohlen haben sollte. Aber nichts war ausgeschlossen. Was, wenn er es tatsächlich gestohlen hatte? Wo war es dann? Da er in San Miguel bescheiden gelebt hatte, konnte er es dort nicht ausgegeben haben. War es auf einem Konto, vielleicht in der Schweiz? Oder hatte er es unter dem Haus versteckt?

Und was hatte er damit vorgehabt?
Lauren plagte sich mit diesen Gedanken ab und nahm kaum wahr, daß das Telefon ging.

34

Als Grummund den Hörer abnahm, erschien Novek in der Tür. »Ein Haufen Polizisten auf der Straße«, meldete er. »Und hinterm Haus sehe ich rotes Blinklicht.«
Grummund nickte und sprach ins Telefon: »Hier Grummund. Na so was, wir haben gerade von dir gesprochen, Donald.«
Lauren versteifte sich.
»Oder soll ich lieber Richard sagen? Den beiden geht's gut, fürs erste jedenfalls«, fügte er hart hinzu. »Komm rüber und sieh selbst nach. Ich muß mit dir reden.« Er machte eine Pause, hielt die Hand über die Muschel und drehte sich zu Lauren um. »Er will mit Ihnen sprechen. Machen Sie es kurz. Und kein Wort über Noveks Bein oder die Waffen, die Sie hier gesehen haben, klar?«
Lauren nickte und streckte die Hand nach dem Hörer aus.
»Novek, du bleibst bei der Kleinen. Und Sie, Mrs. Caylor, sprechen nicht zuviel.« Er gab ihr den Hörer.
»Richard?«
»Mein Gott, Lauren, seid ihr unversehrt?«
Schon beim Klang seiner Stimme ging es Lauren besser; es war, als seien sie und Emily nicht mehr allein. »Ja, es geht uns gut, Richard, sie traten die Tür ein und . . .«
»Ich weiß. Paß auf, ich mache ihnen ein Angebot – wir tauschen mich gegen dich und Emily.«
»Nein, Richard –«
»Sie sind sowieso nur an mir interessiert. Das Ganze ist meine Schuld, und ich hole dich da raus, das verspreche ich –«
Grummund nahm ihr den Hörer ab. »Das reicht«, sagte er zu

ihr und dann ins Telefon: »Na bitte, deiner Familie ist nichts passiert. Ein Austausch? Gut, das läßt sich regeln. Besprich das mit dem FBI. Melde dich wieder, wenn es soweit ist.« Er legte auf und schaute Novek an. »Er bietet sich als Geisel an – gegen diese beiden hier.«
Novek schüttelte den Kopf. »Das gefällt mir nicht. Die Frau und das Kind sind bessere Geiseln. Wenn wir nur Donald haben, stürmen die Bullen vielleicht das Haus, aber die beiden hier brächten sie nie in Gefahr. Nur die Frau und das Kind garantieren, daß wir hier rauskommen.«
»Und wo sollen wir dann hin?« fragte Grummund. »Streng mal deine Birne an, Novek. Wenn wir nicht an das Geld rankommen, haben wir nichts. Selbst wenn wir hier rauskommen, sind wir dann permanent auf der Flucht und müssen wie Penner leben. Dazu bin ich zu alt. Da kann ich genausogut wieder in den Knast gehen. Kapiert? Wir warten auf Donald, besorgen das Geld und verschwinden dann.«
»Scheiß auf das Geld«, murmelte Novek. »Nehmen wir die zwei mit und hauen ab.«
Gespanntes Schweigen. Grummund wurde rot. »Novek, hier entscheide ich. Wir bleiben, bis wir das Geld bekommen.«
Novek ballte die Fäuste und starrte ihn finster an. Dann brummte er etwas in sich hinein, machte kehrt und hinkte aus dem Zimmer. Grummund schaute Lauren an und zuckte die Achseln. Gleich darauf hörten sie in der Küche Schranktüren knallen.
»Gibt's hier was zu saufen?« rief Novek.
»Im Speiseschrank steht Cognac«, erwiderte Lauren, »und im Kühlschrank Wein.«
Grummund nickte. »Vielleicht beruhigt ihn das. Manchmal vergißt er, wer das Sagen hat.«
Grummund wollte weitersprechen, aber da ging das Telefon. Er nahm ab, lauschte kurz und sagte dann: »Uns ergeben? Kommt nicht in Frage. Schicken Sie uns Richard Caylor; wir tauschen eine Geisel gegen ihn.«
»Emily!« Lauren machte einen Schritt vorwärts, aber Grummund scheuchte sie mit einer Geste zurück.

»Was soll das heißen? ›Keine Konzessionen?‹« brüllte Grummund ins Telefon. »Mit wem rede ich überhaupt? Ah, Agent Zale. Hören Sie, Zale – entweder schicken Sie mir Richard Caylor, oder wir schmeißen eine tote Geisel aus dem Haus. Achten Sie mal auf die Haustür, wenn Sie mich nicht ernst nehmen.« Er knallte den Hörer auf und brüllte: »Novek!«
Novek erschien mit der Pistole in der Hand in der Tür. Er sah alert aus, und sein Zorn schien verflogen zu sein.
»Du bleibst hier bei dem Kind.« Grummund packte Lauren am Arm und zerrte sie zur Tür.«
»MAMA!« schrie Emily und wollte folgen, aber Novek schleuderte sie mit einer lässigen Bewegung zurück in den Sessel.
»Tun Sie ihr nichts!« Schmerz schnitt Lauren das Wort ab, als Grummund sie hinaus in den Gang schleppte und ihren Arm umklammerte wie ein Schraubstock.
Alle Lichter im Haus waren gelöscht worden, aber grelles Licht fiel durch die Vorhänge und tauchte das Wohnzimmer in einen gespenstischen Schein. Grummund stieß Lauren zur Haustür, schob einen Sessel aus dem Weg, der sie blockierte, trat dann hinter Lauren, schlang ihr einen Arm um den Hals und hielt die Mündung seines Revolvers an ihre Schläfe. »Aufmachen!« befahl er.
Sie folgte und wurde von dem Licht fast geblendet. Überall auf der Straße standen Polizeifahrzeuge, deren Suchscheinwerfer auf sie gerichtet waren. Was dahinter lauerte, konnte sie nicht sehen, aber sie konnte sich vorstellen, daß Polizisten und FBI-Agenten mit ihren Waffen auf sie und Grummund zielten.
Seltsamerweise fürchtete sie in diesem Augenblick die Polizei mehr als Grummund, obwohl dieser eine Waffe an ihren Kopf hielt. Vor ihm fühlte sie sich sicher, denn er brauchte sie als Geisel. Die Polizei hingegen konnte versuchen, ihn mit einem gezielten Schuß auszuschalten, und mochte dabei aus Versehen sie treffen. Wenn erst einmal geschossen wurde, war nicht abzusehen, was Novek mit Emily anstellen würde.

»Bitte nicht schießen!« rief Lauren. »Er hat meine Tochter im –«
Grummund verstärkte den Druck auf ihre Kehle und schnitt ihr das Wort ab. »Richard Caylor soll sofort rüberkommen!« schrie er. »Oder die Frau stirbt!«
»Nicht schießen! Ich komme!«
Lauren erkannte Richards Stimme. Und dann sah sie ihn zwischen zwei Streifenwagen ins Licht treten, die Straße überqueren –
In diesem Moment stürmte ein anderer Mann auf die Straße, packte Richard von hinten und versuchte, ihn festzuhalten: Agent Zale.
Richard versuchte verzweifelt, sich zu befreien, und kam frei; jetzt rannte Felix Jameson hinter einem Fahrzeug hervor. »Halt! Stehenbleiben!« brüllte Zale, zog seine Pistole und zielte auf Richards Rücken. Jameson warf sich gegen Zales Arm. Die Waffe ging los, eine Kugel bohrte sich in den Rasen. Dann stand Richard vor Lauren.
Grummund zerrte sie aus der Türfüllung. »Los, komm rein«, befahl er Richard kalt und drohend.
Richard betrat das Haus und hatte nur Augen für Lauren. »Bist du unverletzt?«
Sie nickte, soweit Grummunds Arm das zuließ.
»Mach die Tür zu und schiebe den Sessel davor!« befahl Grummund.
»Erst wenn du meine Frau losläßt«, versetzte Richard.
»Nicht mich, sondern Emily!« rief Lauren.
»Die bleiben alle beide hier«, erklärte Grummund.
»Keine Kompromisse, rief Agent Zale. Los, mach die Tür zu.«
Richard zögerte, schloß dann aber die Tür und verbarrikadierte sie mit dem Sessel.
Grummund gab Laurens Hals frei. »Los, zurück ins Schlafzimmer.«
Richard nahm Lauren an der Hand. Grummund folgte ihnen durchs Wohnzimmer und hielt die Waffe auf Richards Rücken gerichtet.
»Mama! Papa!« rief Emily, als sie ins Schlafzimmer traten. Sie

wollte vom Sessel, aber Novek legte ihr seine klobige Hand auf die Schulter und hielt sie fest.

»Hände weg!« Richard lief los, doch Grummund rammte ihm den Revorverlauf in den Rücken.

»Setz dich aufs Bett!« befahl er.

Novek grinste Richard an und gab Emily nicht frei.

»Hinsetzen, hab ich gesagt!« Er packte Richard am Kragen. Richard drehte sich um und wollte auf ihn losgehen. Grummund hob die Waffe.

»Nein!« schrie Lauren. »Richard, tu, was er sagt.« Ohne auf seine Reaktion zu warten, ging sie hinüber zu Emily und ergriff Noveks dickes, haariges und schweißnasses Handgelenk. »Lassen Sie die Finger von meiner Tochter!« stieß sie brüchig hervor. Emilys Schluchzen ging ihr durch und durch.

Novek musterte sie kurz und gab dann Emilys Schulter frei. Lauren hob ihre Tochter vom Sessel, drückte sie an sich und spürte, daß das schluchzende Kind am ganzen Leib zitterte. Kommen wir hier jemals lebend raus? fragte sie sich bang. Dann schaute sie zu Richard hinüber und sah den Schmerz in seinen Augen, aber auch Entschlossenheit. Für sie stand zweifelsfrei fest, daß er bereit war, sich zu opfern, um sie und Emily zu retten.

»Hinsetzen!« befahl Grummund und stieß Richard vor die Brust. Richard setzte sich auf die Bettkante und ließ Lauren nicht aus den Augen. »Wo ist mein Geld?« herrschte Grummund.

»Was soll das?« Richard sah Grummund verdutzt an.

»Die neunhunderttausend, die du mir geklaut hast. Ich will mein Geld.«

»Ich weiß nicht, wovon du redest.«

Grummund schlug ihm mit dem Revolver ins Gesicht. Richard fiel rückwärts auf den Boden; über seinem Auge hatte sich eine lange Platzwunde geöffnet.

»Aufhören!« schrie Lauren und wollte zu ihm eilen, obwohl Emily sich an ihr Bein klammerte. Aber Novek riß sie am Haar zurück.

»Halten Sie sich da raus«, grummelte er. »Sie kommen später dran.«

Lauren machte sich solche Sorgen um Richard, daß sie gar nicht erst über die Bedeutung von Noveks Bemerkung nachdachte. Sie sah, wie ihr Mann sich aufrichtete. Von seiner Hand, die er sich an die Stirn hielt, tropfte Blut.

»Wir haben nicht viel Zeit«, sagte Grummund. »Fang an zu reden, wenn dir dein Leben lieb ist.«

Richard schüttelte langsam den Kopf. »Ich schwöre, ich weiß nichts von deinem Geld.«

»Lüge!« Grummund hob die Waffe, und Richard streckte abwehrend die Hand aus.

»Hör doch zu. Wie soll ich an dein Geld gekommen sein? Das FBI hat doch alles beschlagnahmt.«

»Nicht die neunhundert Riesen aus dem Geheimsafe in meiner Garage. Diesen Safe zeigte ich nur drei Menschen, dir und – meinen armen Kindern. Damals, als ich in dir meinen zukünftigen Schwiegersohn sah. Als ich dir noch vertraute, du Schwein.« Er holte mit dem Revolver aus und schlug nach Richard, der den Hieb mit dem Unterarm abfing und vor Schmerz aufschrie.

»Diesen Safe hat niemand aus Zufall gefunden!« brüllte Grummund. »Er war nicht aufgebrochen, und außer dir kannte niemand die Kombination! Du hast mich beklaut!« Er hob den Revolver und wollte wieder zuschlagen.

»Nein!« rief Richard und hob abwehrend die Arme. »Ich habe dem FBI auch den Safe verraten. Der Staat hat dein Geld.«

»Stimmt nicht. Meine Anwälte haben eine Liste aller beschlagnahmten Vermögenswerte, und das Geld aus dem Safe ist nicht aufgeführt.« Grummund zielte auf Richards Brust. »Los, das ist deine letzte Chance.«

»Ich habe es dem FBI aber gesagt.«

»Und wem?« fragte Lauren dazwischen.

Alle schauten sie an. Richard zog sein Taschentuch heraus und versuchte, die Blutung einzudämmen. »Einem halben Dutzend Agenten«, sagte Richard. »Zale führte die Ermittlungen. Ich wurde tagelang verhört.« Er schaute Grummund

an. »Ja, jetzt erinnere ich mich genau. Es war Zale, dem ich von dem versteckten Safe –« Richard hielt inne und starrte ins Leere.
»Und?« fragte Grummund.
»Wir waren allein«, sagte Richard. »Ich war in einem Hotelzimmer in Schutzhaft und erzählte ihm während einer Pause im Verhör beim Essen von dem Geheimsafe. Dabei sagte ich ihm auch die Kombination – Francines Geburtsdatum. Ich gab sie Zale, und als ich ihn ein paar Tage später nach dem Safe fragte, sagte er, er habe ihn leer vorgefunden.«
»Ehe ich ins Gefängnis kam, war er voller Geld«, meinte Grummund.
Alle schauten sich an; die Erkenntnis begann zu dämmern.
Lauren sprach sie als erste aus. »Agent Howard Zale hat Ihr Geld gestohlen.«

35

Grummund schaute erst Lauren und dann Richard an. »Soll ich etwa glauben, daß ein Mann vom FBI mein Geld gestohlen hat?«
Ehe Richard antworten konnte, sagte Novek: »Quatsch!« und hinkte zum Bett. Lauren sah, daß sein Bein wieder zu bluten begonnen hatte. Novek riß Richard auf die Beine und begann ihn ins Gesicht zu schlagen. »Los, sag uns, wo das Geld ist.«
Grummund versuchte, ihn wegzuziehen. »Laß ihn in Ruhe, Novek, laß ihn reden.«
Novek schüttelte Grummund ab und stieß Richard zurück aufs Bett. Grummund war zornrot und hob seine Waffe; einen Augenblick lang glaubte Lauren, er wolle Novek erschießen.
Novek baute sich breitbeinig und mit geballten Fäusten vor Grummund auf. »›Ohne das Geld hauen wir nicht ab‹, hast du gesagt. Fein. Aber wir drehen hier Däumchen, und du läßt

dir Märchen erzählen. Willst du wissen, wo die Kohle ist? Dann laß uns mal Ernst machen.« Ohne sich um Grummunds Waffe zu kümmern, ging er auf Lauren zu und riß ihr Emily aus den Armen. Mutter und Kind schrien auf; Novek schlug Lauren mit dem Handrücken ins Gesicht, schleuderte sie auf den Boden. Richard sprang auf, aber Grummund versperrte ihm den Weg. Novek hielt Emily auf einem Arm und hielt ihr die Waffe an die Schläfe. Die Kleine weinte hysterisch. »Sag uns, wo das Geld ist, oder sie stirbt.«
»NEIN!« schrie Lauren.
Richard hob beschwörend die Hände. »Ich habe das Geld wirklich nicht. Lassen Sie meine Tochter in Ruhe. Glauben Sie nicht, ich würde Ihnen das Geld nun geben, wenn ich es hätte?«
Lauren sah, daß Richard den Tränen nahe war. Novek ließ Emily los. Die Kleine rannte zu ihrer Mutter, die sich hingekniet hatte und sie nun in die Arme nahm, versuchte, sie zu beruhigen.
»So, jetzt wissen wir, daß die Kohle weg ist«, sagte Novek spöttisch zu Grummund. »Warum sind wir überhaupt hier? Um die Kohle zu holen, – und um Donald kaltzumachen.« Er schaute Richard an, sprach aber weiter zu Grummund. »Und wer erledigt das? Du oder ich?«
»Über den Zeitpunkt entscheide ich«, erwiderte Grummund. Lauren merkte, daß der ältere Mann etwas aus dem Konzept geraten war und Novek offensichtlich nicht mehr unter Kontrolle hatte.
»Du machst mir keine Vorschriften mehr«, sagte Novek. »Von jetzt an bin ich –« Das Telefon unterbrach ihn. Er schnappte sich den Hörer, ehe Grummund ihn erreichen konnte, lauschte kurz und sagte dann: »Was *Sie* wollen, interessiert mich nicht. Jetzt hören Sie, was *ich* will. In genau fünfzehn Minuten hat der Lieferwagen vor der Tür zu stehen. Wenn er nicht rechtzeitig da ist, schmeißen wir eine Leiche raus.« Er knallte den Hörer zurück. Das Telefon begann sofort wieder zu läuten, aber Novek riß die Schnur

aus der Wand. Nun drang nur noch ein schwaches Klingeln aus der Küche.

»Von jetzt an entscheide ich«, erklärte Novek. »Ich warte auf das Auto. Wenn ihr Glück habt, kommt es.« Er humpelte hinaus und hinterließ blutige Fußabdrücke.

»Du mußt uns hier raushelfen«, flüsterte Richard Grummund heiser zu.

Grummund schien lachen zu wollen. »*Ich* soll dir helfen?«

»Ich meine alle Anwesenden«, erwiderte Richard. »Dich eingeschlossen.«

Grummund lächelte verkrampft. »Und was wird aus Novek?«

»Der bringt uns noch alle um«, sagte Lauren. »Oder provoziert das FBI so lange, bis sie das Haus stürmen.«

»Sie hat recht.« Richard stand auf. Sein Gesicht sah schlimm aus – Blut auf der Stirn, ein Auge fast zugeschwollen, die Unterlippe rot und dick. »Das FBI läßt Novek nie entkommen, das Ganze hier war nur eine Falle für ihn.«

Grummunds Augen wurden schmal, und er warf unwillkürlich einen Blick zur Tür. Lauren und Richard schauten sich vielsagend an.

»Was hier passiert, ist Novek doch ganz egal«, meinte Richard. »Er hat nichts mehr zu verlieren. Wenn er sich ergibt, wird er in Chicago wegen Mordes vor Gericht gestellt. Was sind seine Optionen? Die Todesstrafe oder lebenslange Haft. Du aber, Peter, hast noch einen Ausweg. Du kannst aus diesem Schlamassel noch rauskommen. Was hast du schon groß angestellt? Nur gegen Bewährungsauflagen verstoßen.«

»Und die bewaffnete Geiselnahme? Ist das nichts?«

»Wir können zu Ihren Gunsten aussagen«, warf Lauren hastig ein.

»Das wird mir viel nützen«, versetzte Grummund sarkastisch, doch Lauren merkte, daß er nachzudenken begann.

Lauren sah eine Chance. »Und außerdem könnten Sie und Richard gegen Howard Zale aussagen.«

»Wovon reden Sie da?«

»Verstehen Sie denn immer noch nicht?« fragte Lauren. »Zale hat das Geld gestohlen, das heißt vor dem Gesetz nicht Ihnen, sondern dem Staat. Das könnte ihn ins Gefängnis bringen.«
»Peter, sie hat recht. Du sagst aus, daß neunhunderttausend im Safe lagen, und ich erkläre, Zale die Kombination gegeben zu haben.«
Grummund runzelte die Stirn. »Wenn Zale das Geld tatsächlich eingesackt hat –«
»Wer sollte es sonst genommen haben?«
»Warum ist er dann noch im Dienst? Warum hat er sich nicht auf einer Insel zur Ruhe gesetzt?«
»Weil er erst Novek schnappen wollte. Das Geld nahm er nur, weil sich die Gelegenheit bot und die Versuchung zu groß war. Doch als Novek seinen besten Freund erschoß, ging er auf einen Kreuzzug. Zale setzt alles aufs Spiel, um Novek zu erwischen. Auch mein Leben und das meiner Familie. Und deines.«
Schweigen. Grummund fuhr sich übers Kinn. »Damit wäre erklärt, warum du so leicht zu finden warst. Als ich aus dem Gefängnis kam, schaute ich zuerst nach meinem Geld. Vier Jahre lang hatte ich nichts anderes gedacht als an den Tag, an dem ich dich mit bloßen Händen erwürgen würde.« Grummund grinste schief. »Als das Geld weg war, stand für mich fest, daß du es hattest. Ich telefonierte herum – Anwälte, alte Kumpel –, um dich ausfindig zu machen. Um diese Zeit nahm Novek Kontakt auf und fragte mich nach meinen Plänen, wollte wissen, ob es für ihn etwas zu verdienen gab. Und dann rief mich Mo Harrington an, ein kleiner Gauner. Kennst du ihn?«
Richard schüttelte den Kopf.
»Wie auch immer, von ihm erfuhr ich, daß du inzwischen Richard Caylor heißt und in San Miguel wohnst. Als ich ihn nach seiner Quelle fragte, sagte er, das habe er im kleinen Finger gespürt.«
»Wetten, daß er es von Zale hatte?« fragte Lauren.
Grummund nickte langsam. »So kommt mir das jetzt auch

vor. Aber damals war mir die Quelle gleichgültig – ich wollte nur an Richard und mein Geld rankommen.«
»Zale benutzte uns alle nur als Köder, um Novek in die Falle zu locken«, sagte Richard. »Dabei nahm er auch in Kauf, daß jemand im Kreuzfeuer umkam. Aber er rechnete *nicht* damit, daß wir uns hier treffen und ihm auf die Schliche kommen könnten. Wetten, daß er jetzt Blut und Wasser schwitzt?«
Das Telefon in der Küche begann wieder zu klingeln.
»Ihr größtes Problem ist nun der Mann in der Küche«, meinte Lauren, »und nicht das FBI.«
Das Läuten hörte auf. Sie hörten Noveks Stimme.
Richard sagte: »Du greifst jetzt besser ein, ehe er –«
»Halt den Mund. Ich muß nachdenken.«
»Wenn er da draußen was Falsches sagt, kannst du keinen Kompromiß mehr –«
»Maul halten!« Grummund hob den Revolver und zielte auf Richard. Lauren zog Emily hinter sich. Noch vor einem Augenblick hatte sie gehofft, Grummund würde sie freilassen und sich ergeben. Nun aber glaubte sie, daß sie alle sterben mußten, und Richard als erster.
Plötzlich erschien Novek in der Tür. Er sah blaß und krank aus und suchte am Türrahmen Halt. An seinem Hosenbein glitzerte frisches Blut. Wieder ging das Telefon in der Küche.
»Erschieß ihn«, grollte Novek. »Ich habe dem FBI gerade gesagt, daß wir jetzt eine Leiche rausschmeißen.«
»Nein!« schrie Lauren. Richard wich einen Schritt zurück.
Alle starrten auf Grummund.
»Na, worauf wartest du?« sagte Novek.
Lauren sah Grummund an, daß er eine Entscheidung getroffen hatte, und wußte nun, daß er nicht abdrücken würde. Doch ehe sie Erleichterung verspüren konnte, torkelte Novek auf Grummund zu und hob seine schwere Automatic.
»Dann mal zu.« Er zielte auf Richard.
»Nein!« rief Grummund und schlug Noveks Arm beiseite. Die Pistole ging los, erfüllte den Raum mit Korditgestank und jagte eine Kugel in den Putz. Emily begann zu schreien. Lauren drückte sie an sich. Grummund und Novek brüllten sich

an. Das Telefon läutete weiter, flehend fast. »Keine Eigenmächtigkeiten mehr!« schrie Grummund Novek ins Gesicht.
»Von dir laß ich mir nichts mehr sagen, Grummund«, schrie Novek zurück. »Hier gibt's nur einen Ausweg.« Er packte Richard am Hemdkragen , zerrte ihn zur Tür und hielt ihm die Automatic an den Hals.
»Laß das, Novek!«
»Denen werd' ich zeigen, daß wir es ernst meinen.« Novek stieß Richard in den Gang. Grummund packte Lauren am Arm und zog sie aus dem Schlafzimmer. Emily klammerte sich verzweifelt an ihre Mutter. Lauren sah, wie Novek sich abmühte, um Richard ins Wohnzimmer zu bugsieren. Er hinkte und hinterließ eine Blutspur. Sie versuchte, ihnen zu folgen, aber Grummund zerrte sie zur Küche, zum Telefon. Er schob seinen Revolver unter den Gürtel und nahm ab.
»Hier Grummund. Hören Sie zu, Novek handelt jetzt auf eigene Faust. Er will Donald erschießen, und ich kann ihn nicht aufhalten. Ich ergebe mich und komme raus, und zwar –«
»Auflegen!«
Sie fuhren herum und sahen Novek auf sich zukommen. Mit einer Hand hatte er Richard am Genick gepackt, in der anderen hielt er die Automatic und zielte auf Grummund. Sein Vorhaben, Richard zu erschießen und hinauszuwerfen, schien er fürs erste aufgegeben zu haben. Grummund ließ Lauren los und stellte sich Novek. Aus dem Hörer in seiner Hand quäkte es leise.
»Auflegen, hab' ich gesagt!« befahl Novek. »Ich will hier raus und laß mich von dir nicht aufhalten.«
»Zu spät. Ich habe mich schon –«
»LEG AUF!« brüllte Novek.
Grummund zögerte und legte dann auf. »Kommt nicht mehr drauf an, Novek. Es ist aus.«
»Für dich«, versetzte Novek und schoß ihn in die Brust.
Grummund taumelte, fiel gegen den Kühlschrank und landete bäuchlings auf dem Boden. Lauren wollte schreien, aber dann sah sie Richard und Novek um Noveks Waffe ringen.

Richard hatte Noveks Handgelenk mit beiden Händen umklammert, und Novek hämmerte mit der freien Hand auf ihn ein. Die beiden kamen in einem trunkenen Tanz in die Küche getaumelt. Ein Schuß löste sich und riß ein Loch in die Decke.
Lauren zog Emily ins Eßzimmer, als Richard und Novek mit einem Krach zu Boden fielen. Ein zweiter Schuß fuhr in den Küchenschrank.
Lauren hielt Emily umklammert und sah zu, wie Richard und Novek auf Leben und Tod kämpften. Novek gewann die Oberhand und drückte Richard auf den Küchenboden. Emily riß sich los und rannte in Panik in den Gang.
Lauren war vor Unentschlossenheit wie gelähmt. Sollte sie hinter ihrer Tochter herlaufen? Oder der Polizei die Haustür öffnen und hoffen, daß sie Novek unschädlich machte, ehe er Richard töten konnte?
Als sie die Tür zu Emilys Zimmer zufallen hörte, handelte sie. Sie griff nach dem nächstbesten Gegenstand auf der Arbeitsplatte, dem Mixer, hob ihn mit beiden Händen und ließ ihn mit aller Kraft auf Noveks Hinterkopf niedersausen. Dabei rutschte sie aber aus, so daß das Gerät Novek nur zwischen die Schulterblätter traf. Novek schien das kaum wahrzunehmen und kämpfte weiter um seine Waffe.
Nun sah Lauren, warum sie ausgerutscht war: Überall auf dem Boden Blut, teils von Grummund, teils von Noveks Bein. Sie erkannte, daß Richard einem gesunden, unverletzten Novek nicht hätte standhalten können.
Ohne nachzudenken stürzte sich Lauren auf Noveks Rücken, hämmerte mit den Fäusten auf seinen Kopf ein, zerkratzte ihm das Gesicht, tastete nach seinen Augen. Er schleuderte sie mit einem Ruck beiseite, daß sie auf den Boden fiel. Die beiden Kämpfenden stießen nun an den Unterschrank. Lauren kam sofort wieder auf die Beine, riß eine Schublade auf, die Küchenutensilien enthielt – Kartoffelschäler, Büchsenöffner – Messer.
Die beiden Männer rollten wieder herum, stießen gegen Laurens Beine und brachten sie fast aus dem Gleichgewicht.

Lauren hielt sich an der Schublade fest, zog sie dabei aber aus dem Schrank. Die Schublade fiel hinunter, ihr Inhalt wurde auf dem Boden verstreut. Lauren ging auf allen vieren und schnappte sich das erstbeste scharfe Objekt, ein Sägemesser, das sie hob, um wahllos auf Novek einzustechen. Aber er sah sie, rollte sich auf den Rücken, so daß Richard auf ihm zu liegen kam, und benutzte ihn als Schild. Lauren kroch auf dem nassen, schlüpfrigen Boden umher und suchte nach einer Lücke, und als Novek wieder versuchte, Richards Griff zu lösen, stieß sie zu und rammte ihm das Messer in die Seite. Novek brüllte auf und wälzte sich von ihr weg. Dabei brach der Messergriff ab, und die Klinge blieb in seiner Seite stecken.

Lauren suchte verzweifelt nach einer anderen Waffe und bekam das elektrische Tranchiermesser in die Hand. Sie schaltete den Batteriemotor ein; die beiden gezackten Klingen begannen zu vibrieren. Novek trat ihr in die Seite und rollte sich dann auf Richard. Rasend vor Schmerz und Wut kroch Lauren auf die Kämpfenden zu und preßte die surrenden Schneiden gegen Noveks verletztes Bein. Er schrie und trat aus, aber Lauren ließ nicht locker und schnitt tief in seine Wadenmuskeln. Plötzlich ließ Novek die Waffe los und trat mit tierischem Gebrüll auf Lauren ein. Er erhob sich auf die Knie, packte ein Hackmesser und hob es. Lauren lag auf dem Rücken und versuchte zu entkommen, aber ihre Hände und Füße fanden auf dem glitschigen Boden keinen Halt.

Noveks Gesicht war haßverzerrt, als er mit dem Hackmesser zuschlug.

Lauren sah, wie Richard sich mit der Waffe in der Hand hinter Novek aufrichtete. Ein Feuerball; Novek riß wie vor Überraschung den Mund auf und ließ das Messer fallen. Dann sackte er auf Lauren hinunter und landete so schwer, daß ihr die Luft wegblieb.

Als sie versuchte, sich von ihm freizukämpfen, hörte sie, wie die Haustür eingetreten wurde.

36

Als erster Agent kam Howard Zale mit gezogener Waffe in die Küche.
Richard rollte Noveks Leiche von Lauren und half ihr auf. Beide zitterten vor Schmerz und Erschöpfung und vor Abscheu, denn sie hatten gerade einen Menschen getötet.
Zale zielte immer noch auf sie. Lauren befürchtete schon, er wollte sie erschießen, aber dann kamen Jameson und mehrere Polizisten in Uniform hereingestürmt, und Zale ließ die Waffe sinken.
»Sind sie beide tot?« fragte Zale – etwas allzu eifrig, wie Lauren fand.
»Der hier lebt noch«, sagte ein Polizist, der neben Grummund kniete und nach seiner Halsschlagader tastete. Grummund hatte sich nicht bewegt, stöhnte aber.
»Der Mann muß sofort abtransportiert werden«, sagte der Polizist.
Lauren löste sich von Richard und drängte sich an den Männern vorbei, wollte zu Emilys Zimmer. Richard wollte ihr folgen, aber Zale hielt ihn am Arm fest. »Moment, Freundchen –«
Richard fuhr plötzlich herum und versetzte Zale einen Schwinger auf den Mund, daß der rückwärts umfiel und neben Noveks Leiche liegenblieb.
»*Sie* sind an allem schuld!« schrie Richard.
Zale kam auf die Beine. Jameson trat zwischen die beiden.
»He, immer mit der Ruhe.«
»Schaffen Sie diesen Dreckskerl aus meinem Haus!« sagte Richard zu Jameson und fügte mit einem sardonischen Lächeln hinzu: »Und lassen Sie Peter Grummund gut versorgen. Der kann Ihnen nämlich allerhand über Zale erzählen.«
Lauren sah noch Zales verdutztes Gesicht und eilte dann zu Emily. Die Kleine lag im Kinderzimmer auf dem Boden und klammerte sich an Amos. Lauren kniete sich neben sie und zog sie an sich. »Jetzt ist alles wieder gut, mein Schatz.«

Ein Streifenwagen führte mit Rotlicht und heulender Sirene den Konvoi an. Dahinter fuhr Jameson in einem Krankenwagen, in dem Grummund lag. Lauren, Richard und Emily folgten in einer zweiten Ambulanz. Und den Schluß bildete der blaue Wagen, der Lauren gefolgt war. Am Steuer saß der Mann mit der Windjacke, den sie bei *Tobey's* und im *Casa Grande* gesehen hatte.
Howard Zale war von Hal und Monica Ipswich festgenommen worden.
Die offizielle Version für die Medien, erklärte Richard Lauren, lautete so: Grummund und Novek, auf der Flucht vor der Polizei, hätten sich aufs Geratewohl Geiseln genommen. Diese Geschichte hatten die Caylors ihren Freunden und Verwandten erzählt.
»Und Zale?« fragte Lauren bitter.
»Der ist erledigt«, erwiderte Richard. »Das FBI wird den Verräter Mo Harrington so lange in die Zange nehmen, bis er gesteht, daß seine Information von Zale kam. Das bringt ihn zusammen mit dem, was Grummund und ich auszusagen haben, für lange Zeit ins Gefängnis. Und das Geld? Nun, selbst wenn er schweigt und das FBI es nicht findet, ist er bei seiner Entlassung alt und grau, und seine ehemaligen Kollegen lassen ihm keine Ruhe.«

Richard wurde in der Poliklinik versorgt. Man nähte seine Platzwunde und untersuchte ihn auf eine Gehirnerschütterung. Laurens Verletzungen waren leichter, aber nicht weniger schmerzhaft - eine angeknackste Rippe und mehrere schwere Prellungen.
Emily, die einen milden Schock erlitten hatte, kam zur Beobachtung in ein Einzelzimmer. Lauren setzte sich zu ihr.
Richard kam herein und schloß die Tür. »Wie geht's ihr?« flüsterte er.
»Sie schläft. Der Arzt meint, ihr fehlt nichts. Wir können sie heute abend mit nach Hause nehmen.«
»Gott sei Dank.«
Lauren stand auf, und Richard nahm sie zärtlich in die Arme.

»Ach, Richard!« klagte Lauren.
»Still, es ist vorbei.« Sie blieben einige Minuten lang stumm stehen und schauten auf die friedlich schlafende Tochter hinab.
Endlich sagte Richard: »Das Ganze tut mir so leid.«
»Ich weiß.«
»Wenn ich geahnt hätte, daß ihr beide in Gefahr geraten könntet, hätte ich mich nie – mit dir eingelassen.«
Lauren schmiegte sich enger an ihn. »Sag das nicht. Schau, das Schlimmste haben wir hinter uns. Von nun an kann es nur besser werden.«
Richard zögerte. »So wie früher kann es nie wieder sein.«
»Komm, laß es uns versuchen. Zeit genug haben wir ja«, meinte Lauren. »Mehr als genug.«

Stanley Ellin

Stanley Ellin, geboren 1916 in New York, arbeitete nach dem Studium in verschiedenen Berufen. Nach dem Zweiten Weltkrieg wurde er freier Schriftsteller.
Die Romane und Erzählungen des »Meisters des sanften Schreckens« haben ihm internationalen Ruhm eingetragen. Siebenmal wurde er mit dem Edgar-Allan-Poe-Preis ausgezeichnet, und 1975 erhielt er den »Grand Prix de la Littérature Policière«. Seine Werke wurden von Regisseuren wie Claude Chabrol, Joseph Losey und Alfred Hitchcock verfilmt.
Ellin hat sich vor allem mit seinen makaber-bösen Stories einen Namen gemacht, z. B. mit *Die Segensreich-Methode* oder *Die Spezialität des Hauses*. Er schuf damit ein völlig neues, psychologisch äußerst subtiles Genre des Kriminalromans.
Ellin starb am 31. Juli 1986 in New York.

Von Stanley Ellin sind erschienen:

Der Acht-Stunden-Mann
Im Kreis der Hölle
Die Millionen des Mr. Valentin
Nagelprobe mit einem Toten
Die schöne Dame von nebenan
Spezialitäten des Hauses
Die Tricks der alten Dame
Der Zweck heiligt die Mittel